THE WRITER'S ROOM

作家的房间

关于写作的对话

〔澳〕夏洛特·伍德 著
杨蕾 译

CHARLOTTE WOOD

人民文学出版社
PEOPLE'S LITERATURE PUBLISHING HOUSE

著作权合同登记号　图字 01-2021-1099

图书在版编目(CIP)数据

作家的房间:关于写作的对话 /(澳)夏洛特·伍德著;杨蕾译. —北京:人民文学出版社,2024
ISBN 978-7-02-018549-8

Ⅰ.①作…　Ⅱ.①夏…　②杨…　Ⅲ.①文学写作学
Ⅳ.①I04

中国国家版本馆 CIP 数据核字(2024)第 054492 号

责任编辑　**朱卫净　邰莉莉**
封面设计　**李苗苗**

出版发行　**人民文学出版社**
社　　址　**北京市朝内大街 166 号**
邮　　编　**100705**

印　　刷　**山东新华印务有限公司**
经　　销　**全国新华书店等**

字　　数　**253 千字**
开　　本　**890 毫米×1240 毫米　1/32**
印　　张　**10.25**
版　　次　**2024 年 4 月北京第 1 版**
印　　次　**2024 年 4 月第 1 次印刷**

书　　号　**978-7-02-018549-8**
定　　价　**59.00 元**

目　录

引　言

2012年，我在《艺术家概况》[①]杂志上读到了两位画家史蒂夫·洛佩斯[②]和尤安·麦克劳德[③]之间的一段有见地的对话，我意识到自己希望澳大利亚作家之间也有这样的对话。

我一直很喜欢《巴黎评论》[④]“关于写作”栏目的采访。作为一名年轻女性，我很喜欢坎迪达·贝克在二十世纪八十年代至九十年代初的《雅客》[⑤]系列，而凯特·格伦维尔和苏·伍尔夫的《制造故事》则成了我作为年轻写作者的圣经。但是，杂志有所不同。此外，在我们国家，已经二十多年没有出现对于国内作家的长篇访谈集了。我意识到自己中等年资小说家的经历，加上我的记者背景和现在互联网发行的可行性，使我处于一个去创造我想要的东西的理想位置。

于是在2013年，《作家的房间》诞生了：一本双月刊电子杂志，每期都主打一位知名澳大利亚作家的长篇问答。

从一开始，我就知道我会采用《巴黎评论》模式，作者有机会查看和更改采访的编辑稿本。我接受过很多次关于自己作品的采访，经常为我自己访谈中的不妥言辞感到尴尬，我希望“我的”作家知道，他们将完全掌控杂志上出现的一切。绝大多数时候，他们什么都不

---

① 《艺术家概况》(*Artist Profile*)，一本面向全球发行的当代艺术季刊，总部位于悉尼。

② 史蒂夫·洛佩斯（Steve Lopes，1971—　），澳大利亚具象艺术家。

③ 尤安·麦克劳德（Euan Macleod，1965—　），澳大利亚艺术家，出生于新西兰。

④ 《巴黎评论》(*The Paris Review*)，英语文学季刊，创刊于1953年。

⑤ 全称《雅客：澳大利亚作家谈论他们的工作》(*Yacker：Australian Writers Talk About Their Work*)，由澳大利亚作家坎迪达·贝克采访整理36名澳大利亚作家后整理出版的系列书籍。

改。或者，更准确地说，他们有时会做一些小而重要的澄清，或者在他们偏爱的话题上展开，或者对某些事发表更确切的意见。我的直觉告诉我，让他们有机会在访谈后撤回或修改，这实际上使他们在受访时展开更多，态度更开放，更少防御性，更慷慨。而且因为他们是用文字思考的人，所以他们对语言的关心令人享受：我们共同努力，使他们的言语尽可能精确，尽可能闪着完美的光芒。

我还明白，我希望和作家们在尽可能远离“出版时间”的时候交流。《作家的房间》的重点不是名人、宣发或人生经历分享，而是在不同流派的作家之间更深入地分享创作经验。虽然大多数作家访谈都着重于推广新书，但我希望我的这些访谈能给人更慢、更冷静、更深入的感觉。我希望这些访谈能点明作家是如何工作的——怎么创作、为什么创作、创作过程里的谜团和惊喜。我感到在作家们通常远离公众视线时和他们聊天，意味着对于怎么工作、为什么工作的问题，他们会更深思熟虑，在更深入的层面上敞开心扉。他们通常正在创作一本书，正和对人物、背景研究或结构的新发现搏斗，关于创作的那些问题正巧在他们脑海中盘桓。他们经常在开口谈论时，探索自己的观点。

对我来说，在我自己开的私密大师课上，和这些作家坐在一起，针对他们充满想象力的工作流程，问些相当私密的问题，让我感到极其幸运。我后来发现，这本访谈杂志的生命周期，几乎吻合我写小说《万物的天道》的过程，我可以在那本书的创作中准确标出我在每次访谈中学到的。对于访谈对象，我希望这次体验对他们来说，会觉得像是一束打在他们的创作之上的沉静而清晰的光。当下，公众对文学的讨论似乎太聚焦在产品、奖项和推广的车轮的轮番上阵，我希望我的这些对话可以经受住时间考验，成为对澳大利亚文学如何制造的记录，纪念这些作家、他们的作品和他们各自不同的创作轨迹。

这本杂志持续了三年，直到 2015 年 12 月。这本书只包含了其中一部分访谈。我的期待是假以时日，会有第二卷来呈现剩下的那些，甚至和那些依然通过他们的作品启发我教导我的作家，开展新的对话。

夏洛特·伍德，2016年

蒂根·班尼特·戴莱特

蒂根·班尼特·戴莱特著有三本面向成年读者的小说、几本儿童与青少年的读物，并即将出版一本短篇小说集。她也是一名文学评论家和教师。

蒂根·班尼特的第一本小说《庞博拉》(*Bombora*)，曾入围沃格尔文学奖[1]，于1996年出版并获得好评，当时她才二十六岁。她被称许为"一个新鲜、自信、有趣的文学新声"，小说家詹姆斯·布拉德利形容她的文笔"不亚于海伦·加纳[2]或佩内洛普·莱夫利[3]"。五年后，她的第二本小说，《什么在消逝》(*What Falls Away*)，进入了《悉尼先驱晨报》最佳年轻小说家的年度书籍名单，她的第三本书《安全感》(*Safety*)，因其对危机中的婚姻的精妙描绘和文笔的清晰与洞见广受赞誉。

在大学授课贯穿了戴莱特（婚后改姓）的写作生涯：先是在悉尼科技大学任教创意写作多年，如今在巴瑟斯特的查尔斯斯图特大学教授英语。

2009年，我应艾伦与昂温出版社的邀请，委托十二位澳大利亚作家以"兄弟姐妹"为主题写作，戴莱特是我问的第一个。由此产生的故事《麻烦》(*Trouble*)，关于一对澳大利亚姐妹在伦敦，是"兄弟姐妹"系列最好的故事之一。事后我们发现，这次委托还促使她第一次

---

① 沃格尔文学奖，澳大利亚的一项文学奖，评选对象是35岁以下作者未出版的手稿，奖金为2万澳元。

② 海伦·加纳（Helen Garner，1942—　），澳大利亚小说家、剧作家和记者。

③ 佩内洛普·莱夫利（Penelope Lively，1933—　），英国小说家，1987年布克奖得主。

认真关注短篇小说。

虽然她年轻的时候——也许太年轻——进行了一些文学评论，直到她四十多岁时，戴莱特才开始发表长篇批评和文学论文，这种写作形式使她很高兴地找到了新的“职业”。她在《澳大利亚人报》等发表的文章，与对艾丽丝·门罗①和海伦·加纳、石黑一雄②和乔治·桑德斯③进行的文学批评雅致而确切，既有趣又富有智性。通过这项工作，她也成为了一位高水准的作家采访者，并因此广为人知。近年来，她的对谈对象包括了蒂姆·温顿④、海伦·加纳和大卫·马洛夫⑤等一些澳大利亚最知名人士，以及乔纳森·弗兰岑⑥这样的国外作家和她极其敬佩的评论家詹姆斯·伍德⑦。

2015年7月，她出版了九年来的第一本书：《六间卧室》(*Six Bedrooms*)。这是一本敏锐、动人且极富启发性的故事集，主角是一群处于成年关口的年轻人。在写作这些故事时——伴随着她自己的孩子逐渐从蹒跚学步进入青少年阶段，戴莱特相信自己已达到了新的艺术水准，并经历了她从写第一本小说以来从未有过的来自工作的激动和喜悦。

在我读了《什么在消逝》并给她写了一封粉丝信之后，我才认识了戴莱特。我很高兴她立刻回复了我，然后我们很快成为了亲近的朋友。我仍然记得那让我开始写信的图像——一只白色鹦鹉的飞行，它银色的运动轨迹“像翻转的硬币”——以及我在阅读她的作品时曾经出现（并且仍然存在）的纠结感：想很安静地坐着读下去，又想立刻

---

① 艾丽丝·门罗（Alice Munro，1931— ），加拿大短篇小说家，2009年布克国际奖得主，2013年诺贝尔文学奖得主。

② 石黑一雄（Kazuo Ishiguro，1954— ），英国小说家、剧作家，1985年布克奖得主，2017年诺贝尔文学奖得主。

③ 乔治·桑德斯（George Saunders，1958— ），美国作家，2017年布克奖得主。

④ 蒂姆·温顿（Tim Winton，1960— ），澳大利亚小说家，儿童文学、非虚构文学作家，曾四次获得迈尔斯·富兰克林奖。

⑤ 大卫·马洛夫（David Malouf，1934— ），澳大利亚作家、诗人、剧作家。

⑥ 乔纳森·弗兰岑（Jonathan Franzen，1959— ），美国小说家、随笔作家。

⑦ 詹姆斯·伍德（James Wood，1965— ），英国文学评论家、小说家。

起身开始我自己的写作。从某种意义来说，我们是一起成长为作家的，而我们的对话是我一生中最有意义的时刻之一。她常常是我小说的第一个读者，我寄给她小说时心里总是夹杂着恐惧和感激；她不会用不诚实的赞美来保护我或她自己，也不会回避那些困难的问题。但尽管她的阅读可能被强烈的智性上的要求所驱动，她给我的反馈总是带着尊重和深切的友好。正是这种对智性需求和自我检视的欲求，与她对人际关系的深刻而富有同情的理解结合，使戴莱特成为这样一位引人注目的作家和一名极具洞察力的受访者。戴莱特与丈夫罗素，以及他们的孩子爱丽丝和帕迪一起住在蓝山①，我和她的对话就发生在那里一间有蓝色墙壁的起居室。

——夏洛特·伍德

夏洛特·伍德：和我说说，这么年轻就开始出书是什么感觉？你大学时读了写作专业的学位吗？

蒂根·班尼特·戴莱特：我和人们说我有写作专业的学位，但事实上我只做了三个写作项目，其余的时间都在做“电影、性别与欲望”之类的事情。不过那时候我的朋友是《多利》②杂志编辑的妹妹，他们在找人写那些《多利》虚构丛书。所以，我大概二十岁时就开始出书了，同时出了一册《多利》丛书，和一本跟马克·麦克劳德合作、在兰登书屋出的童书。

---

① 蓝山，位于澳大利亚新南威尔士州悉尼以西 104 公里处，是该州的一处著名旅游胜地。

② 《多利》(*Dolly*)，澳大利亚双月刊青少年杂志，创刊于 1970 年。

伍德：一本图画书？

戴莱特：不，一个小中篇。它大概有一万五千字，叫《肖恩·特维格和女巫》(*Sean Twigg and the Witch*)。大概是十九岁时写的。我拿出了黄页，然后把书稿寄给了所有在黄页上有最大篇幅广告的出版商：哈珀·科林斯、企鹅、兰登书屋，和一些别的出版社。

企鹅出版社想出这本。他们把这本书从废稿堆里拿了出来，说想出，但是问我能不能重写。我重写了，然后他们不想出了：这对我来说是塞翁失马。几个月后我接到了兰登书屋的电话，他们在废稿堆里看到了它，想出版。于是这就成了我第一本"正式"出版物。我当时对自己很满意，以及不幸的是，我现在还能回想起我和马克·麦克劳德的第一次会面。那种我在自我吹捧时发出的声音，这么些年我一直记得。

伍德：但你那时候应该对自己满意呀！对于一个二十岁的人来说，那是挺高的专业成就了。

戴莱特：我猜是的。现在看来是这样了。在那时不是。我想那本书就是驱动力造就的。不是对成功的驱动力，虽然我也有。但我那时就是停不下写作。我填满了一本又一本笔记本，并且整夜坐在那儿写作。

伍德：你在童年时就总在写吗？

戴莱特：是啊，总在写，总在写。我最近在整理书，于是找到了些旧日记，就挺吓人的。这是要把我架在火上烤啊。但确实，我很小的时候就在写句子，又重写来改造它们。所以我就是对词语感兴趣。我那时从来没想过"我要做个作家"，因为当你并不知道作家做什么、是什么的时候，你根本没道理那么想。我就是有一种——我觉得你也有的，对于交流、告诉别人你见到了什么的难以置信的需求。

于是我写了好多信；我总是给别人写信，总是对各种事情开炮，我认为就是这些让我完成一本书的写作。我就是特别喜欢为了完成这些事，涉及那些挑剔的编辑工作、让故事说得通等等一类的琐事。

但我那时一直想尽量写点严肃的东西。我试着写一本长篇小说，但我完全不知道该怎么写。《庞博拉》是第一件开始像样的作品，当时我大概二十三岁；我第一次能写出和其他场景之间有合理联系的场景，我能看出，我真的开始能让一些东西成型。

《庞博拉》在我二十六岁时出版。在那之前几年，它入围了沃格尔奖，他们花了好一阵儿才决定要将它出版，因为《庞博拉》太短了，他们不太知道该拿它怎么办。我那时候结束了大学的学业，并且获得了足够的成功——那时候我已经写了另一本童书，和另一册《多利》丛书。所以我当时正好成功到可以让我继续写作。同时我还依然对写作有那种着迷。

我现在回想起来，我意识到我那时总是感觉很糟糕，因为当时我认识的人里，我是少数几个没有男朋友的。我有很多短期的情人之类的，但是我没有正式的男朋友，而我认识所有那些……定下来的女人，她们和我差不多年纪。我认识一些像年长女人的年轻女人。你懂的——她们被催熟了。（笑）

但我当时只是和我最好的朋友帕特里克住一起，我经常凌晨两点起床或者凌晨两点到家，喝得烂醉，再写作一会儿。我真的很自由。那时候，当然，我非常不快乐，也很孤独，但现在看来，我明白那是个激动人心的时期。

我认为那段时间里总是独处对我真的很有意义。这样让我有更多的时间，形成一个作为思考者和写作者的自我。所以也感觉不是巧合，我正好在《庞博拉》出版后开始和罗素约会。我有点儿准备好了更像个大人，并在和他人相处时做真实的自己。那是一种和我其他经历完全不一样的关系。

伍德：你刚谈到的那种动力，那种驱动你去沟通交流的需要，现在仍然是你的动力吗？

戴莱特：是呀。动力没变，但随着年龄的增长，实现的形式改变了，事情的规律就是这样吧？我现在尽量不要过度使用这些动力，因为我在写作时还需要它。但和其他在写作的朋友交流（主要是写信），就让我很快乐。

不过一旦有了孩子，我就再也没有那么多精神上的空间，像以前一样继续描绘头脑中的事物了。我以前就是这样：我总是在观察事物。在十六岁的日记里，我描述了某人在火车上的样子，然后我再次描述了它们，试图重写并塑造它。现在读那些描写我简直毛骨悚然，因为我当时的态度非常奇怪地混合了愚蠢、激进、保守和纯粹的糟糕。我习惯了转着圈儿地向我自己描述这个世界，但当我有了孩子，他们就占据了我的那部分。

我想我花了很长时间才回到那种动力。

伍德：你之前说，你现在回头看，感觉是梦中写了《庞博拉》。

戴莱特：老天，是的。真的完全像是恋爱一样。我迫不及待地想回到那种状态，我一直想着那时候。这像是种私藏的珍品，你懂的。而关于它所做的一切，都让我感觉自己好幸运。

快写完的时候，有天我躺在新镇的霍登街楼上的床上，夜里睡醒了，想着："我知道要做什么了。"我气喘吁吁，打开苹果电脑，然后把所有东西移来移去。我之前是按场景中写作的，没有任何真正的结构。但那时我突然意识到它是按什么顺序了。我感觉好像所有的场景都在我眼前，颤抖、闪闪发光的样子，悬挂在空中，而我只是把一切移动了下顺序，然后就感觉"我现在搞定了"。

然后我提交给了沃格尔奖，接下来的就是历史了。并不怎么光鲜的历史。（笑）

伍德：那之后发生了什么？

戴莱特：我试图写另一本小说，我写了大约四万或五万字，但感觉写得毫无生命力，所以我只能把它放到旁边去。写得一点也不好。我只能开始重写，因为我就是很急切地想搞出点什么，所以我开始写《什么在消逝》，然后过了一阵，又开始写《安全感》。我对那几本书感觉还蛮满意的，但它们没有那种被驱动的美妙感觉。写作它们时有过一些美妙的瞬间，但我完全没有感到之前的那种激动。我有时去散步，然后想到该怎么修补其中的某个场景或其他类似的东西，感觉也不错，却并不是之前那种美妙的感觉。

伍德：你觉得还有可能恢复那种写第一本小说时的美妙感觉吗？

戴莱特：很可能不行。但情况是，短篇小说带回我一些这样的感觉。对我来说，感觉出现时，写作开始像我和我自己在进行一次荒诞而私密的对话。它让我发笑，让我以最美好的方式感到难过。它让我感到有些调皮，但以欢乐的方式。（笑）

伍德：我等会儿再来谈这个关于笑声的说法。但是，请告诉我是什么让你转向了短篇，而不是去写另一本长篇小说。

戴莱特：嗯，我写的第一个短篇故事是回应“兄弟姐妹”这一主题，那是我第一篇真正的短篇小说。我确实曾在2002年《最佳澳大利亚故事》中发表过一篇名为《化疗湾》的文章。我当时在写后来变成《安全感》的故事，其中有个关联人物马丁，是根据我年轻时去世的朋友史蒂夫改编的。我试图把他生病和死亡的故事编入《安全感》，但每次我想把这段塞进去，它就又弹出来。我本想再一次强行放进去，那样它大概又会弹出来，然后我接到彼得·克雷文[①]的电话，说他想

① 彼得·克雷文（Peter Craven，1951— ），澳大利亚文学评论家和文化研究学者。

让我提交点什么参评“最佳澳大利亚故事”，然后问我有东西可以交吗？

然后我就去手稿里，像从烤盘里脱出蛋糕一样，把马丁的部分提出来。所有马丁的部分一下子掉出来了，然后我写了一些桥接的内容把它们组合在一起，就这样。所以其实是长篇小说里面住了另外一个短篇小说，只是我原本没意识到。

伍德：这样啊，它读起来就像是一个完整的故事。

戴莱特：我重读时觉得蛮满意的，但……在后来的短篇小说中我有一种流动的思路，我可以看到这些文字有方向要去，我知道它们要去哪里。而那一篇，只是一系列强烈的印象，最后以死亡终结。

所以我对它是满意的，但我知道它没有其他的故事那样骨肉丰满。

我第一篇拥有真正骨肉的长篇小说是《麻烦》。实际上，我认为我在短篇中写出了长篇没有过的、更纯粹的叙述和情节驱动。短篇在一定程度上，比长篇更注重结构和叙述。有人让我以“兄弟姐妹”为主题写短篇，这让我想写一篇真正的短篇小说，一篇不仅仅是把场景舒服地放在一起，而是有叙述转换、目的性和理念的东西，让我觉得最终真的写出了点东西，而不是像《化疗湾》一样，从头到尾的调性都没变。

伍德：但是读者喜欢那个故事（《化疗湾》），它很有力量。

戴莱特：我有时觉得因为它是个关于癌症的故事，人们有点儿被迷惑了，没注意到它从头到尾的语调都差不多。故事里什么都没发生。我的意思是，他确实死了，但是没什么真正的变化。

伍德：嗯，我们之前已经讨论过，这种事情让人有种不太好的轻松感。如果作家杀掉了某个角色，特别是年轻角色，就可以逃过很多批评。这种行为会显得有点可疑。

戴莱特： 是啊，就是这样。所以我说人们有点儿被迷惑了。他们大概就想着："哦，天哪！他病得好重啊！他要死了！化疗！"

伍德： 我也在小说中杀过角色——好几次杀掉了婴儿。这是种能确保让读者满意的可怕方法。

戴莱特： 这算种低劣的技巧，是吧？（笑）天哪。

伍德： 不过我觉得这大概也是学习写作的一个部分，你觉得呢？慢慢学着去抵抗轻易就能操纵读者感情的诱惑。

戴莱特： 我觉得是这样，那就是：黑暗确实可以赋予小说活力，让小说带劲儿。而人年轻的时候，会以为黑暗就是死亡之类的事情。黑暗实际上只是人类龌龊的欲望：残忍、自私、贪婪、嫉妒，所有这类东西。这些是真正有趣的感觉。这些是真正让我激动的东西。

而这就是短篇小说给我的收获：如何去表达一种感觉上像失败但无论如何还是冲出来的自我。

伍德： 我感觉，你是在转向短篇小说的同时开始写长篇文学评论的，是这样吗？

戴莱特： 严格来说不算，实际上我大概是从写博士论文注释时（那是一篇关于阅读和阅读的影响的三万字）开始写文学评论的，它迫使我将这么长时间内对写作的个人想法形成了文字。因此，我最初发表的几篇长篇文学评论实际上是从我的论文注释里截获的。比如，那篇关于海伦·加纳的评论就这么来的。但我当时没意识到发生了什么——是罗素向我指明了这些。我写论文注释写到四分之三时，他说："你有点变了，你在这篇东西里找到了一个很棒的声音。"

伍德：你好像找到了一个新的权威式的语调，而不是和我们以前都会的那样，基于有些少女化的（这是个糟糕的词）敏感来写。

戴莱特：哦，是的，我对之前的写法有点后悔。以前就好像是只要感情足够强烈了，就可以让写的东西成立。就是你说的那样。

伍德：所以文学评论转换了你的某些部分，肯定是和智性相关的部分。

戴莱特：是的。而且我必须有立场，不止是关于某本书，更是关于我的阅读立场。我想我开始认识到我一辈子都在读书，但我从未珍视这件事。我有点高兴我从未想过要珍视它，只是把它当作我正在做的事情。但是，通过这种评论式的写作，我突然意识到自己已经读了很多东西，而且似乎已经积累了一定量的知识。我以为这读完的东西就消逝了，反倒是一直在堆积。我实际上一直在学习。

就是说，虽然我一直都把学到的东西投入到我的小说中，但那时我才明白，通过阅读，我学到了很多关于文字是如何起作用的知识，而我也可以就这方面进行写作。

那时我也一直在教书。上课时我先与学生一起阅读伟大的小说，然后阅读学生们的作品，那些作品可算不上伟大的小说。我最喜欢的部分其实是和学生们谈论文学，就是从那时起，我意识到我能看出小说的范式，理解小说的发展，看到有趣的影响汇聚在一起，各种事情都开始发生。那让我很兴奋。

我记得是在2000年，我最年长的朋友之一给我一本詹姆斯·伍德的《破格》(*The Broken Estate*)。我读《伦敦书评》[①]已经很多年了，因为我父母都订阅了它，而詹姆斯·伍德从九十年代开始在其中出现。他的写作方式就特别令人信服。我通过阅读他来学习如何写文学

① 伦敦书评（*London Review of Books*），英国的一本文学散文杂志，成立于1979年，内容主要涉猎小说、诗歌、文学理论及政治。

评论，他将权威性和对文本的细腻体会完美结合。

伍德：有趣的是，教学已成为这一切的一部分。你是我认识的少数几个从教学中真正受益的作家之一。它给了你什么？

戴莱特：嗯，我一开始就喜欢它，因为我似乎对此有天赋，而人总是容易喜欢上自己擅长的事情。我似乎很享受交流。我喜欢和学生在一起，让他们大笑之类的。因此，在最初的五年中，这就是全部意义。我对他们的作品确实没那么感兴趣，但是我对他们本身以及他们向我展现的东西感兴趣。

但后来我走得更深入，也开始对他们学习写作的方式真正感兴趣。我开始对我教学用的材料给予适当的注意，也取得了更多的自主权，被允许去选择教学材料。所以突然之间，我可以把教学的主题融合在一起，并且非常享受让他们看到一段文本的生命力的过程。

另一件事是我真喜欢二十岁上下的孩子。他们真是活力四射，和他们在一起真是太有趣了。我想我已经意识到自己有三重职业，对此我感到非常高兴。好吧，实际上是四重职业：教学、写文学评论、写小说和抚养我的孩子。这一切都成立，你明白吗？

伍德：有一些关于写作的你最喜欢的描述，就来自你的教学中。其中之一就是马丁·艾米斯关于“宣教，针对的是自己”的言论。这是什么意思，为什么你喜欢它？

戴莱特：看，每个人应该至少读几本马丁·艾米斯的书。他不是一个非常成熟的人，但是他是一个非常非常老练的作家。上面那句话来自《信息》(*The Information*)，顺便说一句，对我来说，这是他的作品真正开始分裂的时候，因为他试图变得更加人性化，但实际上，他确实不是那种人。他最好还是继续文字游戏式的写作。我不是说他非这么写不可，但无论如何……他的小说中有一位即将崩溃的作家，他不得不在一家自费出版社工作。他不断收到这些可笑的手稿，艾米斯将它们描述为“宣教，针对的是自己”。

当我教书时，我读到太多作品，都是作者试图说服自己去拥有某种立场。那感觉就像是他们在自言自语，而只有真正优秀的新手才会冲破这种限制，他们会突破自己作为受害人的观念，或者突破自己是最受欢迎的或不讨人爱的观念。不过话虽如此，如果从教书中停下，休息一阵儿，我当然会感到非常高兴，毕竟教书时总要做批改作业之类的事情。但实际上，当我在教室里，几乎总是感到很好玩。如果你做对了，就会好玩！（笑）你在摇头呢。

伍德：也有时候，学生们为他们自以为了不起的幻想自我而写作。我以前教书的时候，每个学生都写主角是位灯光设计师，住在纽约的复式公寓里。

戴莱特：是啊！当你是年轻作家时，会有些东西让你着迷，而你会尽己所能写这些东西，在意识到以前，你就把自己投射成一个受害者或灯光设计师之类的。我一遍又一遍地看到人们这么做，有趣的是，年龄较大的学生情况甚至更糟。当你五十五岁时，你对自己的宣教已经很强了。一切都很牢固了，无论是他们认为自己是谁，还是他们认为世界对他们做了什么。因此，来自艾米斯的那句警句很棒（制造警句是他特别擅长的事情之一），它包含了丰富的含义。我猜，一个越来越成熟的作家要试着摆脱这种困境。

伍德：你认为你写过那种宣教吗？

戴莱特：唔，我尽量不去写，但我以前还不成熟，不知道我到底是什么样的。对我来说，我的最近两本小说确实有这种倾向——我终于用一块玻璃隔开了自己和作品。我想这是因为以前我没有真正理解我自己，没理解自己想要什么、是什么样的人。我想，人要到四十多岁时，才会真正理解自己。

伍德：当我们说“去了解你自己，这对写作很重要”时，很容易让人感觉，你写的东西……

戴莱特：全都关于你。确实如此。

伍德：所以区别在哪？

戴莱特：是这样的，我认为写作迫使人对自己是谁、自己灵魂的所有细微之处诚实。而且当你写了一阵子，你会停止追求一个宏大的姿态，因为你意识到生活不是由这种宏大组成的，它实际上是由细微的事物组成的。然后你会开始正式地审视自己。

我认为真正教我做到这一点的人是艾丽丝·门罗。在对羞耻、嫉妒和贪婪等琐碎事物的审视上，我觉得没有人比她做得更好，而且她还能从中发展出特别吸引人的小说。我大概是在 2005 年左右开始认真读她的，然后大约有十年一直都在读她。

就像我之前说的那样，你意识到黑暗并不是“天哪，每个人都死了”（不是说那不黑暗、不难），而是：每个人都死了，但你尝试在葬礼上偷偷多拿一块蛋糕的样子，会真的很有趣。

我对苦难一无所知（真正的苦难，类似于身处每日经历战火的国家），我不知道那种真正的创伤，但我确实知道，每一次人类间的互动，其中都藏有一些黑暗。

伍德：你和我有时会聊的另一件事，是读者和有些作家倾向于“下诊断”。比如，在我的情况里，人们说我的战地记者角色曼迪患有“创伤后应激障碍”，或者说我另一本小说里的主角有“承诺恐惧症”之类的话。作为作家的我，会有一种感觉，很想跳出来反对这些。

戴莱特：是啊，早在《庞博拉》出版时，就有几个人有些担心地对我说："这本不太女权主义吧？"我惊呆了。我觉得，我是个女权主义者，但生活是很复杂的，人们并不总是以女权主义的方式行动，或者如果他们确实很女权，但那就是另一个关于黑暗与怪异以及所有这些东西的故事。

如果一切都简化为"创伤后应激障碍"，那这个故事就不成立了，对不对？它就没有虚构的成分了。我觉得吧，曼迪是很差劲，只是恰好做了战地记者！（笑）

伍德：是的！要么就是，她大概确实有那个病，但这本身并不能说明任何事。

戴莱特：我有这样一个理论，那就是弗洛伊德的出现确实改变了小说。小说以前会做弗洛伊德所做的事情。我的意思是，你本来必须和真正的心理咨询师或精神分析学家交谈，才能获得诊断，但弗洛伊德的想法是，如果你通过你的经历编出了故事，那这个故事就可以诠释你的经历。而小说一直都是这样做的。然后弗洛伊德出现了，小说在那之后，就开始变得更有诊断的倾向，就被这种每个人的问题都是可解的想法影响了。

伍德：而且如果你给这问题起一个名字，那么它就和其他人的叫这个名字的问题一样。

戴莱特：是的。这样以后，你就可以在这边把所有患有创伤后应激障碍的人组成一个团，在那边把所有想要和他母亲做爱的人组成一个团之类的。现在西方的每个人，都热衷于了解他们自己，而我们就在这样的时代里写作，而小说却是关于未知的。所以你必须努力摆脱这种影响。我们必须背弃它。

伍德：但是我们一直在说，除非你了解自己，否则你没法写。

戴莱特：但这是另一回事，对吧？这样，也许我们应该说“成为自己”，而不是“了解自己”。对我来说，在人生的后半段发生的事情是，好像此前一直都在我自身以外野营，而现在，到了最后，我终于开始把家具搬进去了。我一直可以活成我自己的，我却一直在外面看着自己在到处做这做那。然后到了这个年纪，我开始想：“你猜怎么着？这就是我的样子，它不完全讨人喜欢，它有时会让其他人不满，但我就打算这么活了，这就是我现在要成为的人。”所以，也许认识自己就是做自己。

伍德：真有意思。

戴莱特：关于那个诊断的问题，我最后再说一点。还记得琼·伦敦的《黄金时代》出来时，你和我都为发现了这样一本新书而兴奋，我们都非常喜欢它，它讲的是两个大约十二岁的孩子在一所专治小儿麻痹症的医院相爱了……在其他一些白痴的手里，这本书可能与创伤后应激障碍、什么情感障碍以及疾病对儿童的影响有关，但在琼的笔下，它探讨的是一个孩子如何做大人，是一个人如何寻找自己的志向，也正是一个人该如何活着。

她写得太棒了，你没法给它贴标签。

伍德：让我们回到你新故事的源泉：青春期。关于这个我的笔记用了弗兰岑的短语，“热点材料”。在我看来，青少年后期和成年早期，是你的热点材料。我对你在那些经验中的扎根之深有点惊讶——不仅是你自己的，而且还有新颖的、相当虚构的关于那个年纪的体验。你的长篇小说中来自你个人生活经验的部分多得多，相比之下，你在这些短篇故事里进行了更多的发明，所以这些故事更虚构，却——

戴莱特：却自传性更强，这太奇怪了。感觉像是我编造得越多，我能做的就越多。这些短篇并没有彻底消除我个人生活的印记，但在我写作的这个阶段，有一个非常神秘、难以解释的事情，关于如何寻找我自己的声音。一年又一年，我一直在寻找一个声音。终于，突然间，这个声音出现了。

我不知道弗洛伊德会怎么评价这件事，但我认为对我来说，大概从十四岁到二十六岁的很多时候，那几年确实是生动而令人兴奋的，但也就是在其中的几年，我一直在伪装。我总在试图弄明白，在我所处的社交情形下，怎么沟通最好。我对社交非常焦虑，非常不确定自己是什么样的人。

我被教导要友善和善良，而我当时确实在为此努力。我的意思是，友善和善良显然都有价值，但同时，我内心有那样一个动物性自我，而我的任务似乎一直是压制住那个动物性自我。而现在，我对她，那个动物性自我，放松了。我现在住进了我的自我，那个源泉就似乎永不枯竭。因为我过去一直按住它，太长的时间里我一直在上面盖着他妈的盖子，所以当你取下盖子时，它只会不停地涌出、涌出再涌出。

伍德：和我说说那个动物性自我吧。

戴莱特：好的，我想我指的是一个人更粗鄙的一面。拉屎的那一面，性欲的那一面，吃饭的那一面，你懂吧。所有那类的事情。我以前从没提过，所以这很有意思——我从小就隐约地对那个自我感到羞耻。我想最主要的是对那个饥渴的自我。就像我直到挺晚才过上性生活，但我实际上在青春期时就被性欲难倒了。真的太难了。如果我那时能弄明白该怎么做合适，该怎么削弱疯狂的自我意识就好了！因为要成功过上性生活，你真的需要有一个动物自我，对吧？你得放开她。

因为我说的这些蠢到吓人的事情，或者我看到自己粗鄙地好奇或傲慢或就是肮脏的样子，你懂吧？我花了好多时间来逃避这些羞耻。在十几岁的时候，你很在乎肉体，你的身体在不断变化，散发出臭味之类的。而对我来说，我无法把它塞进各种衣服。我真的花了很多时间试图不去认知那个自我。我现在知道，那时一直没有男朋友的原因是我有太多的羞耻了。我不能展露自我。

所以之后，当然了，当我进入二十多岁，我就开始大量饮酒并且做很多爱，但我总是感到羞耻。

伍德： 在《六间卧室》中，各种心理剧在封闭却共享的区域内上演，这些高风险的场地：合租房，青少年聚会，校园，所有这些有争议的、喧嚣的空间。那里一直有着很多很有趣的权力游戏在上演。我现在觉得这本书一定程度上像是一群孩子在一艘木筏上，绝望地互相推挤，为了留在木筏上，为了生存。

戴莱特： 绝对就是这样。这很残酷，真的很残酷。我想在我的成长阶段，我充满了对性欲、食物和阅读等等的饥渴，而在我所在的群体中，那样的人是完全不会被接受的。我就觉得无法融入。话虽如此，我知道每个人都觉得自己不融入。

前几天，我的女儿遇到了一个情况，她应该要和一群朋友会面，但他们迟到了。这种事一天到晚发生。但是因为他们只是青少年，所以他们没有给她打电话，他们就让她坐在那里等啊等，而那时我和她在一起。当这些孩子找到她的时候，我很生气。我在旁观我自己。近几年我没那么生气过，而我非常努力地不把气撒到爱丽丝身上，因为这与她无关，而显然是触发了我以前的记忆。爱丽丝不得不表现得好像她不在乎这些家伙迟到了一样。因为在青少年的世界里，你不能表现出那种感受，那样不好。那会让船摇起来。那让你显得笨拙。那使你看起来像是个想要些什么的人。表现出想要任何东西都是不被允许的——虽然你想要别人出现，你想要别人做你的朋友，你想要一个男孩喜欢你。在你被想要吞噬的同时，你却不被允许表现出一点点想要。

而对我来说，很有意思的是，此刻在爱丽丝的青少年时代，我突然（主要从内部，略微从外部）击碎了这该死的阴谋。因此，我认为那个被压抑的自我，成为了我创作的一部分。

伍德：这对小说非常好，因为……

戴莱特：没错。你只需拿起笔，蘸上那个墨水，不是吗？然后你就写起来。

伍德：这些故事中发生的另一件事是，孩子们都经历着各种各样的向往和暴虐——男孩们命令女孩们做他们女朋友，而女孩就服从了。然后我们有女孩们到处指挥她们的朋友，因为某些人得感受下权力。你在年轻人中间进行了这些相当残酷的控制游戏，而与此同时你故事里的父母状态都相当靠不住。唯一稳定的一对父母是混蛋，并且是配角。剩下的，你写了结过好几次婚的父母、有外遇的父母、酗酒的父母之类的，而所有这些还都完全是背景。因而这些孩子生活在一个非常有趣的星球上，在那里他们生活中唯一的权威是完全靠不住的，但不是以戏剧化的方式；这一切都很常规。这造成他们脚下的地面发生了很多变动。

戴莱特：是啊。有了自己的孩子后，我意识到一个孩子的适应能力是无限的，除非你告诉他们，你的生活方式有问题，否则他们不会注意到，他们只会过下去。这就是为什么当可怕的事情发生在孩子身上时会特别悲惨，因为他们真的会一直努力适应这些。

而这也来自我的童年，我的父母在一起很幸福也很稳定，但他们从不谈论任何事。所以在其他家庭你会知道事情不对劲，但在我家，因为从来没人讨论，你于是觉得，哦，家就是这样，我习惯了就好。

如今这年头，父母对孩子坦诚得多，这有好有坏，我觉得。

伍德：那么，你认为，这个不稳定到诡异的上层结构，对这些故事有什么作用？

戴莱特：这是一个非常有趣的发现，我还没有考虑过。我妈妈曾经告诉我，对于我的孩子们来说，“直到他们十岁，你都是他们的上帝。在那之后，他们的朋友是他们的神”。作为父母，你不再有影响力；孩子的朋友想要的东西会变成了他们想要的东西。而我显然已经看到了这种情况发生。

因此，父母确实处在背景中，而对于所有这些在青少年时代上演的可怕戏剧，父母们真的没有任何影响力也与之无关。他们对此无能为力，一切无论如何都会发生。我的意思是，我一直和那些冲到高中去干预正在发生的破事儿的父母交流，但我想说：“你管不了。”你管不了，那是一个与你无关的世界，即使你去管了，它也会在没有你的情况下继续发生，除非你牵着孩子们的手，在他们一生中的每一刻都走在他们旁边。你就必须让它发生。不过我的故事中的父母的不稳定性也很有意思，考虑到我家是相当宁静的，因为妈妈和爸爸很相爱也因此很幸福。但与此同时，尤其是我妈，是一个非常活泼、生动、复杂、难相处的人，也是一个出色的人。

所以我想故事里所有那些问题父母，都可能在一定程度上，是我只有在我妈身上才感到的那种难搞的延伸、扩展或细化，那种感觉我说不清楚，但我知道在那里。因为我妈真的非常反复无常。前一分钟，她在用某种手段打击你，而后一分钟，她的在场会让人特别有活力。她也真的很爱我，也很善良。

伍德：故事中另一个强大的存在是其他人的房屋和卧室。学校里其他女孩的卧室、男朋友的卧室、父母的卧室——你对每个细节都有令人难以置信的敏锐意识。我知道你之所以把这个集子命名为“六间卧室”，是因为其中一个故事的标题是这个，但是整本书关于性和私密的欲望以及对那个空间中其他人的欲望的怪异感，引起了我深刻的共鸣。

戴莱特：我家的一个情况是，婚姻中的善被看得很重。我的父母非常忠诚也很相爱之类的。所以，我对别人家里的“恶”很敏感。比如，在当时离婚是很少见的，尽管在变得越来常见。

举个例子，我确实认识一些孩子，他们家里会把《花花公子》一直放在桌子上。我家哪怕只是屋子里有一本《花花公子》，我父母都会恶心和羞耻得要死（笑），更不用说一直放在桌上了。但是你看到了那样的事情；你走进别人家里，然后想：“天哪，他们是这样生活的。”我想，我父母对其他人的不良行为的敏感，使我对这些特别敏感。当你还是个孩子的时候，你去了别人家——那就是去了另一个国家。像是会觉得：“哇，你们真是怪胎，你们都在做什么啊？！”而这可能由任何事情引起，从不一样的厕纸，到《花花公子》。

因此，怪异感就产生了。有时我的孩子有朋友过来，你会知道他们并没有那么深地扎根在他们自己的家庭中，因为他们突然就像在自己家一样住下了。这真的会给你带来一坨烂事。我把他们叫做冰箱开启者。你懂的，孩子们进来了，然后就打开冰箱，在房子里到处乱走。你的房子对他们来说似乎并不陌生，而对我来说，当我去别人家时，那里充满了丰富的感受，因为别人家是如此不同，但也令人恐惧和感到不对劲。

伍德：我想知道你是怎么做的。你一直都这样做，这并不新鲜——你花一丁点的时间观察，但是你对它的使用拓展了它，于是它说明了一切。举个例子，在最后那个无比动人的故事中，塔莎谈论了她宝宝的父亲离开后的日子，在她喂它时，宝宝的脚不再有任何支撑点。故事中这没有发展出任何其他剧情，但这是非常让人心碎的一句。所以你是如何找到这样的时刻，如何确定它是有意义的，然后你又如何像这样在情节中把它抛弃的？因为抛弃它，也是故事所需的。

戴莱特：唔这件事，对我来说，完全和经历过有关。你的生活是由这些时刻组成的，作为作家，你得学会识别它们。那些时刻有点像口袋里的鹅卵石，它们一直都在那儿，每当你把手伸进口袋里时，它们就会再次出现。而你作为作家的经验越丰富，你就越了解如何摆放这些东西以及如何使用它们……如果我们继续用鹅卵石做比喻，那么就是把它当作创作的魔法石、点金石。

那么，关于婴儿的那句话，当我以前用母乳喂养我的儿子帕迪时，他是如此实在。罗素会在床上坐在我旁边，而帕迪会把脚踩在他身上，像袋鼠一样踩着他，向他踢脚。我一直存着这件事，因为我当时要去为一本书巡回宣传，所以必须给帕迪断奶。而我决定在罗素不在时给他断奶，因为我知道这件事会让我难过，而出于一些该死的愚蠢原因，我以为“我最好在罗素不在时难过”。

因此，罗素不在那儿。而我最后一次喂了帕迪，他的脚像海星什么的在动。那时他大概十四个月，他的脚踢出去，却没有罗素可以踢到，而这让我好伤心。所以我一直记着这件事，一直把它当作鹅卵石放在我口袋里。

伍德：你知道你一直随身带着它吗？

戴莱特：是的，我一直记得。那是你一生中的那种时刻之一——再用一遍之前的比喻，就像油井什么的一样，你把盖子拿开，它就向你喷出，你懂吧？而它可能是很细小的事。

伍德：所以，你永远不会忘记它——但你那时写下来了吗？

戴莱特：我没有写下来。那一刻就是会永远和我在一起。而你会有一袋又一袋这样的鹅卵石，这些东西你不用写下来，但它们永远不会离开，它们就是会留在你身边。

伍德：我想我忘记了它们。

戴莱特：我倒是觉得你没有。

伍德：也许我没有。

戴莱特：我敢打赌你没有。你会学会使用它们。但是，当你刚开始写作时，你积攒了一些类似的时刻，而你会像火车一样，让整本书朝着它们前进。就像是“我们来了，激动人心的时刻”，然后你就冲着它们写。但你总是失败——你会想：“我在做什么？为什么我搞砸了这件这些年来我一直等着写的伟大的东西？”而这是因为你采用的方式。你用了错误的方式接近它。你搞出了巨大的动静，但实际上，如果你悄悄地从侧面接近，它会安静地将它的力量注入叙事中，那么，如果你运气好的话，那个读者，一个好读者，就会感知到。他读到它，然后感到“哇！”，因为你没有插上一堆指着它的路标，写着：“戏剧性的时刻要来了！极度悲痛！超级伤感！它来了！”

伍德：但也是因为它出现时，故事在向其他方向迅速发展。

戴莱特：是的，是动态的。它不是静止的。我认为，我早期小说的问题之一，就是我总让这些事情保持静止。但事实是，即使帕迪这件事发生时，我也没有停下来去感受它。我必须先哄他睡觉。我没有待在那儿为这件事哭。

所以是的，你学着把这些东西喂给你的叙事，而你的直觉，依靠你的经验，不断成长。而现在，终于到了我可以正确使用这种直觉的时候了。关于这点我最后要说的是，对于这样的时刻，你真正需要做的事情，是别用其他这样的时刻把它包围。你得为它清出道路。

伍德：但是不要太过分，正如你之前所说。

戴莱特：但不要太过分。有意思不？能好好地谈论这一点真是太棒了，因为除了其他作家以外，没有人在乎这种事情。

伍德：说到作品中太多的静止感，我们经常拿我以前在写作中那种经常的回避开玩笑，即“她什么也没说就走开了”综合征。这暗示着某种深深压抑的感觉，或秘而不宣的戏剧性，但其实什么都没有。而且，我甚至不知道该如何推动作品，去找到我必须说的话——“什么也没说就走开了”就容易多了。我以前经常在受到卡佛[①]影响的作品中看到这种现象，他们学卡佛写那种非常精简的行文。这种写法暗示着少即是多，而在很多时候（就像我在做的那样，而你偶尔也这样做），少即是少。但在你的故事里，你确实抛弃了这种逃避。

戴莱特：是啊，是的。对你我来说，我们都有足够的技巧，仅仅漫步在风景中并描述事物——人们在做什么，他们在想什么，树木看上去如何，鸟类看上去如何——并不会因此受惩罚，就像我们以前那样。

但对于我的短篇小说来说，我觉得每一处描述都来自一种胎动似的感觉。我感觉我必须让它出现在那里，而不仅仅是我被动地站在那儿观察四周。有时对于读者来说，观察就足够了。但你作为作家，这对你是不够的，对吧？现在，在这些故事中，顶多有一点点部分（如果还是有的话）会让我感觉在阅读时不用动脑。而那曾是《安全感》的某些部分和《什么在消逝》的某些部分给我的感觉，就像在说：“我在这里做得不错，但我没有推动故事，我没有前进。”

而这和情节无关，不是吗？这和情节无关。这和材料的紧迫性有关。

---

① 雷蒙德·卡佛（Raymond Carver，1938—1988），美国短篇小说家、诗人，其作品以极其简练的风格著称。

我的新作品更好，因为我年纪大了，也没那么梦幻了，少了些……的东西。我一直很喜欢金斯利·艾米斯[①]对马丁的作品所说的话，说那是“不由自主地生动”。而我认为我写的一些东西也是不由自主地生动，尽管我的用词没有他那么绝妙。

对我来说，这种新的紧迫感来自创造的纯粹快乐感觉，但它甚至不像是创造，感觉像是我在很自然地工作，体验着我所写的事件。而通过“她什么也没说就走开了”这样的腔调，我们其实只是在草草赶工，只是在把页面填满。不过，你没法强迫这种自然的感觉发生。那不合理，也不是说我因此就更高明。我只是幸运，你明白吧。

伍德：但你确实有一个被戏称为“改进计划”的东西。这个改进计划是关于什么的？

戴莱特：嗯，你做得很对，在此刻提到它。我就是在这些故事写了大约四分之三时，开始了改进计划。

这个计划是回过头去找到所有“她什么都没说就走开了”的时刻，然后对它们说不：这些故事中不应该出现那些时刻。它必须写得更好。这就像是去确保你爱你所有的孩子，而不是只爱十个孩子里的四个，你明白吧？你必须对所有这些句子感到自豪和满意。所有的句子。十句中只有七句凑合，是不行的。

伍德：是什么让你为自己写的某一句感到骄傲？

戴莱特：如果我能从中找到、发现、揭露那种冲动。那种胎动的感觉。我记得我非常努力改进的故事之一，叫做《桥梁》(*The Bridge*)。那个故事原本的开头进展很慢，用叙述向你介绍正在发生

① 金斯利·艾米斯（Kingsley Amis，1922—1995），英国小说家、诗人、评论家和教师，1986年布克奖得主。作家马丁·艾米斯的父亲。

的事情。但我觉得，我从《悉尼书评》[1]中詹姆斯·莱伊[2]对我的评论中学到了一些，关于如何移动段落。我只是从中间拿出一个段落放到最前面，而这立刻改善了这篇小说。所以把那些更生动的、有胎动感的想法之一直接放到开头，让我可以仔细考量这些故事，去掉其中一些更死气沉沉的部分。

这整本书，让我自夸一秒钟的话，整本书充满了这种让我在写作时感到非常快乐和兴奋的时刻。

前几天我对我的编辑说，整本书中我最喜欢的一句，是在《我爱玫瑰》(*J'aime Rose*)中，当萝丝在爬河边那座很多层楼的房子的楼梯时，她经过了一间卧室，远远地看到一幅肯·多恩的画作。我在写那句话时，我是全世界在世女人中最快乐的一个，因为这很忠实于我对小时候住过的所有那类房子的经历。

当我在《萤火虫》(*Firebugs*)中写到孩子们搭出个小火堆时，我有一种兴奋感。我写道，弟弟往火堆里扔了一朵蓝花楹，花在火堆里嘶嘶作响地燃烧，并“松落出甜蜜的烟雾”。我认为在那里用“松落”和“甜蜜”这两个词恰如其分。因此，整本书充满了这种让我有点傻笑的地方，让我觉得有意思，而不是那种重读时会让人惊恐地哀叹的东西。

伍德：你此处讨论的似乎至少有两件事。一件是关于寻找那种时刻的真相，另一件是关于如何娱乐自己。不久前，你在校对塔莎的故事系列时，给我发过一封电子邮件，说你在给小说东修西补以后，你感到“这种可爱得几乎愚蠢的能量”。你说：“塔莎、朱迪和妈妈的故事系列中有一种欢乐，我花了好几年的时间试图找到它。它是一种被塔莎或她妈妈陡然的起起伏伏惊讶到的可爱感觉，一种巨大的满足

---

① 《悉尼书评》(*Sydney Review of Books*)，一本在线文学杂志，创刊于2013年。
② 詹姆斯·莱伊（James Ley），澳大利亚文学评论家、编辑。

感。”也许改进项目的核心是寻找惊喜？

戴莱特：真正的惊喜。我想是的。我的意思是，这不是说我想要一只三条腿的狗突然出现什么的。这单纯就是角色开始变得像真实存在的人一样，当他们做点什么的时候，既会给你惊喜，也确认了他们是不是你原本想的那样。

彼得·凯里[①]在《制作故事》中的采访中提到了很棒的一点，他说当你塑造一个角色时，会有一个时刻，感觉有点“像正骨疗法时发出了咔哒一声”，然后突然间角色就立了起来，而你会觉得，他们是活人了！这就是那些时刻的感觉。你就是觉得人物们活起来了，而且他们会让你大笑，倒不是因为他们好笑，而是因为他们获得了自我，让你感到满足。

伍德：让我们谈谈你早先暗示的“恶”，即写作是通过人类的琐碎感受而被赋予生命力的。你笔下的青少年充满了那种让他们活下去的残忍生存本能，而他们的父亲母亲都在到处瞎搞、犯浑、完全以自我为中心。但他们并不是糟糕得很夸张的父母，他们只是在各种细微之处糟糕，而这让故事莫名生动了起来。

戴莱特：是的。你看，曾几何时，要成为一名女艺术家，你必须一定程度上脱离世俗。你必须像弗吉尼亚·伍尔夫一样疯，或者不生孩子，这在那时被看作是一种彻底的异类。你必须以某种方式将自己从世界中隔离。而那曾是唯一能让你突破牢笼的方式。但如今，社会给每个人大得多的空间，做艺术家的同时过体面的生活是可行的，也是可以追求的。你我都有幸福的婚姻，我生了孩子，我们都有工作、有好朋友，而且你懂的，我们没有用我们的尖叫和酒疯来切割社会的束缚，我们不必做那种事。

---

① 彼得·凯里（Peter Carey，1943— ），澳大利亚小说家，1988年和2001年两届布克奖得主。

但与此同时，成为一名艺术家需要接触你内在的某种恶或疯狂。你必须这样做，才能做出真正好的艺术。而且每个人都有那种恶或疯——只是你必须找到它。而我意识到，对我来说，它在我那段时间的生活中最深刻地存在着，因为正如我之前所说，那时它是我生活的一部分，那时我极度不忠于自我，但也同时感到自己最有力量。所以我猜，那时发生了某种魔法，类似于这两个元素间的炼金术。而后你写下那些东西，倾入那种感受，来赋予角色们生命。

伍德：我有时认为只有在他们做一些前后矛盾或违背他们自己利益的事情时，他们才会活过来。

戴莱特：当他们把事情搞砸的时候。

伍德：是的，之后你的人物就会获得一些生气和活力。而当你读的书里满是举止得体的好人后来遭遇了悲剧之类的时候，你会感觉书里没有内在的冲突。

戴莱特：而且也没有调性的变化。因为这个人开头就在受苦，结尾时也在受苦，他们从不真的必须做任何事。

伍德：我想和你现在聊一下，如何管理一个写作的生活。我现在变得很喜欢弗劳伯特的建议："像中产阶级那样规律而有序地生活，这样你才可以在创作中暴力和原始。"从你对你时间和精力的管理来看，你是我认识的所有作家中生活得最井井有条的一个。你非常严格地压制着那个嘈杂的外部世界——不用社交媒体，不上电视，不沉迷于时事。你似乎并没有像我那样因为参与这个世界而损失能量，因为对这个世界的混乱无意义地焦虑，而无时无刻不倾泻精力和情感。

戴莱特：是啊，但你比我有更多的空闲时间。如果我没有孩子，我可能会和你更相似。当然，我从内部观察自己的生活时，根本不觉得有条理，而是感觉很荒唐。不过这种生活方式起作用的原因是它自私。

不是说我的生活有一种圣洁的顺序，而是我需要空间。如果我不写作我会抑郁；如果我和孩子们在一起的时间不够，我会抑郁。因为坐下来和孩子一起认真玩耍，就像坐下来认真写作一样——你会做点家务之类的来拖延，然后终于你和他们一起坐下来，拿出玩具或书本或游戏或开始做他们想做的任何事情，然后突然之间你就进入了这个极其生动的世界。但你之前一直在躲避它，因为这确实意味着你要交出你的整个自我，而每个人都对此有点抵触。

我们住在山上一部分是财务上的考虑，但一部分也是出于与我不用社交媒体相同的理由——因为我真的太喜欢和人相处了，并且真的无法抗拒邀约。我觉得真的很难说不。但是我知道，如果我要对我的生活尽职，那我就要待在这个家里并且写作。因此，这绝对是为了保存自我，并非我勇于拒绝电视和派对邀请。我只是恰好有一个好使的内部气压计，让我知道什么时候压力太大。

而且事实上，我真的很感兴趣，苏·史密斯[①]在你与她的访谈中谈到关于身体的事情。对我来说，我会知道什么时候过头了，因为我会偏头痛。我一年只会偏头痛两次，而它总是很典型，每次都像“瞧，我来了，你在作品里混进太多东西了”。

伍德：跟我说说散步吧。这对你的写作有什么作用？

戴莱特：唔，它能打破想法的死循环。你在想：“我不知道了，我不知道这里该怎么办了。”而我散步是因为我需要健身，因为不那样做我就会感到疲倦并发胖。我并不总是那么喜欢散步，但我尽量每天都散步，只是为了让自己一直动起来。不过之后，几乎每次我独自散步，都

① 苏·史密斯（Sue Smith），澳大利亚剧作家。

会带给我自己在寻找的解决方案。也许是因为这样你才足够分心——因为过马路或其他的时候你需要四处张望，你对自己足够分心了，才可以开始玩创意，然后你的脑子就告诉你："这就是你在找的东西。"

我有过几次带着一个问题去散步，我已经一遍又一遍地对自己说同一句话，或者一遍又一遍地对自己问同一个问题。而在一公里之内，问题的答案就出现了。我也曾与罗素一起有过非常高效的散步，我们一边散步一边聊——没聊什么大问题，只是聊聊我们中的一个正在修修补补的事情，而我们中的另一个会说，"啊哈！我刚刚想通了。"这很有趣，是不是？刮开一个作家的表面涂层，我想你会发现一个步行者。

伍德：这确实看上去几乎是普遍规律，步行或任何意义上的运动，对于某些人来说可能正在跑步，都会带来创造性的解决方案。

戴莱特：是的。或许还有游泳。它肯定也和释放内啡肽有关，这样大脑感受到的放松和满足必然会导向某种东西。

伍德：安妮·迪拉德[①]的《写作生活》（*The Writing Life*）为你提供了另一个反复出现的安慰性短语，她说写作是"和病人坐在一起"。

戴莱特：是呀，说的不是很棒吗？我认为对我来说最困难的事情是回到工作上，这不仅源于时间的约束，还因为我是怎么样的人。当一切顺利的时候真是太好了，但我仍然几乎会做任何事来逃避工作。这是那种最荒谬的难题。安妮·迪拉德打了各种各样的比方来描述这种回到工作中。有一个完全对立的比喻，是说工作就像关在屋子里的狮子，如果你不去照料它，它就会变得不驯服。这和病人的比喻迥然不同。

而在这个比喻中她的大意是："就像在照顾一个生病的病人，你

① 安妮·迪拉德（Annie Dillard，1945—　），美国作家，曾获1975年普利策非虚构文学奖。

所能做的全部就是坐下来陪着。”对我而言，它没有那种令人绝望的腔调，更像一个法院强制令，只是要求你保持出庭，保持出庭。就是这样。去做就对了。

伍德：但其中有相当的部分是等待，而非行动？

戴莱特：是啊，要做好准备。现在对我来说，一单位时间的写作，大约有四分之三的时间是在等待，四分之一的时间写我真正想写的东西。但是在等待的过程中，我也写，只是写点废话。我就会写下脑海中出现的关于这个角色的任何内容，直到思绪被其中的某个瞬间绊倒，然后就开始真正的写作。

所以我猜重点是待在那儿，留出时间让一切逐渐发生。然后相信某种有价值的东西会现身。我想重点就是一直待在工作中。可以说这就是我此刻尽力对我的新长篇做的事。

伍德：如果作家的天性或个性中有一些重要的特质，你觉得它们会是什么？

戴莱特：我认为主要就是一种无法阻挡的兴趣。你就是停不下来。你不能停止阅读。对语言及其运作方式有一种不由自主的兴趣。

你还需要自信。我不知道你从哪里可以得到自信，除了通过充足的练习来使你变得擅长它，以至于有人说你擅长写作，而这恰好给你足够的信心去继续写作，直到下一件事发生。对我来说，那是一个重大而关键的时刻，那时我十七岁，一位写作辅导员对我说：“你是一个作家。”这看起来很老套，但它确实是一个了不起的时刻，它是一个重大的时刻。

所以自信，对文字的兴趣——而且你得是聪明的。实际上，我很长一段时间都没有意识到这一点，因为你花了很多时间在瞎写，想着“我真笨”。而且你往往是一个情绪不受控制的人，这会让你感觉自己像个笨蛋。但实际上你得聪明。你得足够聪明，才能理解单词和它们的工作方式，才能善于阅读，愿意改变。你得真的在一定程度上灵活和开放。

它一定是某种远远超出仅仅想成为一名作家和想要被发表的东西——你当然也想要这些。假使能看到如果不能写作，我们会做什么、我们会成为哪种人或者那种精力会流向哪里，将是很有趣的。

伍德：我经常问自己：如果作品无法发表，我会写吗？你呢？

戴莱特：我也不知道这个问题的答案是什么。我想我会写信。但实际上，写作的乐趣之一就是变得越来越擅长写作，并取得成功。这就是你继续这样做的原因之一。并不是因为那种想象中的物质奖励（根本没有这东西），而是一种真实的生理满足感。

我认为写作是与生活对话。而你无法阻止你自己对生活的诉说并听到它对你的反馈。它让生活是如此……鲜活。很好笑的是，作家的形象是某个总待在室内的人之类的，因为我感到如此生机勃勃，你懂吧。我感到如此生机勃勃，当我写作时，当我阅读时。当我生活在书本中时。

詹姆斯·布拉德利

詹姆斯·布拉德利，小说家，文学评论家，上世纪七八十年代在阿德莱德长大。在移居悉尼并开始写作之前，他接受过律师培训。他的第一本书是诗歌集《船蛸》(*Paper Nautilus*)。该书于1994年出版，当时布拉德利只有二十七岁。随后他出版了第一部小说《残骸》(*Wrack*)，该书于1997年入围了迈尔斯·富兰克林奖[①]，使布拉德利入选为《悉尼先驱晨报》该年度的最佳年轻小说家之一，并获得了凯瑟琳·米切尔奖[②]青年作家奖。他的第二本小说《深田》(*The Deep Field*)获得了1999年《世纪报》年度小说奖，并第二次被提名为《悉尼先驱报》最佳年轻小说家。

2006年，他出版了国际畅销书《盗尸人》(*The Resurrectionist*)，并入选了在英国获得巨大成功的理查德与朱迪读书俱乐部。在这本小说和他在2015年发表的备受赞誉的气候变化小说《演化支》(*Clade*)之间，布拉德利出版了《美女姐姐》(*Beauty's Sister*)(以长篇小说形式重述了长发姑娘[③]的童话)，并在《泰晤士报》文学增刊、《卫报》《华盛顿邮报》、《月刊》杂志、《轨迹》杂志、《纽约科幻评论》以及大多数澳大利亚主要报纸和文学杂志发表了多篇短篇小说、书评与评论。

---

① 迈尔斯·富兰克林奖，一项澳大利亚文学奖项，每年颁发给具有最高文学价值同时表现澳大利亚生活的小说作品。首次颁发于1957年。

② 凯瑟琳·米切尔奖，澳大利亚文学奖项，每两年颁发一次给杰出的年轻作家。

③ 由格林兄弟搜集的一则德国童话，讲述了一个头发具有魔力的女孩，经磨难后幸福地生活在一起的故事。

除了小说作者的身份，布拉德利也一直是受人尊敬的文学评论家和写作者。他还编辑了两本选集：《企鹅丛书之海洋》(*The Penguin Book of the Ocean*)和《模糊：澳大利亚青年作家的故事》(*Blur: Stories by Young Australian Writers*)。布拉德利和我彼此不太熟悉，但已经同处在一个圈子里十年之久。我们有很多共同的朋友，而且我们的"职业"也以大致相似的节奏发展，尽管他年轻一些，也比我起步更早。我和他的第一次接触是在1999年，我在一封电子邮件中感谢了他对我的第一本小说写的极具启发性的书评——极其宽宏，但不缺少有效的批评。它是我十五年出书生涯里收到的真正具有建设性的两篇评论之一，向我点明了该如何改进我的作品。近年来，布拉德利几次邀请我到他在悉尼的费伯学院①小说写作课上做客座演讲，在那儿，他的教学能力和学生因此对他产生的尊重都显而易见。

布拉德利是一位有洞见的思考者，并于2009年开始实验性地在www.cityoftongues.com上发表博客，部分是为了克服他从传统报纸和杂志出版观察到的局限性。他在《澳大利亚作家》上谈博客时说："我发现自己很长时间以来第一次真正享受写作的过程。"

拥抱在线空间的"匆忙与原始"，使布拉德利可以自由地书写任何吸引他的东西，从音乐到漫画再到政治，可能让他在处理更传统的评论和小说体裁时，也产生了新意和开放性。

他的一些个人评论文章极具力量，尤其是那篇关于创造力与抑郁的敏锐而动人的沉思，在他开博客的同一年发表在《格里菲斯评论》②上。

坚持写作生涯最令人感到满足的地方之一是，在同行写作者的伴随下，个人走向成熟，年轻时对于状态的焦虑逐渐消散。布拉德利深

① 费伯学院，由英国费伯出版社开设的写作指导项目，在澳大利亚地区同艾伦与昂温出版社合办。

② 《格里菲斯评论》，由澳大利亚格里菲斯大学于2003年创办的季刊，发表由新兴作家与艺术家创作的评论、报道、小说、诗歌与艺术作品等。

思熟虑地讲述了他创作生涯的第一幕到第二幕的转变，以及他如何找到一条路径，回到他自己在写作过程中独特、真实甚至欢乐的体验。

我很荣幸能与布拉德利谈谈他的创作。这次采访在悉尼内西区的一个露台上进行，他和他的伴侣，小说家玛迪·麦康诺奇，以及他们年幼的女儿安娜贝尔和莉拉住在那里。

夏洛特·伍德： 你对你的素材的起源有多了解？你知道一本书的种子是如何在你心中种下的吗？

詹姆斯·布拉德利： 这看情况。对于短篇故事，往往都源于一件特定的事，我猜通常是一个场景或一个概念，让我觉得“那肯定会很有意思”，但也可能比这更碎片化。去年，我发表了一个我很喜欢的故事，叫做《紧身衣》(*Skinsuit*)，它的由来就只是这个词。我当时在开车，然后我想到了“紧身衣”。于是我就一直在想：“紧身衣能成为什么？”

最终，我尝试了好几种不同的东西——一个更科幻一些，另一个更古怪——直到我意识到，这个想法与我一直试图解开的有关童年和幻想以及某些孩子捱过的黑暗等其他事物有关，而那以后，我就知道我该写什么故事了。

对于长篇小说，我有时也从标题开始。《盗尸人》就是个例子，当我开始阅读后来变成这部小说的历史资料时，我就知道这本书会叫做《盗尸人》，并会通过一幕字面意义上的复活，将这个词内化。因此，标题和构思是一起出现的，然后又被编织回书的结构中。

不过大多数时候，我会从一些抽象的东西开始，感觉到有些东西我想写。《演化支》基本就是这样。我一直在思考气候变化，思考未来，思考寻找一种设备或结构来帮助我写出来。但更多的是我被一种感觉、情绪或某种喜好吸引。可以说，是一个青少年坐在夜间列车顶上时，感到的那种特殊的自由和释放感，或是一种毛骨悚然或充满欲望的感受。而我对那进行了探索，直到我能从中揭示出点什么。

还有一种情况，偶尔它们在出现时就基本成型了。特别是有一本我多年来一直在断断续续创作的小说，我在某晚躺床上时有了想法，然后我去厨房桌上，在一两个小时内就写完了第一章，然后又用了一个小时列出了一个有条理的大纲。

不过有趣的是，尽管那第一章是我写过的最好的东西之一，但我至今没能写完这本书。这主要是因为，我还不够确信自己有足够的依据来写这本书，但这也可能是因为，我已经对这本书整体有了太多的了解，而我却有点需要把写作的过程当作探索发现的过程。

伍德：你通常会在写长篇小说的早期阶段写大纲吗？

布拉德利：（笑）但愿！我实际上是一个极其没计划的作家。从某种程度上来说这很奇怪，因为我也有点痴迷于结构，我一直非常关注一本书的结构性元素。但当涉及写作的过程时，我以一种非常自由的方式工作，没有太多的计划，只对要发生的事情和一些沿途的伏笔有一种粗略的预感。

实际上，当我开始写一本书时，我经常什么真正的想法也没有。我会有几个场景和一种感觉，然后在那些早期阶段，我只是边写，边等待人物和这本书的某种语调或预感浮现。一旦感觉有了，我便开始找寻节奏，感受一下情节在哪儿会推进和停滞，然后，一旦这种感受就位了，我便开始将这些融合在一起，并尽力进入草稿阶段。

然后我倾向于写得很快，将问题放在一边，只是不停推进，并寻找这本书的情感逻辑和叙述形态。

这样做有很多好处，但也意味着这可能是一个非常混乱的过程，特别是尽管你通常会找到解决撞到的问题的方法，但并非总能找到。

在《盗尸人》和《演化支》之间，我差点出版了另一本长篇小说，但最终没出，因为我知道那本书不成立，尽管它有很多优点，但它的问题是无法解决的。其中至少有一部分错误，来源于我在第一稿中有结构性问题，可我决定就以那种方式接着写，然后再回头解决。但我从未成功解决这个问题。现在回想起来，我怀疑如果一开始就厘清问题，那本书也许还可以，但因为我没那么做，整本书都失败了。

也许一定程度上正是因为我感到自己的写作方式很混乱，反过来在过去几年一直努力让自己更自律更有条理。我正在写一系列情节性很强的青年文学，而那真的很有意思——与我过去创作的相当不一样。我对故事没有一个清晰的概念，但我知道故事的形态，我知道故事会往什么方向发展。我知道那件事每两千字必须发生一次。（笑）我在《演化支》完稿和修订中的间隙写了它的第一本——这真是一种完全不一样的体验，在写了一本几乎没有故事的书之后，要写一本全是故事的书。

话虽如此，即使我的创作过程很混乱，对我来说重要的是我的书要快速进展，让它们有某种紧迫感。通常这和叙事有点关系，但并非总是如此：人们总以为叙事是给书本紧迫感的唯一方法，但实际上并非如此，你可以做一系列不一样的事情。

以《盗尸人》为例，我故意删除了许多情节和故事元素，但这本书拥有真正的推动力，是它的结构、情绪和语言起了作用，所有这些被设计成能推动它进展。因此，你不必完全依靠故事，就可以实现紧迫感，尽管我不得不说，这样做并不会使写作过程变得很有趣。（笑）

伍德：这太有意思了——关于这点你能再多说一些吗？因为没有人真正讨论情节以外的东西该如何制造叙述张力。

布拉德利：当张力来自情节时，要容易得多。当然，我并不真的知道我的书有没有我希望它们具有的紧迫感，因为我从来没有从外部来阅读它们。但肯定有一些不依赖情节而产生张力和推动力的方法。从某种意义上说，你可以剔除一些东西，以便不断地从一个时刻转换到另一个时刻。

最明显的方法是剥离那些联结的组织，这样读者不断地从一个点移动到另一个点时，不会得到喘息的机会。我怀疑如果你把这种技巧应用到整本小说中，那反而是不成立的，但当作家试图修补他的书时，你容易看到这种技巧。

我很可能弄错了，但我一直认为蒂姆·温顿的《污垢音乐》的前五十或六十页读起来有点像这样。他的书里充满了这些让你会直接略过的小章节，一个接一个地，在你意识到之前，你就已经略过那些不成立的部分，进入了好的部分。我的意思是它的结构提供了动力，而不是情节，或者至少是结构和那种温顿特色的奇特的闪断式写作。你可以在他的书里找到一种声音，以相当特别的方式引导着你。

不过你仍然会希望书里有事情发生。有事情发生是件好事。（笑）

伍德：好吧，这可以作为某种目标（笑）。瞧，我也这么觉得，我不想让自己的书慢下来——但这为什么很重要？

布拉德利：我不知道，因为我实际上并不介意阅读慢书。我刚刚读过克瑙斯高[①]，他几乎是慢的定义，但他的书很出色，恰恰是因为这种慢，以及这种对细节中的模仿和平庸间张力的挖掘方式。

但是如果有人对我说“我拿起你的书就放不下”，或者“我坐下来两次就读完了这本”，总会让我感觉是极大的赞扬。因为我希望人们会被我的文字牵着走。我希望他们能被拉进书里。不过我现在这样

① 克瑙斯高（Karl Ove Knausgård，1968— ），全名卡尔·奥韦·克瑙斯高，挪威作家，代表作为六册自传体小说《我的奋斗》。

说出来了，我反而怀疑这是否真的是我想要的，因为实际上我根本不怎么考虑读者，无论是在我写作之前还是在写作时。我只想要它给我的感觉是对的。

不过这都是一样的，从外部来看，我喜欢内容有紧迫感，于是我想我的书也应该是这样的。我希望人们读我的书时，会感觉成为其中的一部分，会感到激动，感到有意思。有人认为纯文学的市场问题是因为这些书里面没有任何故事，我对所有这种愚蠢的概括感到恼火，但它也包含了真相的一个要素：很多纯文学小说不仅在故事层面，而且在理念层面都没有足够多的内容。

作为一名读者，我希望能在阅读中感到一些要紧的东西，一些有意义的东西。这不一定得与故事有关，也可以是理念或道德或某种特定的新奇感或作者的观察力。

我对本·勒纳[①]《10:04》钟爱的部分原因是，归根结底，让这本书生动的原因是它充满生命力和觉知力的散文的力量，是它饱含并散发出那种你通常只在诗歌中遇到的意识。它也可能来自一个推理的过程或某种智力论证：很多我喜欢的科幻小说就肯定属于这种，它们让我兴奋，因为它们用激进的方式探索构想和可能性。

伍德：让我们来谈谈下一个话题，小说中地点的使用——在你的作品中地点有多重要？

布拉德利：非常重要。我倾向于很早就开始关注地点。人们谈论地点时，好像地点只是一个单一的要素，但我不觉得是那样。我认为地点包含了几重要素。地点始终和任何其他事物一样，是一种心理上的标志性景观，所以它关乎效果，关乎情绪，会以主题性或隐喻的方式强化书中其他地方发生的事情。

---

① 本·勒纳（Ben Lerner，1979—　），美国诗人、小说家、评论家，曾获古根海姆奖、麦克阿瑟奖等。

地点的另一重因素是它代表了对环境的关注。它不仅体现在写自然环境时，也是你在对自然环境的描写里会见到的那种东西：对事物的体验，太阳的运动，各种声音，诸如此类。

然后，我认为地点还有另外一重因素，它影响着你对世界的搭建：构造这本书中的世界。所以你要知道他们住的房子是什么样的，所有这类玩意儿。当你在写有历史性的东西时，这一点尤为明显，因为它需要你有一个更严谨的想象过程。

我倾向于从结尾时的情绪开始确定我的书。我希望它与一种特定的感觉有关，而在我的书里，地点总是与感觉有关。所以在《残骸》里，地点是我在附近长大的沙丘。在《深田》中，是夏季的悉尼。在《盗尸人》中，地点是我虚构的伦敦和澳大利亚，后者是前者的对立面。

但出于同样的原因，我也需要那种情绪来给作品增加分量，给它想象力或深度：我目前正在写的书之一，设定在二十世纪八十年代的阿德莱德，而尽管这本书一开始让我想动笔的原因之一，是我想写写自己的青少年时期，但现在我认为我必须将其转置到悉尼。我需要和我的材料和地点保持距离，来使写出来的东西变得真切和有趣。

这一切的另一面是，我不喜欢写那种，或者很多时候也不喜欢读那种让我觉得像某种历史课的书。有些书把纪录片的业务与小说的业务混为一谈，而对我来说，你只应该努力让地点更生动。

关于写历史小说，我有一条真正的原则，那就是我不在乎这条街叫什么，我不在乎这条街上有什么商店，你看到的所有那种人们说“鱼贩巷往下数四扇门有一家烟草店，而在烟草店旁边……”我讨厌这种玩意儿。因为在我看来，这些作者实际上是在散发自身对材料的权威性的焦虑，并且往往也对小说的虚构特权有更深层的焦虑。

信息的密度不能让虚构变得真切，想象的密度和质量让小说真切。我试图避免比我写当代世界时更详尽地解释事物。

很奇怪的是，我回头看才意识到，这和科幻小说家从罗伯特·A. 海因莱因[①]那里学到的技巧是一样的：他的决定是抛弃所有解释性材料，直接把读者空降在那个世界里，并假设每个人都理解那个世界，从而让人对他想象出的未来感觉真切。这就是我们，我们在月球上，这有一个密封舱，那边有一台正在说话的计算机，等等。这很可能是我从孩提时代读的所有科幻小说中潜移默化地学到的一种技术，但我怀疑这是当在写历史虚构小说，试图找到一种方法来为自己改进这类作品，让它感觉真切入时的时候，我所想到的。

伍德：你会有意识地进行调研吗？一些作家会有一个调研阶段，然后才到写作阶段——你在这方面的流程是怎么样的？

布拉德利：我没有流程！我的流程就是混沌。我总觉得很可笑，到头来我会被邀请去做关于研究的演讲，因为实际上我是地表最糟糕的研究者。我会做一点调研——你往往对你要写的东西已经有那么一点了解——但之后我就一边写一边搞清楚我需要知道什么。

如今也比以前要容易太多了。回头看九十年代，那时研究小说很难：你必须去图书馆查找东西。现在，你可以直接上维基百科。但奇怪的是，即便在互联网时代，你想知道的东西通常在网上也没有。你想知道一些东西闻上去什么样，看上去什么样，摸上去什么样，来赋予它所需的想象力的厚度。而这是你从日记、小说、旧照片之类的东西里会得到的那类玩意儿。所以，我确实倾向于阅读与我正在写的内容相关的东西，来寻找会给予它们我想要的质感的东西。

这不是说，你一定要从别人那儿借来这些，它就来源于你自己——你可以用某种方式吸收到它。这样讲得通吗？有时是令人惊讶的细节……我之前在写一本设定在战后的日本的书，写了一阵儿了，

---

① 罗伯特·A. 海因莱因（Robert A. Heinlein，1907—1988），美国硬科幻小说作家，1960 年代最畅销的长篇科幻小说作家之一，共获得 5 次星云奖、7 次雨果奖。

虽然还没写完，但我很喜欢。我记得在处理我对这个地点的感觉时，遇到了很多麻烦，直到我读到一篇日记，其中有人谈论了他们烧饭时柴火燃烧的气味，然后一切都就位了。因此，我往往在寻找一些古怪的小细节，这些细节会让你突然想“哦，好吧。”

伍德：而这些细节也可以带来很多其他东西。

布拉德利：毫无疑问。同样的情况下，也有些事情是你无法避免去调研的。我必须理解医科教育，才能写出《盗尸人》。然而我接着就把相关内容都改了。因为我不觉得应该让调研限制住；你应该编造一切。如果某些事情很复杂或令人困惑，就把它改掉！你永远可以在后面加一个注释说，注意，这不完全是真实世界的情况。但是，你正在做的是创作一部小说——你不必拘泥于过去，也不必处处正确。

伍德：是啊，这种焦虑很有意思——因为如果某人去读一本小说，那么基本上，他是想要进入你所创造的世界。

布拉德利：正是如此。而作家永远会努力着确保没把读者赶出那个世界。所以你会希望绝大多数事实是正确的。我怀疑这种焦虑在过去的二十年中变得更加明显，因为人们总体来说，似乎对小说这个概念更焦虑了。小说是什么？小说到底在什么状态？

当你给一本书做宣传时，每个人都想知道这本书背后的故事。他们不想了解这本书——对这本书说了什么、怎么写的、书中语言的逻辑或叙述，完全没兴趣。这部分是因为针对事实进行营销，要比针对语气之类的临时的东西更容易。同时也是因为，人们对于小说为什么有意义、小说合法性的依据在哪儿，有一种深深的焦虑。我体内的批评家认为，这是消费主义社会的一个功能，是某种把一切都简化为价值的一部分的陌生化效应。但无论其背后是什么，它绝对是个真实存在的问题。

这种趋势，和我们所处的信息过载环境一起，造成了另一个影响，是让我们全都对细节更加焦虑，总是焦虑。我们被信息如此包围着的事实，有时会令人非常无助，因为它使你感到：我做不了这个，我需要一个研究团队！他们穿什么颜色的内裤？电车是什么时候发明的？人们什么时候开始说“嗨”和“你好”，而不是咕噜一声，或者说“早”[①]？

我还认为人们经常以要调研为借口而不去写作。真正的创作来自想象，而不是调研。但话虽如此，如果你要写有关中国的内容，那么你应该去中国。如果你要写有关警察的文章，你应该去花一些时间和警察相处。

伍德：你有称得上是写作流程的东西吗？你如何构建你写作生活的这一方面？

布拉德利：我完全绕着孩子转。我的白天很短暂，因为我必须早上去送孩子们，然后在下午接他们。我认识很多在晚上写作的人，但我到晚上总是太累了。因此，我倾向于先送孩子们上学（这可能是一个相当没劲的缓慢流程），然后冲回家，用大约四十五分钟来做收发电子邮件、阅读 Facebook 和其他类似的事情，接着我尽量把那些页面全关掉，比较稳定地写作三到四个小时，直到中午饭点。我尽量每天写两千词，然而通常都写不到。

伍德：那很多啊！

布拉德利：唔，我的目标是两千，但我也知道我通常连一千都写不到，所以我给自己留了退路。也就是，如果看情况，感觉我写不到两千字，我允许自己只写一千，但我必须至少写到这个数。我知道聚

① 原文为 good day，是具有澳大利亚特色的见面问候方式，相当于“你好”。

焦在字数上显得有点机械化，但我近来就是这样。

很多年以来我总是为写作感到痛苦，直到有一天，我决定采用我给学生提的建议，也即：什么也别管，就是要写下去。即使是胡扯，也要写两千词，然后再写两千词，接着再写两千词，然后到了某个时间点，你就会明白问题出在哪里。

对我来说，我现在写的书就遇到了这种情况。这样写不成立，我也知道这样写不成立，但我强迫自己继续写，因为我知道如果我写下去，我就会找到问题的解决方案。这可能让人沮丧，因为你很多时候会想着“这里写得很差，这里写得很差，这里写得很差，这样写不行”，但是最终你会遇到像我昨天遇到的一刻，你突然想到：“等一下，如果我把那个场景移回这里，也许问题就会开始解决。”

有时候，如果我要特别努力地去写某个东西，我会想：“我每周需要写六千个单词。”如果我能在工作日就完成，那就太好了；如果我不能完成，那么我就尽量在周末写到。

但是，也许你也是这种情况，我还有很多要兼职做的……玩意儿！因为玛迪在过去一两年中一直在全职工作，所以很多收拾家里的活儿、给孩子们做饭等所有这些都归给我做了，而孩子们一生病，我就会失去一整天的时间，很多东西会入侵我的写作时间。但我想，你只要抱着“我必须把这事儿给做了”的想法，就会越做越好。

伍德：听到男人谈论家务让人感觉耳目一新，因为大多数时候，人们只问女人这些问题。那么：有孩子以后，你的写作生活如何因此改变了？

布拉德利：孩子完全摧毁了它！（笑）唔，从某种意义上说，照顾孩子是最糟糕的事情，因为它非常消耗人安排生活的力气。同时情感上，我觉得照顾孩子也极度榨干人。我对我的孩子们爱得要死，但我发现待在他们身边，要承受那种情感激烈程度，太难了。

除此之外，你也很难找到时间写作。因为有了孩子，你的经济压力急剧增加。你必须赚钱。你不能再仅仅维持生计，你必须有钱。而对一个作家来说，这永远会引起焦虑。

另一方面，它让你更自律了。你不能再奢侈地花四天时间摆弄某个场景了，你必须直接搞定。而这种自律非常重要，我觉得你会因此变得更有效率。

我还觉得，你会发现一些关于自己的事情，一系列相当复杂的感性认知，都是有了孩子以后才因此接触到的，这些东西会扩展你的写作方式、思维方式以及你所关注事物的范围。所以，这是把双刃剑。它通过一系列的方式增加了你生活的复杂性和深度，同时却使很多事情变得更加困难。因此，这是类似两头羚[①]的东西。

孩子们可能也一定程度上让我决定，我必须改掉目前和过去几年的写作方式。我写《盗尸人》的时候感觉真是太糟了，然后我出版了它，接着我写了我前面提到的另一本书，我讨厌写那本书的每一分钟，最终也没有出版。有趣的是，决定不出版那本书，给了我一种难以置信的解放的感觉，因为除了结构性问题外，这本书对暴力和心理疾病的痴迷与《盗尸人》并没有根本的区别，甚至比《盗尸人》更倚赖情绪和语气以及某种特定的憎恨。这意味着写那本书的过程是我自己要进入那个空间，抹去自己并试图从自己内部挖掘出所有这些可怕的东西，并不带一点叙事乐趣地把它们拼凑在一起。所以当我决定不出版那本书时，我想："我不能再做这种事了。我需要换种方式写作。我想喜欢上写作的过程。"

同时，我对自己说："我有二十本、三十本书想要写，而我已经快五十岁了。"所以我决定尝试不同的工作方式，停止害怕失败或不够完美，只管把我想写的写下来。

---

① 两头羚（pushmi-pullyu），一种虚构的羚羊和独角兽的后代，在头尾部各有一个头，出现于英国作家休·洛夫廷的著名儿童文学系列作品《杜立德医生》中。

我认为这一定程度上是因为有了孩子。你可以看到死亡越来越接近了。而这恰恰极度解放了我，让我学会去说：“我只想把这本书写出来。我不想担心写这本书的过程，我只想把这本书写出来。”

伍德：我感觉几乎每个我认识的作家，都在某个节点彻底幻灭过：有的是对自己的作品，有的是对澳大利亚人的写作，有的是对作为作家的艰辛——然后他们都某种程度上，找到了改变事物的方法。不过首先，为什么作家都会这么痛苦？这件事的本质是什么？

布拉德利：我认为这个问题没有单一的答案。有时你很痛苦是因为你正在写的东西不成立，有时比这更复杂。但我也认为，这里也有一种真实的现象存在，你开始写作是因为你喜欢它，你想要写也需要去写，但如果你很擅长写作并且很幸运，那么到了某个节点你就会开始变得专业化，所以你会开始为了赚钱而写作，然后你认为，我需要从写作中赚到钱，这样我才能继续写作。于是到头来你会在写你认为你应该写的东西。我以前肯定就是这样。

伍德：你想要获得那些不明确的肯定来自于……？

布拉德利：真正愚蠢的点是，我不知道这个问题的答案。我只知道我是如此的痛苦。我讨厌写作。我记得我当时想着：“我不想这样生活。我不想在下半辈子一直做我讨厌的事情。我不想为了一种不快乐的生活，过得又穷又没有稳定收入。”你懂我的意思吗？（笑）如果我快乐，我就能接受那些事情，但是我接受不了在那种情况下还不快乐。

因此，我做出了一个清醒的决定，试图与写作建立更健康的关系。我已经有某种用于该过程的模型，因为我已经在好几年前就做下决定去运营一个博客，博客来自另一个相当清醒的决定，那时我决定尽量将博客的内容与专业的语境脱钩，回到只管写想要写的东西上，摆脱要写能赚钱的东西的想法的束缚。因此，我开始写不同的东西，想写什么就写什么，写不知道别人会怎么看的东西。

同时，我开始意识到两件事：首先，我重新开始阅读科幻小说了，并发现它确实具有挑战性、趣味性和活力。其次，我发现从事类型小说创作的朋友，似乎和他们的工作有更健康的关系。尽管我所认识的大多数纯文学作家都一直为自己的写作感到痛苦，但我写类型小说的朋友似乎都喜欢他们的写作状态。并不是说他们不觉得写作困难，而是他们似乎花费更少的时间折磨自己、迷恋某种状态之类的，而有更多的时间放在写作上。

所以，我决定停止自我打击，做在一个学生遇到类似问题来找我时，我会建议的事情，也就是说，“不要写你认为你应该写的，写你想写的。选定一个主题，不要考虑任何其他人的想法，只管去写。写作遇到困难的时候，再写一点，然后再写一点，接着再写一点，这样一直写到结尾，你就会写出一本书。然后，你可以决定怎么处理这本书。”

我真的太傻了，实际上听取我自己的建议，可以得到惊人的自我解放。我不知道在外界看来我的写作是不是彻底不同了，但我感觉自己在做的工作不一样了。而且我认为，我投入创作中的感受也更积极了，所以我不再把我所有的疑惑和痛苦放进创作中，我感觉我也把一些热情和趣味放了进去。而当我不断写下去时，我还意识到，通过再次为自己而写作，我不再那么担心别人的想法了，而这给了我难以置信的自由感觉。

伍德：这很好地导向了我想问你的有关“科幻”的问题。唔，我对这种类型该用什么术语很模糊。不过暂且就用“科幻”这个词吧。你在某个地方写过，说你对奇幻和魔法很早就产生了兴趣，后来你努力“放弃”了。

布拉德利：在我青少年的那几年，我只看科幻、奇幻和漫画。我从没认真读过其他东西。然后，当我十八岁的时候，我接连读了一本托马斯·哈代的小说和格雷厄姆·斯威夫特的《水之乡》（*Waterland*）——而我在那时顿悟到还有一个完全不同的世界存在，那个世界由我没意识到存在的书本组成，非常令人兴奋和有趣，而且没有外星人、宇宙飞船或大刀。

科幻世界中的人们谈论“主流”。有主流，然后有科幻等类型小说。于是我开始阅读他们所谓的主流小说。在接下来的二十年中，我几乎什么科幻都没读——除了少数科幻小说作家，包括吉布森①，勒古恩②，尼尔·史蒂芬森③等等，我还读他们也爱他们，但我主要只阅读纯文学虚构类小说和经典著作。然后，当我大约四十岁时，我开始感到无聊，最终，几乎是偶然地，我开始再次阅读科幻。在过去的几年中，我一直致力于探索当代场景，但是我也花了很多时间阅读我十几岁时喜欢的书，尤其是新浪潮科幻④，这是一个很棒的经历：其中一些没能经受住时间考验，但很多都很棒。

说了这么多，我发现人们谈论类型的小说方式确实存在问题。在我看来，人们一开始谈论类型小说，他们实际上是在谈论地位，而他们所表达的是一定程度上的焦虑。当我读到人们搞这些弯弯绕只为合理化自己的势利眼或喜好时，我会感到非常沮丧。一切都基于这样一个概念，即有些连贯的东西是幻想或科幻小说，有些则是“纯文学”，在我看来，所谓“纯文学”是最没意义的一个术语。我一直觉得，把它们看成一系列传统、意象、装置、分支类型等相互重叠的事物会更

---

① 吉布森（William Gibson，1948—　），美裔加拿大科幻小说作家。被称作赛博朋克之父。
② 勒古恩（Ursula Le Guin，1929—2018），美国科幻、奇幻、青少年儿童文学作家，代表作奇幻小说《地海》系列与科幻小说《黑暗的左手》。
③ 尼尔·史蒂芬森（Neal Town Stephenson，1959—　）美国推想小说家，代表作《大学》《雪崩》《钻石时代》。
④ 科幻小说在二十世纪六十、七十年代经历新浪潮运动，以形式与内容的实验性、文学艺术性，及与此前的硬科幻相反的“软科幻”为特色。

好。它们互相交叉，人们基于它们写作又超越它们。

伍德：那么分类没有意义吗？

布拉德利：唔，它们并不是没有意义的，但它们当然不是僵化的，甚至没有特定的结构。对于科幻或奇幻小说来说，当然并不存在一种比纯文学小说更牢固不变的东西：相反，它是一种无定形的总称，用于描述大量往往彼此迥异的作品。而一旦你接受了这件事，就会有以下几个效果：你不必再为地位问题而烦恼，但事实也变得很清楚，那就是人们心目中特殊而崇高的纯文学小说本身就包含了一组意象和传统：它倾向于关注中产阶级生活，倾向于关注家庭，倾向于关注当代或历史。

一旦你明白了这一点，你就会开始发现自己可以成为像盖伊·加夫里尔·凯[①]这样奇妙的作家，去创作奇幻小说，或者你可以成为像艾丽丝·门罗这样奇妙的作家，针对中产阶级的生活进行写作。我不明白为什么我们必须设置一个或多个写作的界限，而且我认为作为作家，你也不需要做这种设定。我刚刚发现，二十多年来，每当我很努力地去做某件事时，它都行不通，所以我只需要做下一步要做的事情即可，这样就会水到渠成。

伍德：嗯，无论我们称它为什么，这些超自然的、异世的、魔法的东西——为什么会吸引你去读去写？

布拉德利：有很多不同的原因。科幻小说中有一句想当然的话，它既正确又不正确，说的是“科幻把隐喻变成现实”。所以，举个例子，人们“被欲望点燃”。将异类带入这个世界的过程中会有一些东西，以其他方式揭示了这个世界。

---

① 盖伊·加夫里尔·凯（Guy Gavriel Kay，1954—　），加拿大幻想小说作家，他的大多数作品背景设置于真实历史时期的真实地点。

我还有一些很难以现实主义小说为工具谈论的想法。因此，在《演化支》里，我试图以气候变化为主题写作。这是一个巨大的无定形的东西，以至于传统现实主义小说的工具还不足以描述这个问题。但是，科幻小说一直以来都对无限性、奇迹以及广阔的时间和空间有浓厚的兴趣，也发展出了技术可以使你更有效地探索相关主题。

我也认为我们生活在一个越来越科幻的世界中。环绕我们的技术——计算机、无人机、网络信息和所有其他的一切——显然有科幻色彩，而贫富之间的鸿沟、现实与虚拟之间越来越多的交集等所有这些，也都像是科幻。什么是科幻与现实的差别，已经成为一个答案非常模糊的问题。所以，这引起了我的兴趣。

在幻想类小说中——公平起见，我得说我和幻想类小说之间有一种矛盾的关系——写得好的那些，提供了一种引人入胜的方式让人重新对这个世界着迷，并带我们回到另一种和大自然以及彼此相处的方式。我也对它对文学原型进行诠释的方式感兴趣，因为其中很多东西似乎非常深刻，并且以非常有力的方式引起了共鸣。

几年前，有一位名叫萨拉·梅特兰①女作家写了一本叫《森林八卦》(*Gossip from the Forest*)的书，这本书——一方面是完整的鬼扯，另一方面又非常有趣而丰富——声称欧洲的童话与曾经覆盖整个大陆的森林有密不可分的联系，当我们阅读这些童话时，我们会记起自己与这些森林的关联。这个概念对我来说有些很有意思的点，因为童话故事一定程度上，确实在用一种完全不同的方式建立我们与这个世界的联结。

伍德：真有意思。也许童话是在引领我们穿越某种黑暗，比如黑暗的森林。回到科幻小说，在我看来，你对如何将诗意与科学融合在

---

① 萨拉·梅特兰（Sara Maitland，1950— ），英国宗教幻想作家，作品具有魔幻现实主义色彩。

一起很有兴趣。

布拉德利：科学确实有一种诗意。我对科学着迷，我对自然界着迷，对动物的他性着迷。当我看到一些从未见过的事物，了解它们如何融为一体，我会因此感到异常兴奋，因为这凸显了这个世界事实上无限奇特、无限美丽。

高等物理有一种奇怪的宗教感的诗意。我觉得这种诗意在高等物理中涓涓流淌。我也对宇宙空间深深着迷，比如此刻他们驶向谷神星，传回的谷神星的照片就让我着迷。我们两百年前就发现了它，但它一直是小行星带上的一个斑点，没人能清楚看到它——而现在我们可以看到它是一颗小行星，上面有花纹什么的……我对这所有的一切感到震惊，比如说欧罗巴[①]地表下面很可能有一个海洋，要比地球上所有水体加起来都大，而这个海洋可能是咸的并且可能有生命。这实在是让人脑子都要炸了，而且太美了！

有时我确实想知道为什么我觉得这一切如此奇妙。我不虔诚，但我对自然的迷恋很可能表达了其他人在上帝那里寻求的那种对联结和超越的渴望。

伍德：你对许多不同形式的写作感兴趣——小说，评论甚至漫画。我喜欢你关于漫画创作的文章。我是那种对成人阅读漫画始终抱有偏见的人，我觉得漫画看上去荒谬而又幼稚。然而后来，我阅读了《纽约客》漫画家罗兹·查斯特的插图回忆录，我很喜欢那本书，而且它如果不是漫画就不能成立。你会把那叫做一本漫画还是一本插画书？

布拉德利：我不敢对漫画下太明确的判断。这纯粹因为尽管我对漫画很有消费热情，但我几乎只对这个市场的商业化部分感兴趣。我

① 指木卫二，木星的天然卫星之一，比月亮稍小。

喜欢超级英雄漫画，我喜欢科幻漫画，我喜欢那种……我觉得其中一些很好，但姑且说，那并不是这个市场有脑的部分。而且除了我喜欢的东西之外，我并不是其他任何方面的专家。一些人如克里斯·韦尔正在用这种形式进行很厉害的创作——他最近的漫画《建筑故事》（*Building Stories*）极其不同凡响，其他的还有像迪伦·霍罗克斯，他们不仅画漫画很棒，而且还是这种形式的历史学家，或者像澳大利亚的帕特·格兰特，他的作品在情感上如此丰富而痛苦。关于你的问题以及如何分辨漫画和插画，他们对于相关术语的定义都有自己的看法。他们中的一些人讨厌“图形小说”一词，他们认为它们就应该被称为漫画，而其他人则欢迎这个说法。所以我不知道你该怎么称呼那本书。

我所知道的是，我一直以来都喜欢漫画，无论是这些书或者这种形式。正如罗兹·查斯特在书中极具说服力地展示出的那样，你可以用图像和图片做到一些很难用其他方式做到的事情。

我认为超级英雄漫画让我非常着迷的一个点是，在漫威宇宙和DC宇宙中，实际上存在着迄今为止最庞大的单一虚构作品。它们极其庞大，包含了成百上千个人物角色，横跨了五十、六十、七十年。《摩诃婆罗多》① 都没有那么大！

我喜欢那种规模产生的叙事复杂性和内在联结，因此如果你像我一样已经读它们读了四十年，那么你总是会代入深井般的背景知识来读它，产生极其丰富的阅读体验。

彼得·帕克② 仍然活跃在当下——当我还是小孩子的时候，他是一个十五岁的角色，但如今他也才二十多岁，而尽管他在某些方面还没怎么成熟，我依然看到了他的改变和成长。还有一种叙事的满足感是突然降临的，有些东西会击中你，你会想：“天哪，那个男人，这

---

① 古印度两大著名梵文史诗之一，成书于公元前 3 世纪至 5 世纪之间。
② 漫威漫画的超级英雄蜘蛛侠的原名。

里出现的反派，他是分子人[①]，我记得1982年出现过这个分子人。而他现在回来了！”如果这里写得好，就好像有点类似于谷克多[②]所说的那种性质，他说故事中发生的一切都应该是极度意料之外又完全情理之中的。

伍德：你似乎对这些漫画有种很轻松娱乐的感受。

布拉德利：我想是这样的，不过部分原因是因为现在是漫画阅读的好时机，因为技术的更迭正在推动一场真正的复兴。过去，要阅读漫画，你必须去漫画书店，而我曾经听过漫画作家马特·弗拉克逊准确的描述，说那儿是“怪胎的地下王国”。（笑）

伍德：那是一个非常男孩专属的空间。

布拉德利：啊，确实是非常男孩气的一个东西。但是数字化推送改变了这一切，这使得现在有越来越多的女性开始阅读和创作漫画。随之而来的是，主要出版商（尤其漫威）制定了一项战略，要去创作更多有关女性的漫画。

伍德：不过他们执行了吗？

布拉德利：绝对的。尽管创作团队仍然绝大多数是男性，但漫威拥有一整个系列以女性角色为主角的漫画。其中有些像《惊奇队长》（*Captain Marvel*）和《女浩克》（*She-Hulk*），非常有趣，而雷神现在是一个女人了，而且有全女性的一队X战警什么的。而尽管漫威仍然倾向于让这些角色拥有E罩杯的双峰、穿紧身衣，但那也有所改变了。而且漫威还特别地允许它的作家们回归到一开始让漫画有趣的初

---

① 漫威漫画里的一个虚构的角色，经常被塑造成一个反派。

② 让·谷克多（Jean Cocteau，1889—1963），法国诗人，小说家，剧作家，设计师，编剧，艺术家和导演。

衷，所以他们现在创作了这些漫画只为好玩。这些漫画画得极其鲜明而嬉皮，它们丰富多彩，它们美丽动人，它们温暖人心，它们又疯又癫，它们很伟大。它们就像漫画产业又回到了六十年代的作品，妙极了，但同时又极其具有当代性。它们不严肃、不痛苦、不揭露现实，它们就是有趣。

伍德：我可以看出，你从小时候至今和它们都保持了有这种联系，这给你带来了真切的快乐。

布拉德利：漫画的基础，尤其是超级英雄漫画，本质上是法西斯主义的。它们描述的是比世人更高明的"超人"，我怀疑在某种程度上，当你阅读它们时，这些幻想总是在起作用。但是，随之而来的还有一种自由和欢乐的感觉。我记得 1978 年《超人：电影》(*Superman*：*The Movie*)的广告语是"你会相信有人可以飞起来"。而这种奇迹确实是它们主题的很大一部分，尤其是对我而言。但与此同时，漫威在其电影中非常巧妙地做的一件事就是保持对素材的距离感和幽默感。因此，电影里几乎总有一个代表观众的角色，会直接说："这是真的吗？"(笑)最近的电影《雷神》(*Thor*)中有一个场景，他上火车，那里有个地方用来放行李，于是他把锤子悬挂在那里，走过去坐下。那些东西很棒。他们中的一些有让我喜欢的善良心地：让我感觉这个世界可以因他们而变好。

伍德：一种可能性的感觉。

布拉德利：是的。我还认为，当你还是个青少年时，往往感觉自己像是个怪胎、异类之类的，而我觉得超级英雄漫画用一种有趣的方式讨论了这一点。

目前最好的漫画之一是《惊奇女士》(*Ms Marvel*)，这是由小说家G. 威洛 · 威尔逊撰写的，他是美国裔，住在埃及，改信了伊斯兰教。

它的故事发生在漫威宇宙中，讲述的是新泽西州的一个穆斯林少女获得超能力的故事。

像威尔逊的所有其他作品一样，它非常甜蜜又有趣，但是它也有趣地具有颠覆性，因为就像1963、64年出的《蜘蛛侠》一样，它讲的不仅是超级英雄的故事，也是十几岁的青少年发现他们拥有超能力后，如何处理这件事，以及如何平衡自己的高中生活和与父母的关系，因为她一直和其他男孩一起玩，父母就不想让她出门，总要她去和毛拉聊聊。而且，也许最有趣的是，这和她是穆斯林无关，而是在讲穆斯林少年和我们没什么不一样。她没什么特殊的，穆斯林只是她的一种身份。

伍德：我现在想谈谈你的批评性写作。你的文学评论有没有滋养你自己的创作？

布拉德利：我有时会担心，我做了太多的专业文学批评，乃至于让我对自己的批评都太多了，如果这样说有道理的话。你会更敏锐地意识到为什么你做的东西看起来像别的东西，为什么它不够好，为什么它不够本质。而这会让你非常担心当它面世时可能会出现的问题。

有时我还担心我最终使一个不应该被智性化的过程变得智性化，最终导致我对写作的思考过多。因为我确实相信浪漫的观念，即写作来自内部，试图过早地智性化流程通常对作品不利，因为它可以杀死所有写作时作者心中不可言说的谜团，那种让写作有生命力和不可复制的东西。

问题的一部分在于它们是完全不同的过程。这并不是说写批判性的东西不需要创造力，因为它是需要的。但这从根本上来说也是一个智性的过程，它依赖于建立联系，揭示事物，并得能察觉出自己思维中的区分与矛盾。而写小说或故事时，你需要进入那种奇怪的梦境，所以这是一个更本能的过程。当然，还有很多知识性的东西在起作用，如何打磨、如何塑造、如何弄清楚为什么这样写不行等等。但这是个更流动的过程，而且挺不一样的。

我经历过我非常喜欢写书评的阶段，也经历过我完全不喜欢写书评的阶段，我想过放弃写评论。大多数时候，我处在中间的某处。

伍德：你认为优秀的书评家最重要的技能或素质是什么？

布拉德利：你的义务是要有趣和有见地，而不是守卫边界或类似的事情。我不能苟同那些像是在这么做的人。我不认为自己是一个保守的评论者。你应该以一种宽容并最好是深思熟虑的方式去阅读。你应该能够将你要写的东西连接起来放到框架中，以便可以看到它和什么有联系，和什么相关，它的历史背景是什么，而这部分在于你的阅读广度，但也涉及思考关于世界上正在发生的事情的更多信息。

我还认为你应该诚实，不过这不等于残忍或苛刻。而且你需要想想这本书想做什么，因为这篇评论并不关于你。这篇评论是关于这本书的。

不过最终，你需要说一些有趣的事情。如果你能在八百字内说两三件有趣的事，那通常会让你被认可。

伍德：你如何在你的公众参与（批评、社交媒体和公众演讲）与安静的写作空间之间取得平衡？对你来说这种转换轻松吗，来来回回？

布拉德利：当我开始为《演化支》做媒体推广时，我发现它面临着难以置信的挑战，因为我已经很久没有接触媒体了，并且在过去的五年中，我已经习惯了通过社交媒体、博客和评论来完全管理我与世界的接触，我对自己说什么、怎么说、何时说都有很高的控制权。而突然间，人们问了我问题，我必须公开回答，这让我陷入了一个巨大的漩涡。

我认为与很多人一样，我与公众之间也有复杂的关系。尽管我的某些部分是有点爱出风头，我也蛮喜欢座谈会之类的事情，但我也对它们感到非常焦虑，而且我总是很害怕我会说错话。从某种意义上说，我希望我的生活中少一些这样的事情，多花点时间写作、阅读，一个人静静地待着。我特别不喜欢社交媒体侵入我个人生活的方式。我不喜欢发现自己和家人坐在一起的时候，在查看脸书。而且社交媒体的很多东西都让我觉得虚假，几乎是欺诈。

但同时我也接受，如果你想成为二十一世纪的作家，则必须做点公开宣传。这是你工作的一部分，而我们所有人的工作中都有我们不特别喜欢的部分。我想你可以选择永远不这么做，但除非你是科马克·麦卡锡[①]，否则我不知道那是否真的有可能……

反过来说，有些公共生活是相当有用的，因为我过着非常孤独的生活。我几乎没有其他成年人的陪伴。玛迪早上去上班，我照顾孩子，送他们上学，接他们回家，给他们做饭，玛迪六点钟回家，然后我就能见到她。这其实就是我和其他人类的接触范围。因此，能够在社交媒体上与人交谈，甚至只是阅读他们所说的话，可能真的很有价值，因为它让我感觉不那么孤立，不那么像一个疯子。我想我就像很多写作的人一样，我是一个奇怪的混合体，很热情但又很孤独。我喜欢人，但只是偶尔如此。

伍德：你把抑郁症和创造力写得很好。我不喜欢把苦难和艺术浪漫地联系在一起，但又很难否认，这两者之间似乎常常存在着某种关系。

布拉德利：显然是有联系的。要成为一个合格的小说作家，你需要成为一个皮肤有点薄的人。你需要很容易受伤，并且要对此有觉知

① 科马克·麦卡锡（Cormac McCarthy，1933—2023），美国小说家，被誉为是海明威与福克纳的唯一后继者。2009 年获美国笔会颁发的索尔·贝娄文学终生成就奖。

力，会因此产生共情的感觉。

我还想到了济慈提出的著名的消极能力概念，即把自己放在别人的脑海里，因为大多数患有抑郁症的人都熟悉这种感觉，即在你自己的内心有一块空缺，你的自我认同是非常不稳定的。所以当你抑郁的时候，你就会变得很善于掩饰，善于假装自己没事，这意味着你将不断表演自己的认同，而不是拥有一个坚实的自我。而且我确实认为，不稳定的身份感是让你作为作家（我也想作为演员）运转的原因之一，因为它使你可以栖息在别人的生活中。你已经习惯了这样的想法：你可以成为不同的人，并且可以以不同的方式思考。因此，你的自我认同并不固定，可能反而是某种优势。

你需要长时间保持良好的专注和强度，而这往往是所有这些东西的对立面。他们几年前做了一项非常有趣的研究，期间一些作家被要求描述他们创造力达到顶峰的时刻，而令人着迷的是，他们的描述听起来完全像是对躁狂症的描述。（笑）当然，在他们的脑海中，他们只是在最高效地工作。但接着，当他们被要求描述事情不顺利时是什么样子的时候，他们都在说他们有多么的抑郁。所以我怀疑，那个对立面，那种能够真正在工作中迷失自己、一晚上睡四个小时就行、不理会其他人的能力，既是工作过程的一部分，也同样地，是心理状况略有紊乱的迹象。

伍德：有些作家似乎对写作可能具有心理疗愈作用的想法感到恐惧。我自己以前也有这种感觉，但现在我强烈地感觉到，对我来说，虽然它本身并不像心理治疗，但它确实有疗愈的效果。写作这种行为在一定程度上有重建的效果。你是怎么看的？

布拉德利：我不是很擅长静止不动。我最近几年学到的东西是，如果我一直在工作和写作，我会更加快乐。因此，我不确定写作是否有疗愈效果，但如果我正在写作，我会比没有写作时成为一个快乐得多的人。我不确定这是一回事，但是感觉到我在工作、参与并做些什么，使我比什么都不做时更加平静和快乐。

就它的实际治疗作用而言，我不太确定。我确实写了一些我觉得很有宣泄作用的东西，但大多数情况下，创作本身就是目的，让我开心的是写得可以，而不是觉得我解决了一些深层的个人创伤。

我所知道的是，尽管一个人写的大多数东西通常都消失在世界上，但在过去几年中，我写了几本书，人们似乎确实在与它们联系在一起，并从中得到安慰、帮助或解放——这太棒了。我不太确定自己会预料到这种情形，因为我太擅长阻止自己有别人可能在另一端读我的书的想法。（笑）

伍德：一定程度上你必须这么做。

布拉德利：我必须如此。

伍德：你必须放下期望。

布拉德利：确实如此。奇怪的是，我写了很多我觉得几乎不可能当面说的非常私人的事情，却完全不为人们在外面读到它们，或者——更奇怪的是——在小组讨论上或在观众面前谈论它们而感到不安。这就像公众的我和作家的我可以做一些私人的我不能做的事情。但就写作作为治疗而言，我并不这么想。相反，更多的是，我无法想象如果我不这样做，我会是谁。我想我写作是因为我不知道如何不写。

伍德：让我们谈谈《演化支》，尤其是其中时间的运用。我认为其中时间的安排很棒。在这部小说中，你是如何将时间概念化的？你想怎样从叙事中展示气候变化的影响？

布拉德利：有一个叫蒂莫西·莫顿[①]的哲学家写到过所谓的“超对象”。他说超对象是指那些大到无法在我们的参考框架内理解的东西。诸如气候变化之类的事物太大，太分散，在时间和空间上延伸得太长，我们无法真正掌握或讨论和概念化。

我对莫顿的论点有一些疑问，但我也认为它们很有趣也很有用，因为对于气候变化是很难思考的。我们可以从自己的行为中看到它。我们都知道我们必须改变我们的行为，我们需要减少消费，减少驾驶，过上不同的生活。然而，我们似乎无法在自己的生活中实现这一点。这不仅仅是贪婪或懒惰，而是将气候变化这一抽象概念与日常世界联系起来的整个想法，在某种深层心理层面上击败了我们。

不过，在《演化支》的早期，我就意识到我不仅仅是在写气候变化，我还在写孩子和父母，写我们不仅与过去相连，而且通过前人和后人与未来相连。所以，我希望这本书能尝试捕捉到这种不断走向未来的感觉，捕捉到事物变化和不断变化的方式，捕捉到个体生命其实只是一个更大的变化过程的一部分。

如果你查看当下的许多材料，你会发现所有这些想写气候变化及其造成的损失的作家，都很快就开始谈论时间。大卫·米切尔[②]的书《骨时钟》(*The Bone Clocks*)显然是关于深时[③]的，这就是他努力在写的东西。愚蠢的电影《星际穿越》(*Interstellar*)，威廉·吉布森的新小说《外围》(*The Peripheral*)，都是关于深时的。

他们都在试图做一些类似于我在《演化支》中试图做的事情，那就是找到一种方法，将巨大的、抽象的、地质学上的气候变化过程，

---

① 蒂莫西·莫顿（Timothy Morton，1968— ），英国哲学家，现任莱斯大学丽塔·谢伊·古费教席英语教授。莫顿主要的研究领域在于本体论和生态论，对文学理论与批评亦有兴趣。代表作是《自然缺席的生态学》。

② 大卫·米切尔（David Mitchell，1969— ），英格兰小说家。

③ 深时（Deep time）是个地质时间概念，于18世纪时由苏格兰地质学家詹姆斯·赫顿提出。深时的概念源于对自然的观察，并构成对自然进行科学描述的一个基石。此处可理解为巨大的时空尺度。

和我们所有人对它感到的悲伤和失落的源头，连接在一起，放到一个更人性化的尺度上，因为这是我们能够让自己理解它的唯一方法。

《演化支》的结构就是为了捕捉这种落差感、失落感，也是未来在我们面前敞开的方式。我把它设计成引导人有种加速的感觉，这个过程随着这本书开始玩弄庞大的时间框架逐渐放大直至尾声。

伍德：而这种写法很难驾驭，因为随着时间的飞跃，你不可能停留在同一个角色身上。如果你要向前跳跃一百年，或者两百年，你就不能和同一组角色维持那种情感上的联系。

布拉德利：确实不能。我很刻意地做了一件事，就是试图扭转这种书通常的两极性，所以我没有把灾难放在前台，而是关注人们生活的情况，哪怕书中的世界正在崩溃，而所有的重大事件也都在背景中发生。所以两个部分之间会经过十年的时间，而尽管这些角色的生活中显然发生了重大变化，但书里并不会试图解释太多，就像不会太多展示这些灾难或解释全球局势一样。因此，当人们阅读时，就必须代入书中的角色，和他们一起体验他们世界中的变化。

伍德：对我来说，最令人毛骨悚然的事情之一是，我意识到我已经模糊地将我对人类未来的希望寄托在，例如太阳能，这种在书中已经失败了的东西。它使我产生了紧迫感和恐惧感，因为我意识到，我曾模糊地、不安地相信，即有人会找到解决这些问题的方法。然后你在随意的一行里，用一种简单的否定方式告诉我，这些补救措施已经失败了："哦，还记得以前我们有太阳能农场吗，那时它们还没有全都破产。"

布拉德利：但接下来会发生其他事情。

伍德：是的。在发布会上，你强调这不是一本讲世界末日的书，那些描绘世界末日的书是某种形式的逃避。

布拉德利： 总是有世界末日的说法流传。世界末日的故事是我们处理焦虑的方式之一，是我们用来以可控的方式和焦虑互动的东西之一。因此，我认为世界末日的小说和世界末日的场景在一定程度上其实很重要。但我也认为它们有一种不止是安慰而是赦免的意味，在某种意义上，它们减轻了我们思考我们所面临的真实问题的责任——向我们展示了一个最坏的事情已经发生了的世界，所以已没有什么可以做的。而我不认为这对气候变化来说是足够好的选择。我们需要思考的是生活在一个彻底改变的世界里，到底会是什么情况。

在发布会上，我谈到了厄休拉·勒古恩的精彩演讲，她说人们环顾世界，说资本主义的威力看上去无处可逃，但随后提醒我们，国王的神圣权利也曾经是如此。想象一个不同的未来的可能性，是科幻小说做的真正有趣的事情之一。

因此，我希望这本书要做的事情之一，就是向人们暗示，也许未来不仅仅是一件事，而要拥有它，我们要做的不只是拧紧双手说，“这一切都将结束”。我们必须开始问我们如何看待它，因为世界不会终结，但显然会发生变化，而且还将继续变化。历史不会停止，历史会继续。一万年之内，历史会继续。我确实认为，在一定层面上，无休止的末日场景意味着对想象未来的无能。而且我们处于一个资本主义末期的社会，人们几乎无法想象出替代的方案，但我们需要去想象其他可能。

伍德： 这让我想到了希望在小说中的重要性。在《演化支》的发布会上，你谈到家有幼童，让你想到了这个材料。如果没有孩子，你还会写同样的书吗？《演化支》会有同样的希望的闪光吗？

布拉德利： 如果没有孩子，我可能也会关于这个主题写一本书，但我想我不会写得一样。话虽如此，我也认为我基本上是一个充满希望的人，也许这本书反映了这一点。部分原因是没有希望的世界将是可怕的。这是因为在过去的一百年来，尽管发生了可怕的事情，但人类的经历在很大程度上是积极的。我们活得更久了，数十亿人摆脱了贫困，我们中的大多数人过着祖先无法想象的舒适的物质生活。显然，不是每个人都是这样，贫富之间的鸿沟正在扩大，这百年来一直有这些负面的因素。但从很多方面来说，情况已经变得更好。人们更自由了，对那些和大家不一样的人压迫更少了，暴力也更少了。

但与此同时，我们却在向未来借贷来资助这些成就，这意味着我看着我的孩子们会想："你将生活在一个机会减少的世界中，那里没有鸟，那里的海洋是空的、缺氧的，那里的水资源会更稀缺，而老虎只会在动物园里有。"这让我感到非常难过。我怀疑我们会解决其中的一些问题，但我们可能不会解决全部的问题。因此，尽管我认为《演化支》试图在这两件事之间取得平衡，但我认为这是一本以怪异的方式表达希望的书。而它如果不是的话，就太凄惨了。如果没有希望，它就会让人无法忍受。

伍德：唔，一本凄惨的书有什么不好？这也是为我自己提的一个问题，与我现在正在写的小说有关。

布拉德利：我不知道。也许小说的形式要求希望存在。毕竟，书在某种程度上总是与情感的变化有关，而尽管书会以不同的方式发展出不同的解决方案，但它的确常常使我们指向开放性和可能性。而凄惨是缺乏可能性的。或许只是因为小说虽然在本质上是一种技巧，但它也试图从我们的生命体验中提取真实、真切的东西，而归根结底，生命体验的主题是可能性与变化。

也可能是小说的一些特别之处。厄休拉·勒古恩在某处说过，尽管好莱坞和写作班让我们都误以为小说一定是关于冲突和对立的，但那是一种极其父权的思考方式——而用连接和断开的时刻来分析故事，也同样可行。

我一直对这个想法着迷，至少部分是因为在我看来，大多数小说都以连接和出现可能性的时刻为结尾，但许多短篇小说都在断开联系的时刻结束。

这可能只是因为我们习惯了长篇小说会做特定的事情，或者因为虽然我们并不在意某些花半小时读完的东西是否会在断开的瞬间结束，但如果我们要花整整一周的时间去读一个东西，我们不喜欢它以一个严峻的音符结尾。但这也可能是因为长篇小说，以及一般意义上的虚构作品，当它具有扩展性、拥抱可能性时，效果最好，因为这就是生活的本质，到头来，小说的真正任务是捕捉生活经验；让我们体验其他人的生活和其他的世界。

劳埃德·琼斯

“难以想出另一位像五十五岁的新西兰作家**劳埃德·琼斯**一样独特或无所畏惧的小说家”，小说家德利娅·法尔克纳[①]在2010年的《月刊》杂志中写道。

琼斯著有15本书籍，包括长篇小说、短篇小说、儿童小说和回忆录。2006年，他凭借《皮普先生[②]》(*Mister Pip*)在国际上声名显赫。由一位十四岁少女的视角叙述，这部作品是基于狄更斯的小说《远大前程》的精彩再创作，背景设置于饱受战争摧残的布干维尔，为他赢得了许多仰慕者和英联邦作家奖[③]，并入围了布克奖。它还被翻拍成为电影，由休·劳瑞领衔主演。

琼斯于1955年出生于新西兰惠灵顿地区的下赫特。毕业于赫特谷高中和维多利亚大学后，他离开了家乡，踏上了横跨美国的公路旅行。这一旅程对于他后来成为一个事业发展旺盛的作家具有决定性影响。

他描述自己从小是运动狂，直到十九岁时被脑膜炎击中——暂时性的身体虚弱是促使他将注意力转向文学的一个因素。

除英联邦作家奖外，他的作品还获得了许多其他赞誉，包括塔斯

① 德利娅·法尔克纳（Delia Falconer，1966— ），澳大利亚小说家

② 原为查尔斯·狄更斯小说《远大前程》的主人公

③ 英联邦作家奖，英联邦作家奖由英国联邦基金会于1987年发起并赞助举行，在53个国家拥有联络活动，旨在鼓励英语虚构类作品的创作。

马尼亚小说奖[①]、新西兰道依茨小说奖[②]、桐山奖[③]、数次蒙大拿奖[④]以及包括布克奖在内的许多国际奖入围。

我与琼斯的第一次“会面”根本没有真正见面，而是在一个教室在线进行。那时，我参加了在昆士兰州举办的一个关于小说中声音的网络研讨大师班，由琼斯教授，并且由《格里菲斯评论》及其编辑朱利安·舒尔茨主持。我发现琼斯讲小说的方式是如此新鲜、令人兴奋，以至于课一结束我就写信请求采访。

我们谈话的地点在阿德莱德，琼斯在那里为阿德莱德大学工作期间租用了一幢联排公寓。应 J. M. 库切[⑤]创意写作中心之邀，琼斯是该校第一位驻校作家。

琼斯形容自己有“反骨”，显然他的小说讲的是对规则不耐烦、常规的斗争和挑战。他的小说中背景和素材非常与众不同：题材包括布干维尔的内战、绘画、1905 年新西兰男子橄榄球队、二战时新西兰的阿根廷探戈、当代德国的非洲难民、阿尔巴尼亚的政治阴谋——这使他的作品无法归类。他告诉我，素材的显著变化通常是自己对之前作品做出的反应，而且他经常谈到对叙事乃至阅读的“新方式”的探索。

在交谈中，琼斯体贴且安静，以谦逊和透彻的自省谈论自己的作品。作为一个有如此成就的人，我感到他极度谦虚。

在与我认真对话的同时，他时时散发出不息的体力。我刚到他的

---

① 塔斯马尼亚小说奖，由澳大利亚塔斯马尼亚州政府出资的文学奖项，颁布给反映塔州生活的最佳作品，奖金为 25000 澳元。

② 道依茨小说奖，新西兰的年度书籍奖项，颁发于 1998 年至 2007 年间。

③ 桐山奖，又称桐山环太平洋书卷奖，是一个国际性文学奖，以日本宗教活动家桐山靖雄的名字命名。

④ 蒙大拿新西兰图书奖，于 1996 年设立，由新西兰两项主要文学奖合并而来，每年颁发一次，是新西兰最富声望的文学奖项之一。

⑤ 约翰·马克斯维尔·库切（John Maxwell Coetzee，1940— ），南非当代小说家，1987 年耶路撒冷奖得主，2003 年诺贝尔文学奖得主。现在澳大利亚阿德莱德大学文学院任教。

公寓时，他一阵风似的出门买了个三明治，然后去收了些衣服。在过程中又意外需要紧急发送传真，这使我们暂时中断对话，在快速步行到大学的途中继续交谈。他给我留下的印象是热衷于不停向前，无论是体力、智力还是创造力上。在我看来，这种不羁探索的精神可能就是琼斯作品的命脉。

夏洛特·伍德： 据我所知，你正在写另一本书。你觉得进展如何？

劳埃德·琼斯： 哦上帝，这是个好问题。我正在两个项目之间角力，但进展较快的那个出了些问题。通常我的写作项目都是这样。我的意思是，我称它们为“写作项目”。我不会说“我正在写小说”，因为那样预设了太多。

我常常会陷入拒绝叙事惯例的困境中，这将我推向了一个行不通的领域，然后某种程度上又把我重新引导回我可能一直应该努力的方向。但从脾性上来说，我不适合用明智的方式做这些事。（笑）

我也认为，对于每一个项目，当你试图找出如何以一种新的方式写作时，你也在试图展示如何以一种新的方式来阅读一些东西。对我来说，不可避免的是要找到语言，这是关键。语言将开启一切。我根本不关心情节或类似的东西。如果语言从一开始就在那里，那问题就会自己解决。

伍德： 你说先要尝试行不通的办法再回归，这很有意思。我记得你说过《皮普先生》的核心是婴儿卧室墙壁上的文字和短语组成的

"壁画"——而这与布干维尔或狄更斯毫无关系。

琼斯： 没错。

伍德： 那是你写作的起点吗?

琼斯： 是的，这是一个很好的例子，解释了我刚才所说的。我的想法是，你可以随意打开一本书，只要浸入其中，就能从中得到一些东西，而不需要通常的那种因果关系和叙事。但当然，它缺乏某种连接组织。为什么要写这个东西？它存在的理由是什么？如果你不能回答这个问题，就会缺少一些关键的东西——它确实就是缺少了。我的意思是，富有想象力却没有加固某些需要说明的关键部分，会造成这种风险。但这很好地说明了我为什么会回到一种更为传统的叙事模式中——不是说到头来它完全是传统的，我想并不是。不过我认为这种事出现一定是因为个性特质，我就是喜欢逆流而行。

伍德： 但这很棒，因为这显然每次都把你推到一个非常独创的方向。

琼斯： 这就是希望。这希望是——当然总是一个虚无缥缈的希望——你会发现一些新的、有生命力的东西，找到一种新的讲述方式。我想这就是它的意义所在。我认为每一个项目真的应该从一个问题开始：我为什么要写我正在写的东西?

伍德： 但你在动笔时就可以回答这个问题吗?

琼斯： 嗯，我一定程度上是……一开始可能是一个编造的命题，而这只是一个起点，仅此而已。但我写作是为了找出答案，在某种程度上。我写作是为了解开一些我不知道存在的东西。它就在我内里的某个地方，我在寻找它。我试图找到这个东西。当你给自己带来惊喜的时候，是很令人兴奋的。那么你已经挖掘到了一些东西——如果你很兴奋，那么它在纸上就会很兴奋。

伍德：而这能量来自你的新发现吗？

琼斯：我想是的。当你进入状态的时候，你就会发现到处都有联系。世界突然之间就连接起来了。你不相信没有人看到这一点，你有点担心有人会看到，因为这太明显了。这就是你状态到了的时候，这就是你解开那东西的时候。它全都存在于潜意识中的某个地方，等待被拖过来连起来，再用一种有意思的方式拼在一起。

所以我想，出发点往往是人为设定的，而这可能就是引发不满的地方，并将把你推向一个必须承担更多想象力带来的风险的领域。

我很难把这件事说得有逻辑，一定程度上我不想说清楚，因为每一个写作计划，都是这样一个神秘的过程。我现在写的东西就是这样。要知道，它不成立！为什么不成立？你会以为我现在应该明白了，但我不明白。

所以几乎每次我开始一个写作项目时，我都在从头学习如何写作。我现在已经尝试了足够多的次数，因此我明白挫败感都是这件事的一部分。

伍德：动笔时你会知道这将是虚构作品还是非虚构作品吗，还是连这都相当神秘？

琼斯：好吧，如果你想要写出新颖而令人惊讶的东西，那么我认为你不应该一开始就想好这些，因为它将直接把你引入已知的领域。你会觉得你只是在往一个模子里倒水泥。

当然我经常一开始就知道我要写虚构还是非虚构。有人会问我："你最近在写什么？"而我会回答："我正在写一部长篇小说。"但即使我这样说了，我也会在内心感到畏缩，因为……围绕着这些分类、长篇小说等等，存在着有如此多的人为界线。我更愿意只用散文的方式来思考这件事——什么该发生，就发生什么。然后到头来我回去看它，问我自己：“唔，那是什么？”

只有一次我完全没有这样做，是当我意识到我在写一种特定的类别时，那就是回忆录。因为我认为我不可以乱搞这些事实。我觉得我理所当然地受到这些限制。所以我毫无困难地告诉自己：“我在写回忆录。”

至于其他内容，如果我说“是的，这是一部长篇小说”，我会突然感到有些困惑。毫无疑问，它看起来像一部长篇小说，它将服从某种惯例，所以我将走入传统的长廊中，而不是处于想象力中。

伍德：如果你确实尝试“写一部长篇小说”，又会发生什么？你的创作会直接死掉吗？

琼斯：唔，如果我预先谋划出了一些东西，那它对我来说就会死掉。如果我说：“好，这本书将有二十五个章节。”而我为每章之类的都做了笔记，我会无法想象为什么我还要写那东西；它已经是已知的了。它不需要被写出来。它会像在拼拼图——不，没那么有趣。它会像按数字填色之类的。

这很难解释，因为写作和文学的切入点是故事。那就是当我们八岁、十二岁和二十岁时令我们兴奋的事情。那就是我们进入这个游戏的入口。但是，一旦我们意识到有更重要的事情在等着我们，我们就会试着尽快逃离它。反正故事会自己照顾自己，你不觉得吗？

伍德：也许吧。最终会……

琼斯：是的，最终会。事情会发生。事情直接以最平凡的方式发生：“哦，下雨了。我正好没带伞。”那就是一个事件。我现在该怎么办？

伍德：然而你的叙事仍然很有说服力。例如，在《二手世界》（*Hand Me Down World*）中，叙述的紧迫感从一开始就非常强烈，读者会带着这个问题：她会把婴儿抱回来吗？你在什么节点找到了这种必要性，找到了这个问题？

琼斯：我想，这是一种奇怪的混合。你把它描述为一种紧迫感是绝对正确的，因为那对我来说是事情开始起飞的时候。这是我进入的一种情绪状态，真的，它与语言有关——我对我刚发现的语调感到兴奋，这种语调将把我带到一些地方。在《二手世界》中，所有这些不同的语调，所有那些内在的生命力都非常有趣。我一意识到这将成为传达这种特定的叙事的方式，我就对此感到兴奋，因为对正在穿过这个世界的这个人，我发现了其视角蕴藏的无穷可能性。没有名字，没有面孔——唔，不算没有面孔，但除了所有其他人强加给她的身份之外，没有其他任何身份。这让我兴奋。

就拿《皮普先生》来说吧——我有一个关于那间卧室的章节，但那部分写得奄奄一息。我刚刚通过电话向我的一个朋友朗读了该章节的一部分。当我朗读时，我意识到，“这死了，这死了”。——你懂的，我可以通过电话另一端的收听质量来判断。这真是——唔，你会明白的，我很肯定——这真是非常非常令人沮丧和失望。但同时它也解放了我，我很快就从一种状态转换到另一种状态。

总之，我正在给这个人打电话，她给了我一场芭蕾舞的门票，她以前是职业舞者，然后她说了句类似于“我不知道今晚该穿什么”，我说“为什么不穿溜冰鞋”并笑了。然后就结束了对话。我放下电话，立即写了一个句子，内容是关于一个白人男性用推车将一个黑人女性拖在他身后。现在，这句话从哪儿来的？也许是溜冰鞋，可能吧？谁知道呢，但这是我很长时间以来写的最有趣的一句话。然后必须有人看到了这个事件，看到了这个白人将这个黑人妇女拖到他身后。就在那一刻，我听到了玛蒂尔达的声音，同时也听到了布干维尔从深处冲上来的声音。于是，突然之间，美国内战给我正在描述的其他的一切带来了某种张力。此外，那种幼稚的声音很好玩很有趣。在便秘般在之前的草稿里涂画后，我得到了解放。

伍德：这很有趣，而且在我看来，这完全是自然而然的。我很容易理解所有这些事情是如何发生的——但它依然是如此神秘，它几乎是无法解释的，不是吗？

琼斯：从某种意义上说，你并不真的想知道，对吧？

伍德：是的，而且我想这根本无关紧要。你最终会在后来编造一个如何写这本书的故事，对吧？我可以回到你的早期写作生涯吗——我记得你是从二十多岁开始写作的。你还记得你最初的冲动是什么吗？

琼斯：我第一次真正萌生成为作家的想法？唔，对于这件事有很多描述的方式，但没有一个能单独说到点子上。因此，我要在这里说出一大堆东西。首先，在我成长的家庭里，书并不是什么神秘的东西。我母亲知道金子在哪里。她知道它在图书馆里，而我们从小就被她带到宏伟的图书馆门口。这就是我生命中的第一件事——书。

伍德：但你并不是一个特别爱读书的孩子？

琼斯：不，对我来说最重要的总是体育运动。与我的所有同伴相比，我还是读书的，而他们根本没有书。当我十九岁的时候——这只是这整件事的一个要素——我得了脑膜炎，情况相当严重。那年在新西兰有三个人得了这个病，另外两个人都死了。

伍德：哇。

琼斯：两个星期内，我从难以置信的健壮——非常非常健壮——

变成了拄着拐杖走来走去，而且每走五十米就要休息。

伍德：太可怕了。

琼斯：是的。你会看到生命飞快地从你身上流走。真的很惊人。我确实认为这在某种程度上改变了我。不是用一种很明显的方式，而是……我想我对诗歌等更空灵的事物，越来越感兴趣。我真的非常非常喜欢诗歌。我读不懂诗，尽管我认为我应该读懂。我记得那段时间我在阅读 e. e. 卡明斯[①]，但我不知道该怎么去理解它，但我很高兴我在读它。

然后我开始攻读政治学的研究生学位。我当时研究的是十七世纪的英国人，美国内战……有多到可怕的政治论文需要我破译。你懂吧，那是另一种语言。我当时住在奥克兰，前一秒我还在读这些东西，后一秒我就在写诗。那时我第一次写了点东西，是关于朗伊托托岛[②]的。那真是太刺激了，真的。当然，那是首糟糕的诗，很垃圾。我还写了其他的诗，你知道的——大海冲上岩石，无穷无尽的关于海的东西。（笑）那时候我读了很多巴勃罗·聂鲁达[③]。

因此，我是突然发现语言是玩具，它是一种玩物。我在一张纸上做记号，就像一个坐在高脚椅上的幼儿，沾着果酱的手指一路涂在墙上，用这种方式来确认他在这个世界上的存在。这是一种自我确认的行为。稍微后来点儿，我才开始思考成为一个作家的想法。但大约在那段时间，我放弃了继续攻读研究生学位，因为我想：“唔，这件事更有趣。”所以我回到惠灵顿，找到了一份为飞机装卸货物的工作。

---

① e. e. 卡明斯（e. e. cummings，1894—1962），美国著名诗人、画家、评论家、作家和剧作家。

② 朗伊托托岛，新西兰奥克兰 48 座火山锥中最年轻和规模最大的一座，拥有世界上规模最大的圣诞树森林。

③ 巴勃罗·聂鲁达（Pablo Neruda，1904—1973），智利外交官与诗人，1971 年诺贝尔文学奖得主。

大多数时候，当我在工作中读长篇小说时，总会让其他人，特别是其中一个比我年长的男孩生气，他会坐在桌子后面，穿着灰色外套，一把笔放在口袋里，就看着窗外下雨。而我会在这时读一本书，这使他很烦，因为这以一种滑稽的方式贬低了他的工作。

我读啊读啊读，然后我存到了一笔去美国的旅费。

我在洛杉矶买了一张灰狗巴士的月票，就开始旅行了。

你必须想象一下上世纪七十年代的新西兰是什么样子。比如说，当时的新西兰没有黑人，我从来没有见过黑人。突然间我来到了这个这么大这么吵这么闹这么外向的国家……而且当时在报纸上，他们有那种精彩的文化相关的版面——那时候，那里的图书文化在英语世界里是首屈一指的，现在则不然。

因此，所有这些令人兴奋。坐在那辆大巴上，看着窗外的风景就像电影画面一样变幻，而坐在我旁边的那个人……你懂的，美国人爱说话。因此，在我的左手边有某种旁白一直存在，而在我右手边有电影般的场景。有很多事情在发生，而我可以做个选择：我可以给人写信，就像你那时做的那样，也可以开始把这一切写下来，我也就这么做了。因此，就在那样的节点，人们会发现自己作为作家活着。

我最后来到纽约州北部的斯克内克塔迪，住在一家老旧、被遗弃的旅馆里——“州立旅馆”，那里挤满了等死的老人和越战老兵，全都疯了，癫了。而我住在顶楼，在写我的小说。

那本小说叫《埃克斯坦》(*Eckstein*)，是关于一名只会观赏但不会和人互动的摄影师的。埃克斯坦在某种有趣的意义上，就是在那辆长途大巴上的我。那本书算是在描绘这个人和他看到、听到的东西之间的情感距离。写作的过程很令人兴奋：我自由地书写着，不停地填满废纸篓。到了晚上，越战老兵在走廊上徘徊。我经常得推开一个才能开门。

我记得那个在酒店工作的女人，我那时以为她是个有点讨厌的老女人——那时的她很可能比现在的我年轻，她曾经清理过我的废纸

篓。她有一天看着我，然后说："劳埃德，亲爱的，如果你任何时候想给别人写信，你可以写给我。"（笑）

伍德：她以为你一直在写信，然后把写好的信扔掉？

琼斯：她想当然地以为我在写信，因为不然那些文字还能是什么？在某种程度上，我应该听从她的建议。如果我想一想她说的话，想一想如何给她写那封她从未见到的信，想一想我那时在想什么、做什么、看到什么、听到什么，关于写作我可能会学到更多。

总之，在那个节点我在告诉自己——但不是告诉全世界，"我是个作家"。我那时二十四岁。然后我想，唔，那一个人怎么成为作家的？我不知道任何写作学校，即便有的话，大概也不会适合我。从脾性上来说，我不会适合那里，因为我不是一个好学生。我必须用我自己的方式学习。

但是在那趟长途大巴旅行开始时，我很碰巧地在圣地亚哥买了一本书，叫《年轻时代的海明威》（*Young Hemingway*），讲述了他二十岁以前的日子。我真的很有感触，因为这是个已经过上了我现在的生活的人。我有点像读说明书一样阅读它。他在《多伦多星报》或其他什么地方找到了一份给报纸写作的工作。我想："啊，那就是我要做的。我必须找到一份给报纸写作的工作。"于是当我回到新西兰时，我成为了一名记者，而这是我做的一件非常非常好的事情。然后我在上班前的几个小时写作。

伍德：在一次采访中，你提到了一部索尔·贝娄的小说，说它改变了你的创作。它是哪本书？

琼斯：哦，是啊，在斯克内克塔迪，旅馆附近有一家非常好的书店。想挑选到恰好在那时适合你的书有很大的偶然性。我在那儿徘徊——那时我仍然相信自己是天才，碰巧抽出这本书，然后随意地打开了它。那本书是《洪堡的礼物》(*Humboldt's Gift*)。我写不好的地方都在这本书上得到了印证。它的书页上就有生命的栖息，而且它有它的语调。人物们从书页中跳了出来，它带有音乐性。它没有让我失去信心，它让我兴奋。在同一天，我买了苏珊·桑塔格的《论摄影》(*On Photography*)。而且——我敢肯定，你的情况也是如此，你取得的巨大飞跃都来自你碰巧拿起的书。似乎一切都以某种奇怪的方式注定如此。

伍德：是的！而且你会想，如果你没有拿起它会怎么样！每一次回头看，似乎至关重要的都是某本书，不是吗？昨天有一个年轻的作家联系我，他快写完他的第一本小说了，目前处在一个艰难的时刻，他问我，我觉得他应该读什么书才能帮助他完成这本书。这是个不可能的问题。一个人需要什么是很个体化的，我永远无法给他建议。

琼斯：是啊，那就是更神秘的地方。他必须去图书馆逛逛，找到一些出于某种原因吸引了他的眼球并在那一刻与他契合的东西。

伍德：是的，和他的书契合，用一种我永远无法察觉的方式和他联结。所以，语调这个概念似乎对你来说至关重要。你已经说了很多次，语调是写作的关键。

琼斯：我想是的。这取决于你如何看待语言，以及如何区分仅作为信息传递者的文字和作为音乐符号的文字。这是一个很大很大的差异。

有了语调，语言对每个人来说都是特有的。我们每个人的说话方式都略有不同，我们的用词方式也都略有不同。这些词语以特定的方式把我们锁进了这个世界。这种特定的方式就是文学的来源。我们并非都有相同的经历。我们必须找到代表那种独特体验的声音。然后，不可避免地，如果你持这种观点，语调就是中心——而这又直接回到了你之前所暗示的那种活力。那种能量，那种讲述的理由。这一切都回到了解答对语调的疑问上。

伍德：很难解释语调的概念，不是吗？我认为很多人是从角色的语调而不是书本的语调中感受到的。该如何解释呢？

琼斯：唔，这不是我们说话的声音，而是我们思考的声音。这是浮出表面的内部生活。显然，故事必须通过语言来完成，但这不是我们可能会窃窃私语的声音。回到旅馆里那个女人的建议："你为什么不给我写信？"皮克·艾耶[①]曾经说过写作应该有一封信的亲密感。我认为他是对的。作为读者，你应该感到自己正在被悄悄地称呼，你知道。

伍德：你总是在写信给某人吗？

琼斯：应该的。我认为，这是赋予活力的另一种方式，即解决了一篇写作的想法。否则，为什么还会被告知？即使读者是你自己的幻象，也许你也必须采取告诉别人的立场。

毕竟，语言是一种说服行为。我们要说服谁？幻影阅读器。我怎样才能让你以我的视角看这座山？我将使用语言来创建图片，以便你只能以自己的方式看到它——一种说服力。

伍德：你需要这种说服力吗？

琼斯：我想是的。这是一个有趣的观点，因为当我的作品处于最糟糕的状态时（没人见过），它的背后有一定程度的消极情绪。就像没有决心使其可信一样，也没有内在的信念。可能是在这些情况下，如果我过多考虑读它们的读者，它里面的空气就会突然变少。

---

① 皮克·艾耶（Pico Iyer，1957— ），英国散文家、小说家，因旅行写作和跨文化作品而知名。

伍德：在你的大师班上，你说了有趣的话："作家并非忠实于描绘眼睛所见。"

琼斯：我说过吗？

伍德：我认为这很有趣，因为它与很多人所教的内容背道而驰，而我本人也是自己教过的。就是"像电影一样在脑海中看到它"。

琼斯：是的。好吧，我所发现的发现之一就是……最初，我过去经常以电影的方式写作。所以我的句子充满了细节，很多视觉细节。我认为这很重要：提供文字图片。直到八十年代我读到像卡佛这样的人，很多这样的人——托拜厄斯·沃尔夫①、理查德·福特②等人之后，我才明白声音就是问题。

那时我开始闭上眼睛，用钢笔写字。写作遂变成一种听觉的东西，而不是视觉的东西。即使是现在，就像我猜想的许多作家一样，我还是倾向于徒手写前几页。因为如果我直接在屏幕上书写，那么我正在看的是我在写的东西，而我却没有听到。回到语音方面。我一定要……屏幕上神奇地出现了这句话，这会让我着迷，还有其他一些关键因素在起作用：哦，好吗？哦，不，我应该回去拿起那块砖，在这里放一块新砖。那不是前进的方式，不。是的，必须忠实于声音。

伍德：关于角色的创作呢？

琼斯：那是指什么？（笑）

伍德：那也是通过声音来的吗？

琼斯：是的，但是角色在互动中展现了自己。品格会在人们看到

---

① 托拜厄斯·沃尔夫（Tobias Wolff，1945— ），美国作家，因擅长写短篇小说而著名。

② 理查德·福特（Richard Ford，1944— ），美国小说作家。长篇小说《独立日》曾获普利策奖。

的东西、他们的想法以及对当前情况的反应中展现自己。我的意思是，我认为你不需要在第一页中完全摆出角色，无需说出他们的样子并提供其背后的故事和历史。这些都不是有趣的。

我认为更有趣的是，每个角色都是从一个谜开始，然后慢慢展现自己。这就是为什么我们会去阅读。为什么我们和这个痛苦或没有钱的人坐在这家咖啡馆？接下来他们会发生什么？我们将和他们一起离开咖啡馆，看看会发生什么。当你继续前进时，它确实是通过事件显示出来的。但是我必须说，我从来没有真正考虑过。

这是一件奇怪的事情，因为作为读者，我实际上很喜欢阅读十九世纪的一些关于他们所穿衣服的描述、面部描述，这可能是因为我做不到。如果可以，我怀疑我也会去写。但是我不认为这非常重要。我认为这种情况以及他们的应对方式非常重要。读者决定他们的外观。读者需要更多的信誉才能使故事更完整。在其周围留一点空间。

当然，那是卡佛很棒的一课，他当然是从海明威那里学到的。读者在这些故事中进行了大量令人愉快的工作。如果没有这项工作要做，如果所有工作都是代表我们完成的，那么我们所能做的就是像在电影院里那样坐着，像是在冲洗我们。没有什么可做的。它成为一种感官体验。它不会成为一种创造性的行为，只要有机会，阅读就是一种创造性的行为。

伍德：让我们回到《皮普先生》那里。你提到玛蒂尔达的声音是好玩的，而你之前曾谈到作者需要好玩的问题。但是考虑到你要处理的主题非常悲惨，这可能很难理解。你能告诉我嬉戏对你的作用吗？

琼斯：从你所接受的意义上来说，我可能并不是故意的。我正在考虑作者的准备情况。顽皮和集中注意力的结合——两个不可能同时发生的事情。自我感觉很轻松，任何东西都可以出现，任何东西都可以在这里发生。不要预定任何东西。请准备好惊讶于你从页面上发掘出来的内容并继续前进。我的意思是好玩。

伍德：一种实验主义？

琼斯：那是戏，不是吗？只是玩耍，看看会发生什么，尝试一些事情。我认为那是你不把一些东西冲进下水道就无法发现的事情。我不可能坐下来说："好吧，我将从一个十二岁到三十岁左右布干维尔女孩的角度写书。现在，还有谁呢？哦，是的，一位有魅力的白人老师。不，这永远不会发生。所以，趣味会带你去那里。"

伍德：当你意识到自己拥有写这个年轻女孩的生活时，一定会感到非常兴奋。你被那吓倒了吗？

琼斯：我记得有一天要去惠灵顿参加出版商聚会。我正跟一位诗人朋友开车去，他说："你在做什么？"我说："我是从一个十二岁的黑人女孩的角度写这个东西的。"然后我突然大笑起来，因为这似乎太不可能了。是的，这很令人兴奋，而且这种情况很少发生。有些时候，它似乎神奇地发生了。

在那本书写到一半时，我不得不去中奥塔哥拍摄纪录片。我很想拒绝，因为我做不到，我不能放弃写这个故事，它的发生非同寻常。然后我想："哦，我需要钱。"所以我去了，发现自己早早就起床了。

那是冬天，大概六点钟。我走来走去，那里的空气非常干燥，非常冷。而那本书仍然吸引我。就像在说话。就像我只是在引导这个东西一样，你知道吗？我不知怎地进入了一个区域，一个非常特别的地方。我拒绝说诸如"我被赋予了故事"或"这是礼物"之类的废话，因为我也为此而努力。但是，尽管如此，这还是一种神奇的交流。

伍德：太好了。你曾经有过吗？

琼斯：我有过类似的瞬间。有时写完一本书也没有类似体验。正如我之前所说，在大多数情况下，当一个写作项目进展顺利时，事物就会以原本应该的方式联系在一起。你会发现自己对如自动写作般的过程感到惊讶。你就像副驾驶。这很奇妙。

伍德：你总是知道那会什么时候出现吗？例如，卧室墙上涂的文字，然后是十二岁的布干维尔女孩——你是否想过“是的，这些都是同一件事的一部分”？还是你认为“现在我要为这个女孩工作，把卧室里的东西放在一边”？

琼斯：我很想离开房间，因为它已不起作用。但是在写作的某个时候，当沃茨先生谈论他的妻子格蕾丝怀孕了时，事情突然变得清晰起来。“啊，当然。他们需要为出生的孩子创造空间。”

以一种有趣的方式，也许是在潜意识的层面上，叙事总是朝着这一点发展。谁能说准？这就是为什么当我们废掉写好的，甚至全部草稿时，并不是浪费。我们发现了将在以后使用的材料。

伍德：你放弃过整本书吗？

琼斯：天哪，是的。我的意思是，我写的大部分内容都是绝对的废话。

伍德：那你必须写得很快。你已经出版了很多书——你是说随手扔掉写完的，还是写了一整本书，然后想：“不，那不好？”

琼斯：我那样做过。但通常不……你知道，我不会把它叫做“一本书”。我想，我已经写了成百上千的页面内容。辛苦的劳动。实际上，早晨一睁眼你就明白这一点。我总是在早上写，如果我在那儿待了比我需要的时间更长，我就知道：“这表明事情进展得不太顺利，劳埃德？你最好明白这个事实。”（笑）

伍德：但是我一直都有这样的感觉！你是否要克服这种感觉，或者这是一个真正的信号，表明你必须剔除某些东西？

琼斯：好吧，你只是不断地将头撞在墙上，然后发现一种或另一种方式出了什么问题。坚持下去非常重要。我不认为当事情变得艰难的时候，你可以离开它几个星期，觉得请假可以以某种方式解决问题。我确实认为你只需要继续努力。在某些时候，你将获得一些明晰的认知。

可能是出于一时的承认“不，这都是错的。这完全错了”，而把它放在一边。就像我之前说过的，通常也会有发现的瞬间——当你确切知道问题出在哪里时。突然之间，你走上了另一条路。

伍德：我们可以从女性角色的角度谈谈你的写作吗？你似乎很自然地做到这一点，其他作家并不总是这样。

琼斯：好吧，我不会形容这很轻松。但是，首先，我不做这种区别。为什么要区别？文学涉及一个人的特殊性，而这个人只有我们作家才知道，只有随着写作的进展，他才会透露自己。认为男人不能、不应该写女性角色的观点完全是反文学。太荒谬了！想象对方的能力恰恰是写作的核心，也是文学的价值所在。

我认为我们陷入了泛泛而谈。媒体擅于做笼统的概括。那就是它的工作。但是文学使我们从那些群体立场、集团立场拉回到个人的视角，那应该是最能代表人性的。不是团体和从属关系，尤其是那些围起篱笆说“不要进来”。真是胡扯！再说，究竟谁真正了解另一个人？

以《皮普先生》为例，有人会说：“哦，你是如何化身为一个十四岁的黑人女孩的？”我说：“我没有。”我碰巧化身为一个叫玛蒂尔达且恰好是布干维尔人的女孩。她存在吗？并不。她仅存在于纸页上。她的存在，无论你是否相信，都取决于我的说服力，这取决于我对语言的使用。

并不是说我要描绘一个已经存在的人。她没有。而且我不认为倡导此讨论的人都是围绕你可以写谁，白人写关于黑人的，男人写关于女人的，老实说，他们并不真正理解这是怎么回事。从我的语气可以听出，我感到非常恼火。

伍德：我完全同意你的看法。应该允许作家从任何角度进行写作，但是有很多人做不到，做得很糟糕。

琼斯：好吧，在那种情况下，他们突然想到："哦，我在写一个女人……我已经从猫变成了狗等等，对吗？但这是一个错误的区分。这是完全人为的。"

对于一个男性作家，为什么化身为一个斧头杀人狂就少有非议，化身为一名女性就不是？是什么使我们对斧头杀人狂有某种亲切感，而对女性却没有？

关键是身份存在于纸页上。它不是要从生活中退缩。游乐场在纸页上以语言显示。它使事物存在或不存在，这就是它起作用的地方。这个人叫萨莉、海伦或者安琪拉，她是……她的总和就是纸页上提供的详细信息。那并不是对真实存在的安琪拉或萨莉的不完美的模仿。

伍德：你多次引用萨缪尔·贝克特关于詹姆斯·乔伊斯的评价，那对你非常重要。但是我不确定我是否完全理解了。贝克特说，乔伊斯的著作"不是关于某事，而是某事本身"。你能详细谈谈吗？

琼斯：是的。他的写作不是关于某事，"关于"暗示了对象。换句话说，它将带给你一个去描述已经存在事物的任务。但是有些东西是从实际的写作中浮现出来的。因此，它并不是从任何对象开始的，而是由写作行为产生的。这是一个微妙的区别。

伍德：在某种程度上是否也涉及在作品内部而不是外部，如从远处接近它？

琼斯：是的，我认为这是一种好的表达。如果你正在写某事，那么你可以在脑海中清晰地看到所有这些，但这就是我们之前所谈论的对立面。不是在脑海中看清，而是浮现。写下文字，认知愈发清晰。因此，你正在写的东西会带你到某个地方。你已经懂了。

伍德：我想我明白了。这是一件有趣的事情。你可能花很长时间思考它，这让它更有趣了。

琼斯：实际上，这的确令人畅快。这是我本能地在做的，但是当我读到贝克特时就感到："就是这样！这就是我的手法。"

伍德：你如何知道正在进行的工作不仅仅是装饰性的，它具有你前面提到的必要的紧迫性？

琼斯：好吧，我认为写作的开始是与某种事物（不一定是你能看到的事物，而是某种想法）互动的过程。例如，我的工作均涉及与身份的互动。如果我回顾一下我写的所有有用的东西，那总是对身份的争执或参与。这一直是起点。因此，如果这是你真正想要解决的问题，无论表面显得多装饰，它都将具有相当丰富的基础。身份可以变化，它不是固定的。

我们如何知道某物是否仅仅是装饰性的？好吧，它就像一块礁石。你会看到它，只是不时地伸出来。那边有一些东西。表面上有些东西与其他东西在沟通你看不清，但是能感觉到。因此它具有一种丰富性。

而且我认为它也提供了一种肌理，当你真正尝试提出一个想法时，你实际上并没有将其放在纸页上，而是语言在表面上飞舞着，同时也暗示了其他层次。我认为那是你有事情要做的时候。有一些动态性不是一维的，不仅仅是一层装饰性的东西。

伍德：你什么时候知道身份就是你所有工作的目的？

琼斯：当我写回忆录时。

伍德：哦，最近吗？你是否觉得如果发现了这一点，它就会从你的作品中消失？

琼斯：已经有些苗头了。实际上，让这种焦躁在内心盘旋是很奇怪的，而这全都与身份有关。

伍德：你每天都在同一时间工作吗？

琼斯：通常，早晨属于我。一直都是。有时很早。我喜欢托尼·莫里森[①]关于凌晨四点晨光初露之际所说的话，她既没有睡着也没有苏醒。好像门是开着的。潜意识的门比一天中其他任何时候都敞开了一点。你可以听得更清楚，这对忠实于声音的观念非常重要。我的工作时间不长，真的。这取决于项目所在的位置。在撰写初稿时，我认为你不需要很长时间。一个小时，两个小时。但是一旦有了它，一旦拥有了那堆黏土，就很难将自己从中移开。然后，你可以连续玩几个小时，八个小时，九个小时。那是一个不同的阶段。

伍德：你的是如何维持足够的收入呢？

琼斯：嗯，这种工作方式在某种程度上是由于工作日而给我的。我必须挤时间写作，在孩子和家庭生活之外。我当自由作家已有很长时间了。《皮普先生》是分水岭。现在，老实说，我不在乎。我记得我在赫特谷高中认识的一个人。他上大学并获得法律学位，然后在华尔街赚了一点钱，又亏了一些钱。他以鲁巴维奇·哈西德的身份来到以色列，住在以色列北部一个宗教味浓厚的小镇。他娶了一个非常漂

① 托尼·莫里森（Toni Morrison，1931—2019），美国作家，美国非洲文学的重要作者。曾获国家图书奖、国家图书评论奖、普利策奖，以及 1993 年诺贝尔文学奖。

亮的也门女人，养了一群孩子，大概有六个孩子。我对他说："托尼，你到底是如何谋生的?"他说："我不知道。"他说："上帝自有安排。"

我想："该死，太棒了！我要采用这种方法。"我的确不缺钱。总会发生一些事情。项目来了，钱来了，你写的东西赚的钱比预期的多。就是这样。因此，我倾向于确保自己有足够的写作时间，这才是关键。

以及上帝自有安排。(笑)

马尔科姆·诺克斯

问**马尔科姆·诺克斯**他写了几本书，他就不得不仔细思考起来，一边抬头看天花板一边轻声数。在位于悉尼昆斯克里夫的家中接受采访时，他已经有27本书出版：5本小说（其中一本使用了化名）、12本非虚构、8本由他代笔的自传，和“另外2本合作书”。他在三十三岁时出版了头几本书——小说《萨默兰》(*Summerland*)，和有关板球的《泰勒及其他》(*Taylor and Beyond*)。在2014年我们面谈时，他已经四十七岁了。

这些书都获得了一致好评，无论小说还是非虚构都赢得了声望和奖项。帕特里克·内斯[①]在《卫报》上撰文称诺克斯“精明而灵活”。内斯将他的《牙买加》(*Jamaica*)与蒂姆·温顿同年发表的《呼吸》(*Breath*)作了比较，其总结引人注目：“如果温顿是咏叹调，诺克斯就是早期的滚石乐队。”

诺克斯在悉尼富裕、保守的北岸长大。少年时期，他就读私立学校，在学习、运动上都有出色表现，似乎注定要步入传统的“阿尔法男性”[②]职业生涯——直至二十岁出头时，他从法律转向文学和新闻领域。

他说这段时间是惊人的性格形成期，似乎激发了许多的小说创作，而且常常涉及男性特权与友谊之下的阴暗底面。

他的小说对男性行为有精妙的剖析——不论是在学校内、运动

① 帕特里克·内斯（Patrick Ness，1971— ），英美裔作家、记者、讲师和编剧。
② 阿尔法男性，在社会或职业环境中占主导地位的男性。

中，还是之后的冲浪文化中——也显见于他的新闻报道。这些以书籍的形式呈现的新闻报道涉及题材范围很广，包括陪审团制度、采矿业的繁荣以及非法毒品交易等。作为板球专栏作家，他不仅因其知识，还因他对超越赛场的历史、微妙之处诗般敏锐的观察而受到广泛尊重。

他还是一位出色的专题作家和调查记者，由他两次获得沃克利新闻奖[①]可见一斑。其中一次是揭露了作家诺玛·科里[②]的欺诈行为，另一次则是调查黛安·布里姆布尔游轮之死[③]的丑恶情形。

诺克斯代笔过许多畅销体育传记，对象包括板球运动员亚当·吉尔克里斯特（Adam Gilchrist）、澳式橄榄球运动员本·考辛斯（Ben Cousins）和驯马师巴特·卡明斯（Bart Cummings）等人。他还言词严正地撰文讨论代笔作家复杂的道德和艺术任务。在这次采访中，他就饶有趣味地谈论了代笔作者如何同时捕捉和创造代笔对象"真实"声音的方式，以及他对此的思考是如何慢慢融合进他的小说的。

他的小说作品包括《萨默兰》《内向者》(*A Private Man*)、《牙买加》和《生活》(*The Life*)。《生活》出版于2011年，与先前的小说相比，风格更具探险性。他受到冲浪选手迈克尔·彼得森[④]启发，为书中的过气冲浪明星丹尼斯·基思（Dennis Keith）创造了生动的、口语式的古怪语言。这次采访后，他又出版了另一本小说《神奇的情人》(*The Wonder Lover*)。

---

① 沃克利新闻奖（Walkley Awards），澳大利亚新闻奖，由沃克利新闻基金会管理，每年颁发，以表彰奖励新闻从事者的卓越表现。

② 诺玛·科里（Norma Khouri，1971—　），约旦女作家，2003年出版畅销回忆录《被禁忌的爱》(Forbidden Love)，记录她最好的朋友在约旦被谋杀。此书被怀疑是虚构，但科里从未承认。

③ 黛安·布里姆布尔（Dianne Brimble，1960—2002），因毒品过量死于游轮上。据称，她在不知情的情况下被给予了这些毒品，且在毒品过量后被其他乘客冷漠对待。

④ 迈克尔·彼得森（Michael Peterson，1952—2012），澳大利亚职业冲浪运动员，被认为是70年代中期澳大利亚最优秀的冲浪运动员。

尽管他为作家组织贡献了大量的时间和精力（例如，作为版权机构委员会成员，或者参与各种评审和拨款评估小组），但他对除读者以外任何人的认可都没有兴趣。例如对文学奖获奖名单的“绵羊式”虔诚跪拜，把它们作为阅读内容的选择或质量标杆的现象，他对此表示严厉批评。

过去的十年中，我与诺克斯在专业上常有交叉：我们与同一家出版商合作，小说也常在大致同一段时间发行。但只在最近几年里，我才稍许更了解他。

在与我的交谈中，他聪明而周到，说话缓慢安静，语调单一，面无表情到一开始让我以为他很警惕。但是这种印象很快就被削弱了，其一是由于他敏捷而讽刺的幽默感，其二是因为他的坦诚，甚至是不设防——他会回答其他作家可能会回避的问题，例如作家间的竞争问题，或者写作与真实生活的契合性。

我之前两次采访过诺克斯，每次都会被他在回答时如庭审辩论般解析问题的方式打动。他会考虑所有角度，经常提出挑战，然后辩护自己的立场。在这种有条不紊的方式中，我们能看到在人生某些阶段会引领他进入律师界的思维痕迹——在他的新闻报道和他的小说作品中，这种思维都发现了别人宁可不去发掘的材料。

夏洛特·伍德：你已经在几十年的时间里出版了 27 本书。你所写的不同作品之间有什么关系？

马尔科姆·诺克斯：我觉得，比如说，虚构和非虚构之间没有太多关系。当然，工作方法是完全不同的，我在这些作品上所花时间也是完全不同的。这样做背后有不同的冲动——显然，写某些非虚构类书籍纯粹是财务方面的考虑，写虚构作品则绝非如此。我认为这两者之间可能存在一些我没有意识到的关系。我对于后者想到的一个例子是，代笔本·考辛斯的自传与写作《生活》之间的重叠。

在写《生活》之前，我已经代笔了差不多三本书，并且我开始在那些代笔的书中提出关于“语调”的想法。代笔调查是一个口头过程，而你所写的那个版本是在文字被说出的瞬间被写下，在某种程度上，这是“官方的不真实”。这是一场表演。

这不仅仅是这个人会说出什么会保密什么，而是他们采用的说话方式，这与他们的内在声音和内在生活是不同的。本·考辛斯非常诚实，他想告诉人们他吸毒成瘾的故事，但不知道如何用词，我只能在一定程度上为他遣词造句，因为我只能尝试接近他所说的话。

所有这些都为《生活》中的 DK[①] 这样的人物开辟了空间。这不是因果关系，因为我在遇见本·考辛斯之前就已经开始写《生活》，而 DK 与本·考辛斯有很大的不同。但是更多的是，在那个重叠的时期中，我想：“哦，这里有一些共通性。”有时候我对自己说：“我在这里写的是真实，即便这是一个虚构的人，也是虚构的小说，这就像本这样的人无法逃脱的真实一样。”

伍德：你这么说非常有趣。你非常擅长在所有小说中复制平常话语，尤其是在《生活》中。我读过一次访谈，其中确实将你对语言的描绘与你在代笔工作中所做的所有聆听联系起来，其中的意思是，代笔已经使你的耳朵更习惯某种白话和俗语。

诺克斯：我想我没有听过像 DK 一样的声音。比起我在专业领域工作时听到的声音，那更多的是我在水中、冲浪时和日常生活中听到

① 指丹尼斯·基思（Dennis Keith），小说《生活》的主人公。

的声音混合体。话虽如此，代写那些书时，你确实对俗语有很多思考，对一个人的说话方式也有很多思考。而且，你要努力地思考，不仅要关注词汇，还要注意每个人不同的节奏、句法和用法。我在《生活》中尝试利用的虚构自由正是以其原始形式摹写声音的自由。

当你代写时，不仅要捕捉人的声音，还需要捕捉他们的书面声音。这样你就已经完成一半了——你知道，一本代写得很差的书读起来就像是朱利安·巴恩斯[①]所写，因为说话的人，即书的“作者”永远不会那样讲。但是同时，这也不是一种逐字逐句的展示，因为那样会不连贯。因此，在创造像《生活》中的丹尼斯这样的人时，我可以朝逐字逐句的方向前进，因为优美的小说惯例——或非惯例——允许你这样做。读者可能并不总是允许它，但是艺术形式允许它。

伍德： 你已出版那么多书，显然你写作速度很快。快速写作有什么影响，好还是坏？

诺克斯： 好的效果是……我的第一本小说出版之前，我曾多次尝试写长篇小说。其中共同的失败之处在于，我花了很长时间来撰写它们，而在我撰写它们的这段时间里，各种影响和新思想都争相发言，而它们的语调和声音甚至风格都不一致。而我写《萨默兰》非常非常快。在大约六周内就完成了初稿。它和《生活》都是基于语调的小说，当你在写基于语调的小说时，我认为快速写作真的很有好处。

从虚构的意义上讲，《萨默兰》在一晚内就全部讲完。我花了六周的时间完成了初稿，而作家意义上的时间大约是一个晚上。我明确记得在这六周的时间内，我的脑海里一直有它的声音。《生活》花了大约十周来完成初稿，我也记得，就是在我的脑海里有一个声音。

这一定是患有精神疾病的感觉——总是有另一个声音在和你说

---

① 朱利安·巴恩斯（Julian Barnes，1946—　），英国后现代主义文学作家，2011 年布克奖获得者。

话，即使不和你说话，也在把你的想法转译成它自己的语言。我不认为我当时开始像丹尼斯一样讲话，但是为了发声，我不得不将脑海中的一切重新转化给我自己。

但是快速写书的缺点是，我认为，如果你想写像理查德·弗兰纳根的《深入北方的小路》这样的书，这可能对你不利。让我们以它为例，因为我最近刚读过它。你无法快速写出这样的书，你的心率必须立即降低，并且必须在很长一段时间内保持专注。你必须在很长一段时间内栖息于该书，并让该书栖息于你。也许这仅仅是因为我就是这样的，或者也许是因为我的工作量很大，我无法想象拥有七年时间写出这样的书的能量。

伍德：你曾经告诉我，为了写小说，“我必须保持那种梦幻状态，并留在声音里面”。听起来现在这还成立吗？你在做其他事情时不能进出这种状态吗？

诺克斯：是的，我认为它仍然成立。在改稿的时候，我可以进出，但在写初稿的时候我不能进进出出。而且你知道，在过去二十五年中，我经历了许多错误的小说创作开端。我不知道是不是这个原因，但是它的表现就是进入了一万、一万五、一万八或三万个单词的河流中，然后放手，任其消失——再回来的时候，发现火已经完全熄灭了。

伍德：回头说说你在《萨默兰》之前写的书，你只是把它们收起来了吗？对于年轻的作家来说，认识到它们还没有准备好似乎是一种罕见的能力。

诺克斯：我不认为这是成熟或有自知之明的标志。是这样的，首先，我深深相信它们不好，其次，它们只是被新想法取代了。我因为被新想法所淹没而将写了十万词的初稿放弃，和我写了一万五千个单词就放弃，这两者之间并没有什么真正的区别。在这两种情况下，我都从未回过头。我对它们已经失去了兴趣。仅仅因为一个在名义上完成了而另一个没有，这其中没有任何区别。我认为它们距离完成尚有很长一段路要走，最终并不值得劳神费力。

自从我出版书籍以来，也有很多这样的书。自从《生活》出版以来，我有好几次写到结尾的尝试，最终把它们放在了一边。

伍德：你对放弃书显然没有限制。对我来说，哪怕放弃一部写了一半的小说都会是一个灾难性的决定，因为我太慢了。

诺克斯：是的，也许，这就是快写的好处或是坏处——你与作品还没有建立紧密的联结，以至于你必须继续完成。

伍德：我喜欢这种松散的观念。你想必坚信会有其他事情会出现?

诺克斯：不，我一点都不相信！但是也许我很松散，是因为如果我不能再写一本像样的小说了，我不觉得这就是世界末日。如果我做的意味着小说出版的终结，那也远比我想象中能做的更多——我会很失望，但这不是世界的尽头。

伍德：你写过很多关于团体行为的内容，比你的体育专栏，以及在关于陪审团的书和你的小说中。是什么让你对团体行为感兴趣？它为你提供了什么，特别是作为一个小说家?

诺克斯：作为读者，我总是对书上人与人之间的关系更感兴趣，而不是描述性或氛围性的写作。作为对比，看一下盖尔·琼斯[①]这样的人。我读了她的作品，欣赏她的艺术性，以欣赏你知道自己做不到

---

① 盖尔·琼斯（Gail Jones，1955— ），澳大利亚作家。

的事情的方式而欣赏。但是她与我处于相反的境界，因为她的兴趣有点与人隔绝，她的人物不像我的角色那样依靠与他人的关系。正如你所说，我的角色往往完全依赖于彼此之间的关系，并通过关系而存在。为什么这样，我不知道——我不一定那样生活，我会很多天不和别人有任何交谈，而且我不是一个特别擅长社交的人。我认为，只不过是作为读者的时候，这就是我一直想知道的事情：这些人之间正在发生什么。

伍德：你经常关注男性之间的从众心理①，有时是极度厌恶女性的人——而且不仅仅是在虚构小说中。你为黛安·布里姆布尔案中的行凶者所写的极具洞察力的专题报道让我读着心碎。

诺克斯：是的……最近，西蒙·吉塔尼②的那起谋杀案使我着迷。我完全被它吸引住了。

伍德：你在探究这类男人时是想寻根究底些什么呢？

诺克斯：嗯，我不知道。从某种意义上说，你是在要求我去做一件不可能的事，那就是分析自己。当然，它来自经验，来自我亲眼所见的事情。《牙买加》可能是你所说的最极端的例子。那不是以忠于真实生活的方式写的，而是，出于这本书特定的艺术目的，某种真实存在的厌女情绪的卡通化表达。

这为什么会吸引我去探索呢？我真的不知道。除此之外，我想，你总是会被拉回那些使你感到震惊或遭受创伤的事物，可以肯定的是，当我在大学时代看到这种东西时，我感到震惊，至今如此。这种东西存在于这样一个社会阶层中，首先，他们应该知道这样不对，但

---

① 从众心理（Pack Mentality），也称羊群心理，一种跟着团体走，缺乏独立意识的从众心态。

② 西蒙·吉塔尼（Simon Gittany），2011年因得知未婚妻丽莎·哈纳姆（Lisa Harnum）分手的计划，将其杀害并从15楼阳台扔下。

是第二，这些人是有影响力和重要性的人。

所以我想，这有一种社会愤怒，或者讨伐的感觉……就像你想要揭露金融腐败一样，你也可能想要揭露所谓的道德腐败。

伍德：你对《牙买加》卡通化的或不忠于生活的说法很有趣。我发现《牙买加》非常难读，并让我感到震惊。但是我丈夫说："我认识那些家伙。"他识别出他们的说法方式，以及他们所说的内容。他对此感到胆寒，但没有像我一样震惊。

诺克斯：我觉得它卡通化，是因为我创造了许多这些男人在说的东西，我并没有在想我所听到过的，我在想："我能使这些人说的最糟糕的东西是什么？我能使他们说的最令人震惊的是什么？"这就是为什么我觉得它是卡通化的而不是写实的。我是在风格化这些角色，而不是试图以写实的方式来记住——甚至都不是以虚构的方式。我甚至没有放大，我是在创作。

伍德：为什么创作它很重要，而不是复制现实？

诺克斯：这正是那本书的需求。喜欢《牙买加》的人大部分是能理解它是什么的人——它是喜剧。非常黑暗，风格极高，但还是喜剧。我最近看了电影《华尔街之狼》。有一幕是贝尔福特服用了安眠酮后失控，他花了几分钟的时间让自己从台阶上滚到自己的汽车前，然后他把这辆车撞了。一半的观众都感到尴尬，并想着这是多么可怕。另一半（包括我在内）则大笑起来。我想说《牙买加》也造成了同样两极分化的反应。

如果你认为那本书中的某些内容明显是对现实的模仿，那么你可能会遮住脸，从手指缝中阅读，如果还读的话。另一方面，如果你知道它们是为了喜剧效果而增强的，但同时，因为它与现实的距离不太远，这又是使你感到有点不舒服的那种喜剧，那么你可能会以驱使我写它的同样精神来阅读它。

回到你关于团体的问题，这确实是我从很小的时候就开始经历的，人们——比如说男性，因为这主要是我的经验——在团体的化学反应影响下会有不同的表现。人们在一个团体中会做出比作为个人糟糕得多的事情，也能做出更好的事情。这让我很感兴趣。

我在写作时是否意识到这一点？不，我不是，但是我确实对其有一种持续的迷恋——当一个人成为一个团体的一部分时，他身上发生的化学变化。

我这周刚刚重读了《蝇王》[①]，这是我自离开学校后从未读过的书。我想我大概在刚上高中的时候读了三遍，这大概是三十五年前了。这周我在阅读这本书时想："哇，那本书对我的影响比我记得的要多得多。"就像我们正在讨论的这些事情：一群男孩——你可以想象他们都是好孩子——被群体的疯狂所控制。在这本书中，这对我的影响大于书中所写外部环境的疯狂——对我而言，这不是一本关于回归自然的书，而是关于部落行为的回归。

伍德：在读者转身离开小说之前，你能放入多少黑暗？我在当前的作品中正在为此纠结。你是否有意识去校准，在读者将书放下之前，书中可以放多少黑暗的东西？

诺克斯：不，我一点都没有这种意识。你只有做了之后才知道。（笑）我有一个读过我所有小说的朋友，最近说："哦，是的，关于《牙买加》——"她没有说"我无法理解"，她说了类似这样的话："你写得好深入，吓到我了。"我不记得她的原话，但是她是在读完这本书大约五年之后才告诉我的。我想："哇，真的吗？那就是我做

① 《蝇王》(*Lord of the Flies*)，英国作家威廉·戈尔丁（William Gerald Golding）发表于1954年的寓言体长篇小说。小说讲述一群被困荒岛的儿童建立起文明又将其毁灭的故事。威廉·戈尔丁为此获得1983年诺贝尔文学奖。

的吗？”

但是同时我也认识其他认为《牙买加》是他们读过的我的书里最喜欢的一本的人，而且我毫无疑问地相信，他们正是由于这些极端的闪光点而最爱这本书。所以说，世界之大无奇不有。

伍德： 我觉得这挺安慰我的。也许我应该忘记那些担忧而不是审查它……

诺克斯： 我发现，每当我开始考虑什么是“可行的”时，尤其是在商业上……我有一个朋友，她是“澳大利亚广大读者”。她是一个非常亲密的朋友，大约六十五岁，读过很多小说。而且她的品位与你可以称之为文学畅销书的东西完全匹配。你知道，比如芭芭拉·金索沃[①]或安娜·芬德[②]，也可能是凯特·格伦维尔[③]……那种文学畅销书。她的口味非常精准。出版商或代理商应该聘用她为研究什么可行的实验小白鼠。

我曾经想：“该死的！我现在要写点她会喜欢的东西。”然后你知道吗，一下子所有一切都关闭了。因为写作不是这样的。我在写作那些出版的书时从未考虑过她。她总体上喜欢我的作品，但不如她喜欢的其他那些书。对于其他那些书，她是十万个会将其口口相传并深深喜爱的读者中的一个。

进一步剖析，其中一个因素是关于喜爱度和与角色共鸣度的问题。那种“进入书本，希望能找到一个朋友或一个令人难忘的人，会让你感到高兴与之共度时光的人”的想法。在一本书中寻求陪伴。但是，这不仅不是我可以写作的方式，也从来不是我阅读的方式。

---

① 芭芭拉·金索沃（Barbara Kingsolver，1955— ），美国小说家、散文家、诗人。她的作品经常围绕社会公正、生物多样性以及人与环境的关系。

② 安娜·芬德（Anna Funder，1966— ），澳大利亚作家。

③ 凯特·格伦维尔（Kate Grenville，1950— ），澳大利亚作家。

伍德：你认为这种喜爱度问题是最近的现象吗？它让我很恼火。

诺克斯：我认为这根本不是最近的事，但它无疑已经成为一种邪教。一个将其作为判断书本质量的基础的阅读邪教。当然，这对任何认真写作的人来说都是压抑的，因为如果他们认真写作，那他们很可能会认真阅读，并且他们知道伟大的书中有多少个可怕的人物。

但这并不是说，传统受人喜爱的人物是唯一可以让书大卖的人物——比如《一记耳光》(*The Slap*)。

伍德：但这是那本书引发的热点话题，它成了一种全国性竞赛，去投票选出你喜欢或不喜欢的人物，而不是去看此书的各个层面，比如关于教育系统和阶级之类的所有东西。

诺克斯：这些讨论让我感到羞辱。我想："好吧，我读过《一记耳光》，但我从没想过这些角色是否受人喜爱。"这个想法就是没有出现。

伍德：在你的写作中反复出现的另一个概念是竞争——体育竞赛。

诺克斯：是的。对我来说，这只是你之前谈论的内容的一个方面——你已经将人们聚集在一起，了解他们之间的相互关系，以及哪些情况会给他们的性格带来启示或发展。我就把他们投入某种形式的体育竞技中，看看它会有什么结果。

很明显，这是根据我个人和专业的经验得出的。我做了四年的体育记者，并且从事过很多体育运动，过去的两到三年我又重新专注于体育方面的新闻报道。

伍德：你写得如此生动，身体和智力确实得到了强有力的融合。是什么让你对身体的展示感兴趣？

诺克斯：我并不认为那就是非智慧的，或是无灵性的。自上世纪五十年代以来直至今时今刻，还有人将运动追求概括为不涉及头脑，我认为这种看法带有古怪的天真。人们会毫不犹豫地以将精神、思想和智力囊括进对性的撰写中，这是不言而喻的。那么，单板滑雪是一样的，还有游泳、板球或其他任何运动——散步，你知道。

体育竞赛可以成为有用的叙事工具。我对其感兴趣还因为各种文化原因。它在文学领域还有待开垦，我觉得，我有希望从中带给读者一些新颖的东西。

伍德：你认为自己是一个争强好胜的人吗？

诺克斯：是也不是。你问任何人这个问题，有些人总是会避开竞争，对竞争几乎有生理性过敏。究其原因，是当这个人处于竞争状态时，他们会进入想要把所有人都杀死的争斗状态。他们是如此争强好胜，以至于他们害怕这会让他们暴露。

我不是那样的。我享受仪式化的比赛。我以前参加许多运动时，总被认为是一个在赛场下完全平静，但又有所谓的“白线热”① 的人，指在赛场上争强好胜。我可能现在仍然如此，在日常生活中并不好胜，但是让我参加某种明确定义的比赛，我会变得非常想赢。

伍德：我想知道男人与竞争的关系是否比女人与它的关系更加健康。在女性作家之中，我似乎感觉到，她们任何一种可能出现的争强好胜之感都有着深深的、深深的羞耻感。

诺克斯：嗯，我只是将生活分为竞争性事物和非竞争性事物，当然，生活并非如此。文学竞争就是这个灰色地带的一个很好的例子，这个灰色地带存在于——它是什么？写作不是竞争，而是竞争的对立

---

① 白线热（White-line fever），形容人在体育竞赛时，踏入竞技场开始比赛时的极端改变。

面，但同时又有销售竞争、有为奖品或表彰而竞争。

当涉及这一点时，我在本能和常识之间来回纠结。常识总是告诉我：a）这不是竞争性的追求；b）我加入过奖项评审委员会和资金分配委员会，一旦加入他们，你就会知道这完全不是必须认真对待的事情。但是，我又是那些有“白线热”的人中的一员，一旦你将我置于竞技场或赛场上，我会像要任何东西一样想要赢得胜利。因此，当人们说你的书“有获胜可能”或进入入围名单时，一下子有人在你周围建了一个竞技场，而你想赢。

现在我大约每两年打一次网球。我对此并没有任何投入，而且我从来都不擅长网球。但是，如果你将我带到网球场上，除非我与真正优秀的人对打，否则我将尽一切努力取胜。那是网球，我对此根本没有投入过什么！但这是因为当我在球场上时，我可以为其努力。当你参加文学比赛时，你只是在旁观一个你并不尊重的过程，而且常常是你毫无敬意的人。

伍德：网球就是这样，它的目的就是赢得胜利，但写作是……

诺克斯：是的，赢并不是重点。这是对于文学目的的一种混蛋观点，这个观点本身就是腐败的。这就是常识性的一面。但是，你知道，那对老蹄子开始踩了又踩，你发出哼哧声，摩拳擦掌，突然间你意识到自己被欺骗了，以为自己处在竞争领域。

我的确发现，附加在奖赏上的程序非常令人气馁，而对于奖品权威毫无疑问、绵羊一般温顺的态度让我沮丧。这是一种热爱权威的直觉，说：“哦，那是布克奖，我得马上冲出去读那本书。”

去年，我在伦敦的一家书店里，听到一些人与店主谈论一本书，我从未听说这本书的作者。他们都认同这本书：“哦，这本书很好，这是迄今为止最好的书，但她还没有真正准备好接受布克奖。”（笑）

你知道，听完之后你会想洗个澡。而且我相信得奖的人也会有同样的感觉。我认识得过奖的人，他们显然很高兴可以获奖，但他们仍然觉得自己想洗个澡。

伍德： 让我们谈谈私下状态与公开状态之间的分裂，这是你的另一大兴趣点，在虚构和非虚构中都有。在诺玛·科里的故事中，它显得尤为重要。那个隐藏的自我对你而言有趣之处在哪？

诺克斯： 对我来说，普通人的私生活就是虚构小说。这就是为什么我们称某种类型的小说为自传体小说而不是回忆录，尽管可能其中的每个词汇在字面上都是真实的，因为它是内在的、秘密的、无法验证的，它在法庭上站不住脚。私人和秘密是虚构小说的本质，这就是一个基本出发点。

而且我认为，在一个非常稳定、受规则约束的保守世界中成长，你显然会被立面[①]的概念以及立面的背后所吸引。

你对世界有觉察的瞬间常常是这样的时刻："哇，那是我们学校的校长，我发现他是个秘密的酒鬼"或者"那是我朋友的母亲，我发现她有外遇"。当你身处那个世界时，校长或父母有着非常重要的地位，并且行为守则被给予了很高的声望。在童年时代，当这些被颠覆时，你会因此有非常兴奋的时刻。

因此，我一直对双重生活的故事感兴趣，而诺玛·科里就是以极端的方式过着双重生活的好例子。而且你知道，我意识到其实我也是。对于诺玛，我的态度是："少在吹牛大王面前献丑。"她给我一种亲切感。你知道，你总是会回头审视自己，问自己问题。我认为双重性在我生命的不同阶段一直存在，所以这是一片沃土……

伍德： 你在自己身上发现了什么样的双重性？

---

① 立面（façade），建筑物的外墙，尤其指正面，一般是建筑设计的重点。

诺克斯：嗯，当我还是个孩子的时候，我是我的预科学校和高中的队长，但我也是一个顽皮的孩子，暗中捣蛋。我担任过正式职务，但我知道我到底是谁。

试图调和两者有时候会非常痛苦，这会导致陷入麻烦，并会在被看穿和暴露之后引发深刻的个人危机。接下来的问题就是："你现在怎么办？是承认真正的自己，还是要这样坚持到底？"

我曾经觉得自己已经走上了一条特定的道路，但是到了二十岁或二十一岁的时候，我想："我将无法走这条路。我可以像以前那样走这条路，但我永远都会重复这种为了保持姿态而导致的闹剧。"

伍德：是否曾担心你的真实自我总是会突然爆发？

诺克斯：是的，而且我可能会一而再再而三地被看穿。

伍德：原本摆在你面前的那条路是什么？

诺克斯：嗯，如果按照剧本，那我本来应该是学习法律，进入律师界，然后进入政坛之类的领域——那之后就变得有些模糊。我出于某些原因拒绝了它。其中一个原因，回到你之前的问题，是对竞争的恐惧，还有一点对失败的恐惧。

但是另一个原因是对成功的恐惧——达到那个点，同时知道"我是个骗子，我不是人们以为的那个人，不是人们想要我成为的人，而最终会被扒光衣服暴露无遗"。我就会像一个我们一直读到的那些从恩典堕落的政客。

伍德：写作是不是一种让自己的不同面向发展的方法？

诺克斯：是的。它是。在各种书中，我都走过这条路。《萨默兰》可能最典型，去想象如果我继续走这条路可能会变成的人。这有点像对一切会如何发生、有何种结果的一种想象。

伍德：我想问问关于你有关小说中那些强大的母亲。这并没有受到太多的关注，比如说，在《内向者》中，母亲是一个非常核心、有力的人物。《生活》中DK的母亲是一个令人难以置信的戏剧化发明。这些女人来自哪里？

诺克斯：嗯，她们完全不像我母亲。但是我的祖母与外祖母都是很强大的角色。我爸爸家有一个女家族长，她在澳洲悉尼平布尔女子学院担任了三十三年校长。她是堪称后来的女权主义者先驱。她是一个非常有成就的女人、一个非常坚强、占据主导的女人，却没有鼓励她所照顾的女孩做同样的事。有些像玛格丽特·撒切尔这种类型，但是她未婚。

在我的家庭一直都有着那些坚强的女性，她们比男性有更强的道德品性，她们更坚定、有更好的领导能力，也更善良。我的家庭还有那些充满激情和狂暴、情绪时好时坏的男人。在整个家庭中，一直存在着男性激情与情感和女性稳健与力量之间的较量，这些都发生于隐藏的传统性别角色背景下。

伍德：太引人入胜了。

诺克斯：但是，性别角色被非常看重，你知道。父亲是养家糊口的人，但父亲也是情感上起伏不定的人，这些弱点让他们四分五裂。我从来没有在写作中深入描述过，也许这是在父母还活着时我觉得自己不被允许做的事情之一。

伍德：但是也许还是流露出来了？

诺克斯：是的，还是流露出来了。

伍德：你不得不应对相当多对你非常接近生活的写作产生的负面回应，例如迈克尔·彼得森的粉丝的反应，他们认为《生活》中的

DK 与他太像了。你曾经说过，从现实生活中而来的写作比编造的东西更具原创性，因为后者必然会借鉴一种共同的想象力。大多数人会以相反的方式看待它，他们会认为编造更有原创性。

诺克斯：嗯，作为一名读者，我被那种基于生活、追随生活偶然性的非常规小说所吸引。与科幻小说和奇幻文学相比，我更被那样的小说吸引。

有人会说“看看 J. K. 罗琳对想象力的惊人运用”，或者托尔金等作家。在这种小说中，我看不到对想象力的惊人运用。我看到一个世界取代了另一个世界。而这个世界，因为它必须与读者进行交流，建立在深层次的熟悉度上。

所创建世界的符号必须与所熟悉的事物相对应，否则它根本无法成功。因此，如果符号必须对应，那么它就是在告诉我们我们已经知道的内容，并且情节惯例必定会提供我们已经知道的内容。

所以，是的，我确实认为需要更大的想象力才能在真实中找到一些东西，相较于坐下来成为乔治·R. R. 马丁并创造一个世界。

伍德：鉴于此，你能识别作品与生活分离并成为艺术的过程或切入点吗？

诺克斯：从一般意义上来说很难谈论，但是我可以谈论一些具体情况。他们截然不同。

《生活》引发的争议真是让人讨厌。令人恼火的是，我因为以迈克尔·彼得森为原型写书却没有将其公开而受到批评，其实相反，我对此是完全坦诚公开的。我本身想写的“这本基于迈克尔·彼得森的书”的唯一限制是，这个故事完全脱离了迈克尔·彼得森的生活，书中的谋杀案从未发生过，书中人物也并不存在。

因此，我最终创造了一个与迈克尔·彼得森很像的角色，除了那些一点都不像他的点。而且，如果你愿意去了解，你就会弄明白这一点。最好的回应来自迈克尔的母亲自己，她说她很享受去发现哪些人物是真实的、哪些不是；哪些发生了、哪些没有。

迈克尔·彼得森现在已经过世了，但当时他还活着，很多人都感觉到他们有——不是对他的所有权，而是对围绕他的传说故事的所有权。他们感觉到自己的领土被有着不单纯动机的人逐步侵犯。

因此，这很容易解释。较难解释的是其他几本书中，我基于真实人物创造角色，然后让他们做从未发生过的事情。追溯到《萨默兰》，那里的两个主要角色都是以真实人物为基础的，对于认识他们的其他人来说可能会被认出，但是他们在书中所做的一切都是编造的。

所以说，你会遇到这样的情况，这些角色的原型说："读这个很有趣，我可以看到这是基于我的，但是我知道我没有做任何这些事情。"但是之后他们碰到其他人对他们说："天哪，那真的是你做过的吗？你怎么能忍受这个人以这种方式暴露你的秘密？"

他们就会厌倦了说"什么也没有暴露"，最后他们不幸地感到："每个人都认为这就是我。"

我一直以为这东西周围有三个圈——两个无害的圈，和一个有害的圈。无害的是内圈，他们知道谁是谁、什么是什么——这可能是一小部分人。然后是外圈，是对你而言完全陌生的人。

伍德：外圈不知道或不在乎谁是谁，什么是什么。

诺克斯：是的。但是在模棱两可的中间圈，有些人认为他们了解你，并且认为通过阅读书中所写，他们正在更好地了解你，这些人会以某种方式影响你。他们是引起问题的人。

我从不知道这种情况是否有发生，但是我非常害怕《内向者》的中间圈，那些隐约认识我父亲的人会以为我写的是父亲对色情作品的迷恋！我的意思是，我从来没有听说有人跑到我爸爸面前和他说这样的话。可能发生了，他只是不会告诉我。

伍德：你在工作时是否有观众或者某种类型的读者的概念？

诺克斯：你知道，我曾经有。我曾经强烈地设想过一个非常像我的人。男性或女性，与我的年龄差不多。不是一个真实的人，而是一个对某种文学艺术有浓厚兴趣的人。像我一样的人。随着时间的流逝，我残酷地意识到世界是由不像我的人组成的，这想法就被削弱了。（笑）

我认为我的出版商简［帕尔弗莱曼］是最接近这个人的化身。她总是能非常好地理解我的作品，而且当她和我谈论其他书籍时，我真的觉得我在和同道中人交流。所以她可能是最接近的人，并且现在也是如此。而且你知道，即使有另一个朋友，与其合作更赚钱；而如果我只是为简而写作，并给她带来快乐或任何她从阅读中收获的东西，那我也会这样做。但如果她这种类型的人越来越少，或者他们越读越少，那我该怎么办？

伍德：这让我想起你说过的一句话："作家从信仰中写作，有时以信仰的名义使自己陷入地狱。"这种信仰的本质是什么？

诺克斯：听起来像我刚从教堂出来！我不记得说过这句话。看，写作显然是一种信仰之跃，因为你花了很多时间思考："到底为什么有人会想读这篇文章？"（笑）

这是第一种信仰，然后是当今市场上所有的信仰之跃，为了面包和黄油的信仰之跃，即"在这个工作上花费这么多天、这么多个月或这么多年，而我的工作时薪可能不到一美元，这值得吗？"

我不知道这是不是我当时说的意思，但是我们知道有人为了支持自己和家人熬过了非常艰难的时期，因为他们相信会有所回报。这些听起来都不是很有趣。

伍德：那你为什么写？与一定能成功的那种书相比，写小说有什么收获？

诺克斯：这个问题很难回答，因为这意味着你认为我知道答案。我一直被这个问题所折磨。我所知道的是，当你真的顺风顺水时，你还是无法摆脱这个问题。这个问题被驱使你的东西（无论那是什么）所溶解了。所以，我不喜欢这个问题。我只在不写的时候问它。在我写作时，有点像是物质和反物质。这个问题本身就是威胁。

伍德：好的，这个问题怎么样：当你写得很好时，在纸面或你身上发生了什么，让它这么好？

诺克斯：首先是我写了。几乎每一天，当我写完时，都感觉这是美好的一天。如果我重读当天所写的，并认为“哦，那很成功”，那将是非常美好的一天。

最初，仅仅知道你浸入这条河并在其中畅游过，就是很好的一天了。这条河流过你，所有伟大的书籍都属于这条河，甚至包括你喜欢的坏书，从你跳进这条河开始，感觉就很好。

我从那个房间出来，已经写了五个小时，却没有注意到时间的流逝。忽然间就下午三点了，我没有吃午饭，却一点都不饿——那就太好了。就像你适得其所。再重读，然后想“写得不错”的日子里，这种感觉甚至更好。

伍德：糟糕的一天是什么样的？有哪些表现？

诺克斯：好吧，首先，糟糕的一天是当你坐下来，铆足了劲，但十五分钟后发生了一些事情，让你不得不开车穿越整个镇去参加什么活动；或者你接到一个编辑的电话，需要你马上做一些事情，而你不能拒绝。所以糟糕的一天是你无法写作的时候。

在最初的起草阶段，如果灵感没有出现，我就停下来。我不会让自己过糟糕的一天。我去做别的事情，或者我只是继续努力并不断尝试，直到它变好。

但是糟糕的一天，真正的糟糕的一天，是当你重读某些内容时，想着："啊，真垃圾。"

伍德：哦，是的。这种感觉的本质是什么？这有些令人沮丧。并不是说它浪费时间……

诺克斯：不，不，这不是浪费时间，你很乐意浪费这些时间。这与你自己的不足有关，你所写的与你认为你正写的相去甚远。它向你展示了你如何惨烈地失败了。因为我的第一稿写得非常快，我会对其进行许多修改。并且我发现修改过程非常有启发性，因为这就像再次回到那条河，然后重新写作。我会进行很多修改。

伍德：我喜欢你关于河流的想法，你是否感到，当一切顺利的时候，有一种关联感？有一条线……

诺克斯：哦，是的，从托尔斯泰到我！（笑）好吧，就像米诺鱼可能正和蓝鲸在同一片海洋里游……但是，是的，因为你正在做同样的事情。当我偶尔教课时，我总是对学生说："你不必立志成为一名作家。你要么是作家，要么不是。如果你今晚回家之后写你的小说，那你比那个闻名世界却一整年没有写作的人更像作家——只要你写，你就是作家。"

因此，对我自己来说，我的感觉亦如是：如果我使用这种语言工作，那么我与我所读的书在同一场域中，因为这些是哺育过我的书。

伍德：你知道是什么统一了你的作品吗？是否有作为作家的"项目"之感？

诺克斯：不，我不知道。如果有人在我的作品中找到了统一的特征，就像你所做的那样，我总是感到有点被挑战了，因为我从未考虑过这件事。我从没想过我正在制作一个统一的项目，当然，读者会发现你正在做这件事，早于我自己发现。

伍德：欧文·理查德森在为你的一本书写的好评中写道："人们既被书又被父母抚养长大。"我认为这很美好。我知道普鲁斯特对你非常重要——还有哪些其他书使你成长？

诺克斯：嗯，我二十岁的时候第一次读普鲁斯特。而现在你让我思考，我意识到那对我来说是重要的一年，也是重要的时光。

但是在那之前？我的父母会说我一直在读书，总是把我的鼻子埋在书中，我想，如果这是他们记忆里的，那应该就是真的。但是我不记得阅读任何对我有巨大影响的东西，直到我十八岁或十九岁。

当然让我突破的书是《红与黑》。我想："哇，我终于读了一本真正的书。"

我从女儿莉莉安身上可以看到相同的情况——莉莉安阅读很多东西，她是一个优秀的读者，经常把鼻子埋在书中。但是她经常五次重读比她的阅读水平低大约两年的书，仅仅是因为她喜欢它。而且我想我就是那样，我并不是在挑战自己，我只是热爱阅读。

我记得曾经有一段时间非常喜爱类似亚瑟·兰瑟姆[①]的《燕子号与亚马逊号》[②]的书。在此之前，我读过所有哈迪男孩系列[③]和《阿尔弗莱德·希区柯克和三问号侦探》[④]等书。我通常不喜欢学校布置的书。《蝇王》是个例外，我很喜欢。

---

① 亚瑟·兰瑟姆（Arthur Ransome，1884—1967），英国著名儿童文学作家。

② 《燕子号与亚马逊号》（*Swallows and Amazons*），亚瑟·兰索姆著作的儿童文学系列。

③ 《哈迪男孩》（*The Hardy Boys*）系列，1927年起开始出版的系列书籍，该系列围绕着作为业余侦探的青少年展开，来解决同龄人身边的案件。

④ 《阿尔弗莱德·希区柯克和三问号侦探》（*Alfred Hitchcock and The Three Investigators*），罗伯特·阿瑟（Robert Arthur）创作的青少年系列书籍。书中讲述"三问号侦探"——三个男孩的传奇破案经历。

过着那种被呵护的郊区生活，我记得我十岁时读了一本叫《银剑》[①]的书，那是一本关于犹太人大屠杀的书。它震撼到了我。我在同一年龄读过的另一本书叫《十字架与弹簧刀》[②]，我很确定这是一本基督教书籍，因为十字架在书中是一名牧师，而弹簧刀则是关于帮派和毒品的，十字架最终胜利了……但是我读的是人们互殴和开枪射击这样的东西。

伍德：（笑）哦，你刚刚让我想起了《孤毒日记》！一个沾染毒瘾并死去的善良女孩所谓的日记……我一定是大概十一岁的时候读过它。我非常喜爱它，我现在才想起来。对于像我这样住在远郊的小姑娘来说，那真令人激动。

诺克斯：我确实记得读《盖普眼中的世界》[③]时心想："哇，这是进入禁忌成人生活的真正入口。"非常刺激的东西。我记得《教父》有类似的效果——我确实喜欢那种为了挣钱而写的通俗小说，而且我喜欢那种间谍活动的东西，如弗雷德里克·福赛斯[④]写的东西。

伍德：那么，当你读到司汤达的《红与黑》时，是什么把你唤醒的？

诺克斯：这是暂时超越的奇迹。它写于 1830 年或类似的年代，

① 《银剑》(*The Silver Sword*)，英国儿童文学作家伊恩·塞拉利尔（Ian Seraillier）的代表作之一。讲述二战期间由于法西斯的迫害而与父母失去联系的姐弟三人在流浪儿琼的帮助下与父母团聚的故事。

② 《十字架与弹簧刀》(*The Cross and the Switchblade*)，牧师戴维·威尔克森（David Wilkerson）与约翰和伊丽莎白·谢里尔（John and Elizabeth Sherrill）共同撰写的传记，出版于 1963 年。

③ 《盖普眼中的世界》(*The World According to Garp*)，美国作家约翰·欧文（John Irving）的成名作，讲述了在单亲母亲抚养下的盖普成长的故事。

④ 弗雷德里克·福赛斯（Frederick Forsyth，1938— ），英国作家，记者，前间谍，政治评论员，擅长国际政治惊险小说。

我记得当时想“这真是个奇迹”。这个 1830 年的法国人写的是大约十或十五年之前的穷苦男孩，却让我感受到我所有的恐惧和担忧。这个故事也很棒。就是有人穿越时间对我说话。不是关于我，而是对我。我不认为自己是那个角色，但是我看到他所面临的在某种程度上与我所面临的相同。

因此，当你进入现代主义时代时——普鲁斯特是让我印象最深的那个人——你拥有相同的东西，但是他如此深入内部，以至于他不仅在表达我也在表达的东西，甚至就像他在思考我不知道我在思考的事情，但我确实在思考这些事情。

这样感觉很神奇，很值得。在所有这些早年经历中，即使我热爱阅读并且沉迷于阅读，我从不想成为作家。我从来没有想过。只是到了后来，我才想：“我真的，真的很想做这个。”

我希望我已走过写学徒小说的阶段，想到尚且只触及了表面，我可以做得更好，这是种激励，去写出能真正触动读者的书，就像我读杰作时所体会到的。

玛格·拉纳甘

玛格·拉纳甘以创作令人目眩的奇幻文学而名扬国际文坛。

她成长于新南威尔士州纽卡斯尔北面的雷蒙德特雷斯以及墨尔本。少年时代，她便开始写作、出版诗篇。截止2013年这次采访时，除了用各种化名创作的青少年言情小说外，拉纳甘已出版14本书——包括9本长篇小说和5本短篇小说集，自如地在各种类型和不同年龄段的读者群体间切换。在不同文学领域，包括小说、青少年文学、奇幻和科幻小说等，她都舒适地占有一席之地。

“跨界”一词着实是在她的职业生涯和作品中反复出现的主题，体现为在不同的物理形式和存在层面上的变形。

她的长篇小说《海之心》(*Sea Hearts*)是对凯尔特海豹人神话的探索。在这一神话中，海豹会变身为迷人的人类女性，再变回来。该小说于2012年出版并广受好评。在接受此次采访时，它已获得三项大奖，并入围五项国际和澳大利亚奖项终决选。自这次采访后，拉纳甘在与人合著《零雄》(*Zeroes*)青少年超级英雄系列。

我读到的第一部拉纳甘的作品是在她2005年的小说集《黑果汁》(*Black Juice*)中一个惊人的短篇《与姐姐的下沉一同歌唱》[①]。从那时起，我就被她对神话、童话和纯粹拉纳甘式的奇异感所做的令人不安而又抒情的融合吸引。

---

① 《与姐姐的下沉一同歌唱》(*Singing My Sister Down*)，讲述一个小男孩目睹自己的姐姐以缓慢沉入焦油坑的方式被公开处刑的故事。

见到她时，拉纳甘的热情、务实和幽默与她作品的阴暗色调形成惊人对比。在推特上，她与数千名狂热粉丝互动，活泼又调皮。她这个充满活力的在线形象，在推想小说[①]博客、论坛以及她自己关于写作生涯的博客“时空之中（Among Amid While）”里也表现得很明显。

在悉尼文学界，拉纳甘是一位受欢迎的学院派作家，她会组织作家的社交活动，并积极参与托马斯·肯尼利[②]所说的“发动本地力量”；她曾在澳大利亚人报/沃格尔文学奖中担任很大程度上是志愿性质的联合评委，还曾在澳大利亚艺术理事会文学部任职三年。

我与拉纳甘的谈话是在一个阳光明媚的秋日早晨，在她租借七年的工作室——一间位于二楼的小单间进行。那里离她家很近。她与平面设计师史蒂文·登巴（Steven Dunbar）和两个成年儿子同住。

这间一居室位于西悉尼城郊刘易舍姆区，是一个改建后的大型排屋内六套公寓之一；这是一个令人羡慕的写作空间——私人、安静且宽敞，内设有一个小厨房和两个能观赏绿植景观的窗户。壁炉架上挂着一张二手商店淘到的大型画作，画着毛色冷白蓝色相间的卷毛猫。工作时，猫就冷冷地注视着她。在采访中的某个时刻，拉纳甘伸手够到身后架子上的几本剪贴簿，向我展示了她在创作过程中收集的喜怒无常、令人回味的图片。当她在翻阅时，我感到自己被赋予了窥视她视觉想象力的特权。

拉纳甘的写作室悬浮在上下两层楼之间，对于讨论她对转换于不同领域的兴趣，以及其他在她的小说中出现的引人注目的模糊之处，

---

① 推想小说，一种广泛的文学分类，特点是包含了有记录的历史以及当前宇宙中并不存在的事物，包括但不限于科幻小说、奇幻小说、恐怖小说、超级英雄小说等。

② 托马斯·肯尼利（Thomas Keneally，1935— ），澳大利亚小说家、剧作家、散文家，1982年布克奖得主。

似乎是一个合适的场所。

夏洛特·伍德：能和我说说这个写作室，以及你如何使用它吗？

玛格·拉纳甘：我大约是2006年开始在这里工作的。当时我们的儿子们已经大了，必须得分开了。我们不能再让他们分享同一个房间，因此史蒂文和我把我们俩一直在用的书房给了杰克。我在厨房桌子上工作了一阵子，之后从澳大利亚艺术理事会获得了为期两年的研究金，于是决定："好了，现在是时候要专业一点了。"——在出版了十五年书后。（笑）是时候占领一些仅用于写作的空间了。

这幢楼距离我的房子大约两个街区，所以，如果我把什么东西落在这里或者家里，去取不是什么大费周章的事。大楼中有六个单间公寓。我与这个楼层另外两个公寓共用一个卫生间。这个公寓不错，它在高处，你可以眺望树木。

伍德：我很高兴看到你有一张沙发……

拉纳甘：是的，可怕的陷阱。这是一张非常舒适的沙发。但是，你确实需要坐在书桌前之外的其他选择——当你的思维卡住时，你需要能够以稍微不同的姿势阅读一些东西。我也会在上面小憩……

伍德：你理想的工作周是什么样的？

拉纳甘：如果我在写草稿，我一起床就会在家写，因为这样我只需要走过两个房间就能工作，而非两个街区，还能穿着我的睡衣。我通常比所有人都更早起床，如果我可以在早餐前写几个小时，那就是美好一天的开启。我说的是四点或五点。接着我会在六点一刻和一位朋友一同散步。这听起来很有条理，但实际上是一个非常混乱且不可靠的系统。但是理想的工作周就是，至少有四天能够起得很早、写作两小时、出去散步，接着来到这里，因为早上的写作打开了我的灵感闸门，当我坐下时文字就在那里，流动着，准备被我释放。

伍德：和朋友一起散步不会打断你的写作思路吗？

拉纳甘：不，不太会。如果我早上做了一些扎实的工作，社交就不成问题。和你的文字距离稍远一点可能是一件好事。你认为非常绝妙的作品和……你的作品之间。（笑）

这可能是某一程度上对日常程序的适应。除了这个你还知道：刷牙、下决心接下来两个小时不吃零食、然后继续工作。通常在走来这里的路上，我会思考要写些什么，这样等我过来坐下的时候，就可以直接开始，而不是坐下费力思考，引发自我怀疑。

伍德：当你在这里时，你与外界的联系如何？

拉纳甘：没有联系。我有手机，但这里对我来说是个无网络区域。这是非常必要的。如果我真的需要与什么保持联系，那么我就在家里的厨房工作。但这并不尽如人意，因为会有人来来去去，还有其他可以做的事情——家务、可以回复的电子邮件，这样通常会变成浏览大量推特和脸书。史蒂文也在家工作，他有点健谈，还喜欢听广播，诸如此类的！（笑）

伍德：你从什么时候开始写作的？

拉纳甘：像我们很多人一样，我青少年的时候就开始诗歌创作。我发表过一些诗歌，二十七岁时申请去巴黎的南希·基辛工作室[1]待了六个月。当我在那儿时——或者也许在我去之前——我就决定要写一些接受面更广的东西。而且我想下笔更大方：我想写一些大的东西，可以倾倒出来的东西，而不是这些没人能理解的、结构完美的小东西。

所以我在那儿写了一些非常糟糕的短篇小说。我又开始创作一部非常糟糕的小说，并参加了沃格尔奖——我祈祷他们在给我发拒信前只花五分钟阅读这本书，然后将其搁置一旁。之后，我意识到我需要学习叙事驱动力，以及写人们想读的故事。

我回来之后，成了一名自由职业书籍编辑，但不是小说类的书籍，主要是关于钓鱼或园艺的书籍，还有烹饪书和历史书籍。然后一位出版界的朋友说："嗯，我们现在没有什么可以给你编辑的，但你想不想试试写一本？"那是指矮脚鸡野花[2]青少年言情系列小说。我写的是这本：梅兰妮·卡特（Melanie Carter）的《卡布奇诺小子》(*The Cappuccino Kid*)。他们要出版很多分册，但并没有很多作者，所以就像我化身了梅兰妮·卡特一样，我也化身四五个其他人。到最后我也写了几本多莉浪漫丛书。你可以赚一些钱。我下定了决心要以专业的态度对待这件事。他们只给你固定的稿费，所以我决定既然如此，我在每一本书上花的时间都不会超过两个星期。

我制定了章节计划来安排所有事情，而且认真遵循。我每天写一章，持续十天。如果我的计划出了点差错，我会修正计划，让它可以成功。我不可以对前面的章节作任何改写，而且我必须写完当天的章节。因此，这对于情节设计是很好的练习。这些都是非常简单的故事，情节非常容易设计。每个故事大约 3 万词。我认为这些故事无须

---

① 南希·基辛工作室，巴黎国际艺术城（Cité internationale des arts）的一部分，由已故澳大利亚诗人南希·基辛（Nancy Keesing，1923—1993）租用，为澳大利亚作家提供了在新环境中生活和写作的机会。

② 矮脚鸡野花（Bantam Wildflowers）系列，兰登书屋旗下矮脚鸡出版社（Bantam）90 年代在澳大利亚出版的青少年言情系列书籍。

任何研究调查，它们必须是我想都不用想就能写出的，而且必须快速写出。这样的书我写了几年——有一次我在六个月的时间里写了六本书！——在那段时间里，我一直在构思另一本青少年小说《野外游戏》(*Wild Game*)，这本书在1991年以我的本名出版。

我知道言情书是我的练习书、学徒书。它们并非来自我的内心，《野外游戏》也不算是。除非我能感觉到，我正在做一件特别的——说是“为自己的工作”感觉有点糟糕——但是是尤其涉及我的事。直到出版那两本无比现实的青少年小说《最好的事》(*The Best Thing*)和《轻触土地》(*Touching Earth Lightly*)。

《最好的事》是关于一个在纽敦（Newtown）怀了一名拳击手的孩子的女孩；而第二本书是关于一个对性狂热的少年——这是一个可怕的反女权寓言，其中喜欢做爱的女孩最终必须死。(笑)但这是关于悲痛的，实际上这关于她的朋友如何应对她的离世。

伍德：那么，进入奇幻小说领域是一个有意识的决定吗?

拉纳甘：是非常有意识的。那个时候，我已经出版了五六本书，它们得到了很好的评价，入围了州长奖，被入选过澳大利亚童书理事会（CBCA）年度推荐书籍①，但它们并没有赚钱，也没有在海外销售。我希望有一天，写作可以成为另一个不错的收入来源。我想，“我该怎么做才能让它挣钱呢?”因此，我选择了一种在全球范围内具有一定受众保证的类型。

伍德：听起来很有战略性。

拉纳甘：这是战略性的。我并不认为我会写科幻小说，因为我对

① 澳大利亚童书理事会（CBCA）是一个非盈利性的志愿者组织，旨在让澳大利亚青少年与文学有更多接触。每年，澳大利亚童书理事会颁发年度书籍奖项，并颁布推荐书籍以及入选书籍的书单。

科学的了解还不够，尽管你不一定非要很懂科学才能写科幻小说。但奇幻小说似乎是一个正确的选择，而且看起来是最有趣的。

于是我开始写起一本砖头一般厚重的奇幻小说。我不会把它拿出来的，它有一吨重。但这是一个过度构建世界的练习。（笑）我建立了一系列令人难以置信的文化、历史、战争、社区和风景，结果到了无法在其中讲故事的地步。我就是没办法把这些都记住。我在这个作品上花了大约三年，辛苦劳作，年复一年地超过交稿日期。

当时我应该有两本书的合同，我觉得。很长一段时间都没有兑现其中任何一本。

对于那本奇幻砖头，我最后还是无奈放弃，逃到了美国号角西工作坊（Clarion West），一个针对科幻和奇幻作家的短期工作坊，为期六周。我只是想请教一下别人，问他们“你如何处理这些庞大的创造物”。

我当时并不精通文学流派，现在也不是很精通，但我当时并不真正知道自己会面临什么，我想我当时想要一个更好的主意。我只是想休息一下。我想只做一件事。我当时又在做编辑工作，又是一个母亲，还在努力让这本书出版。我只想要有一小会儿的时间可以集中于一念。于是我去那里写了一些短篇小说，这些小说后来被编成了《白色时光》（*White Time*），我的第一个故事集。

《白色时光》的效果一点都不好。当时我决定：“这永远都不会发生了。我显然永远不会以作家为生，所以别这样想了。我要只去写有强烈的需求被写出的故事，而不是先提出一个想法然后再考虑：读者，嗯，我该如何向他们宣传？”

我决定只写那些需要被我咳嗽、呕吐出的东西。

我回去做全职工作，在马拉永[①]担任技术文档工程师，这意味着我要往高峰客流相反的方向乘坐40分钟的火车，所以我都坐空荡荡

① 马拉永（Marayong），澳大利亚新南威尔士州悉尼的郊区，位于悉尼中央商务区西北。

的火车。我决定，那40分钟完全是我的时间。我打算写一些这样的故事。

每隔几天，我都会从我的想法收藏夹中取出一些东西，在来或回的40分钟内细细思考它。这就是《黑果汁》中故事的主要写作方式——而这些故事才是真正被人们接受的故事，因为我投入了更多的自我。

伍德：你在写作时是否认为这些是更好的故事？

拉纳甘：嗯，写起来更有趣，因为它们纯粹是为我自己而写。我没有为读者、或者这些故事如何发展而感到焦虑。即使他们不会被出版，似乎也没有关系，尽管我很确定他们会被出版。但是考虑到《白色时光》的表现多么糟糕，我当时真的很自大，以为艾伦与昂温出版社会接受我的另一本短篇小说！但是幸运的是，这些故事是如此不同，出版社也已释怀过去，所以他们决定再赌一把。《黑果汁》的结果非常好。那就是一切开始的地方。

伍德：你说你在作品中投入了更多的自我，这是什么意思？

拉纳甘：一个故事只是事实之后的自我探索，当一切安顿下来，你回看，然后思考："这都是从哪里来的？"但是在写作过程中，我的意思是，我没有挡我自己的路。不自我意识过剩。我对故事如此全神贯注，以至于我根本没有考虑读者，我只是观望即将发生的故事，尝试不同的可能，试图感受自己的内心中最真实、最美好、最有趣、最好玩的方式去继续。

伍德：能告诉我你对童话的兴趣，以及你小时候读过的彼得·潘吗？这似乎挖掘出了某种原始的东西为你带来真正的活力。

拉纳甘：童话故事是我很小的时候妈妈给我们读的许多故事中的

其中一种。它们好像会进入你的骨骼。我认为可能是因为它们对这个世界的可怕警告，以及这些你可以采取行动拯救自己的迷信方式。

它对孩子就是极具吸引力——它给你一种希望，你知道，勇气会以珠宝、戒指或者仙女教母的形式来到你身边，解决问题。它非常令人振奋。童话故事描写你害怕的事物，但你安全地坐在母亲旁边，所以没有关系，这是一个可以观看恐怖事物的安全场所。它们为你提供了的出路皆不可行，但会告诉你一些可以转换成可采取的现实行动的方法。

我读的那本是《肯辛顿花园的彼得·潘》[①]，上面有亚瑟·拉克汉的插图。这是一本美丽的书，巨大而厚重，由我叔公在我妈妈小时候赠送给她。插图非常黑暗。里面有许多多刺的树。这个小婴儿独自在肯辛顿花园里徘徊，被可怕的仙女们拉扯，被树木倚靠，或被田鼠帮助。（笑）而且你知道，那是伦敦！天气冷极了！这些冬天的风吹过月亮，吹走仙女，路灯也随之忽闪忽灭。这令人毛骨悚然，但也令人完全着迷。

对我来说，它怀有那些非常古老的恐惧。

我有孩子们常有的夜惊。我记得躺在那儿，心脏因为害怕而怦怦跳，枕头上的脉搏声逐渐成为大厅的脚步声，接着成为任何一个我上次读到的可怕东西，在外面的大厅里走来走去——露丝·M. 亚瑟的《她房中的蜡烛》中的蒂朵娃娃[②]，或 C. S. 刘易斯的《最后的战役》中的塔什神[③]，它们可能随时在我的卧室门前停下，抬头看着我。这是最

---

① 《肯辛顿花园的彼得·潘》(*Peter Pan in Kensington Gardens*)，J. M. 巴里（J. M. Barrie）1906 年出版的小说，最早是《小白鸟》中的 13—18 章，其中彼得·潘是一个七天大的小婴儿。

② 《她房中的蜡烛》(*A Candle in Her Room*)，1967 年出版的儿童书籍，由苏格兰作家露丝·M. 亚瑟（Ruth M. Arthur，1905—1979）所著，讲述了一个邪恶的蒂朵娃娃（Dido）对一个家族四代年轻女性的影响。

③ 《最后的战役》(*The Last Battle*)，古典奇幻小说系列《纳尼亚传奇》的最后一本，出版于 1956 年，由英国作家 C. S. 刘易斯（C.S. Lewis，1898—1963）所著，异教神塔什神（Tash）是书中的反派。

可怕的恐惧。

我们住在一个乡间小镇，后面有一片田野。在夜晚，猫会在田野中游荡，发出猫会发出的可怕声音。我被那声音吓坏了。我母亲会说："只不过是猫，你不必为此担心。"但我知道她在骗我，那实际上是个小男孩和小女孩，迷失在田野，呼唤着他们的父母。我总有一部分相信那些猫是孩子。

伍德：我想问一下你创造的世界。这些世界对我们完全陌生，但我又感觉我们对它们绝对熟悉，这使我叹为观止。例如，《与姐姐的下沉一同歌唱》中的焦油坑或在《海之心》中对"海心"的收集——这些都感觉是完全普通、熟悉的事情，即使我不可能知道这些地点或事物，因为它们是你发明的。你是如何利用这样的技巧的？

拉纳甘：如果我是法拉·门德尔松——她写了一本极好的书，名为《奇幻修辞学》[①]——我就能够确切地解释这些技巧是如何完成的。但是，基本上，这是一种吸引读者的方式，立即将他们包括在该世界中，为他们提供许多理所当然的知识，同时又偷偷地将这些知识交给他们。因此，你不必说："鲍勃，众所周知，我们所有人都这样收集海心，并且自古以来就如此。"（笑）海心是什么并没关系，你只知道这是海上的一种可食用的东西，母亲们为其悲伤，对其充满了怀旧之情。它象征一种对家庭的渴望，因此，最后，当男孩和父亲一起坐在海心中时，它用更大的力量击中了你。

但是，你也可以通过使其成为非常具体的东西而将其与现实世界联系起来。你会说"你必须把这个凝乳弄好"，或者你必须用这种方法去煮凝乳。你将它用一团充满有趣细节、令人信服的雾包围，而这

① 《奇幻修辞学》（*Rhetorics of Fantasy*），2008年出版的文学批评书，由英国作家、学者法拉·门德尔松（Farah Mendlesohn，1968—　）所著，书中运用全新的方式将奇幻文学分类。

团雾是你从无到有创造出来的！

伍德：但这也与声音有关，不是吗？声音的普通性？

拉纳甘：是的。因为人们不会走来走去，不断向自己解释自己的世界。他们到了某个年龄，知道事情是如何运作，这样当他们进入一种情况时，唯一会对他们产生印象的就是与平常不同的事情。这是一件我几乎可以自动执行的操作，以至于很难被描述。这也与我不想被对工作原理的解释而困扰有关。我不想让读者经历我所经历的这些。我只是问，好吧，这里最有趣的是什么，最生动的是什么？

我通常会直接进入。我对于选择合适的时机进入已经更加熟练。最近开始，我很少需要在故事中删减过多段落了。

伍德：当我阅读你的作品时，我想起了帕翠西亚·皮奇尼尼①令人不安的雕塑——那些奇怪、几乎超现实的形态，它们的人性化让人如此熟悉，但你近距离观察时，会发现它们也部分是动物、部分是外星人，令人感到既陌生又不安，但同时也极其温柔。

拉纳甘：是的，我看得出来。我会参考的另一位雕塑家是琳德·伊维梅②。她用骨头、头发之类的东西做雕塑。我这里有一张她的雕塑的照片。（寻找它）

这些是我为我的作品所做的剪贴簿；这是下一本小说的。在过去的几年中，我经历了非常激烈的剪贴簿时期。我并没有为每本书都做，我不是那么有条理。但是对于这本新小说，我实际上有五本剪贴簿，我为它拖延了这么长时间。

---

① 帕翠西亚·皮奇尼尼（Patricia Piccinini，1965—　），澳大利亚艺术家，使用多种媒介进行创作，包括绘画、录像、声音、雕塑等。

② 琳德·伊维梅（Linde Ivimey，1965—　），澳大利亚雕塑家。

伍德：哇，它们很美。我喜欢这个主意，我要偷学这一招！

拉纳甘：是的，去做吧！我是从简·康奈尔[①]的工作坊那里学到的——我只是将其看作一种不是写作的写作，是无需真正产出任何文字的写作！（笑）

这是给下一本小说做的，这本小说讲述的是一个爱尔兰罪犯将一位女神带到澳大利亚。因此，这部小说分为三个部分——爱尔兰部分、海上航行，然后是到达澳大利亚殖民地的部分，剪贴簿的每一页都在这三个部分之间来回跳跃。它们仅仅是图像。我有单独记录词汇的笔记本。

伍德：这样非常强烈对不对——因为它们只是图像，因此在非语言的直觉层面上有一些非常吸引人的东西。

拉纳甘：是的。当你被迫离开这个作品并与它失去联系时，它们特别有用。如果你想重新体验一下它的感觉，那么比起仔细阅读你所写的草稿和所做的笔记，这样的东西会更快、更强烈。

伍德：我想现在就回家去做这个。

拉纳甘：我知道。这非常容易上瘾！将它们保存下来是一件非常好的事，对于向人们展示你的创作过程也很有用。

做《海之心》剪贴簿的时候，我让史蒂文给它们照相，然后在发行书时，用投影仪放映这些照片。我也把它们放在了网上。

它们是如此意味无穷。在写作中，你可以在一定的程度上将色彩与意象放入其中，然后在调查中发现更多，但是，用一些饱和的色彩与图像，绕开所有试图使单词正确的摆弄有一些特别之处。这是直接的沟通。

---

① 简·康奈尔（Jan Cornall，1950—　），澳大利亚歌手、喜剧家、作家。

伍德：你在写作时会多考虑色彩吗？

拉纳甘：我确实会去看东西。我会愿意把想象事物视觉化，然后仔细观察这张图片。有点像做梦一样，你知道在梦中，物体或表面实际上并没有任何细节，除非你对它加以注意。然后它变成了狼的皮毛、紧挨着狼的眼睛，在这个梦里你可以从这双眼睛中看到它的心智，或者其他任何东西——这有点像是在使故事可视化。去问，那到底是什么？我知道海心的外表丑陋，长满了疣，但是里面有什么？它持有什么？

伍德：你似乎对转变很感兴趣，即人与动物之间、不同形式之间、不同世界之间以及童年和成年之间的实体转变。能具体讲讲吗？

拉纳甘：在一些古老故事中，这些转变从未被进行过详细的处理；它们就是事实。他们说："父亲，我现在要变成一匹美丽的马，你必须带我过去，在市场上将我卖出。"砰！一匹马出现，然后离开。但是我想知道这是什么感觉，我想知道它看起来是什么样子，并且我想感受到任何看着这种转变发生的人感受的困惑。我想感受那会有多么不舒服，以及在一个新的身体中会是什么样子。

从一个世界走向另一个世界也是如此。在纳尼亚书中，我最喜欢的部分始终是那些孩子从寄宿学校跌入纳尼亚。或被黎明踏浪号油画吸入的那一刻。我想特别地讲述一下这样的时刻，想象一下这些感觉，并且想知道奇幻世界到底是如何侵蚀并取代了真实世界。

伍德：你认为，为什么你想知道这些事情？

拉纳甘：我认为这只是探索不可能发生的事情的一种渴望。你知道，这有点像观看一部非常好的自然纪录片——这些有着惊人形状的古怪生物做着这些我们无法完全正确地解释或理解的事。你可以对其有大致了解，知道它与交配有关，但是你永远不可能成为墨鱼！因此，我认为这只是在戳触你所能理解的事物的边缘，通过尝试超越自身生物学所赋予你的想象能力来刷新大脑。

伍德：你认为那是写作吗——对成为墨鱼的渴望？

拉纳甘：我认为这就是很多奇幻小说所写的，是的。这是一种对理解的憧憬、对你能够理解的假装，以及你自己永远不会经历的存在形态。

对于动物变换，我总是要确保动物保持真正的怪异，它们的动物性不可理解，它们并不是实际上穿着熊皮的人。我希望它们是外来的，因为《海之心》中的海豹就是外来生物。这就是为什么在结尾处，让海豹人自己说话并不成功，或者也无法比让男孩告诉父亲成为海豹的经历并无法从人类的角度理解更加深入。

伍德：那确实是一个美丽的场景，我必须说。

拉纳甘：那是区别这两个物种的关键。你无法告诉这个人，在海中作为海豹去想象他在陆地上是什么样的，因为作为海豹，你并没有真正的思考——你大脑的连接方式不同。夫妻之间的联系在海中无关紧要，不像在这里一般。海豹只是以不同的方式与世界打交道，因此对此烦心倦目是没有意义的。

伍德：你在写作时是否感觉自己正在进入另一个领域？

拉纳甘：当你写作的时候，你会极度专心，所有的事情都被你正在做的这件事情所吸收。甚至你平时小心翼翼的那部分也被吸收。我知道，当我有全职工作时，我只在周末写作。如果我来这里花一天的时间写作，我会觉得好像错过了周末，因为我实际上没有注意到时间的流逝。

我不喜欢那段周末的时间，因为我计时的那部分消失于我对写作的专注上。所以，这是另一个领域——你尽所能紧紧栖息于故事里。但这不是——我的意思是，我不会忘记吃饭，也不会忘记去洗手间。

伍德：当你的工作进展顺利时，感觉如何？

拉纳甘：非常令人兴奋，以一种安静的方式。你会随身携带你的工作，即便在你没有真正写作的这些时间，你还是在收集东西、放在手里掂量、然后看看它们是否能够被使用。各种事情接踵而来，它们将自己与你正在做的工作联系在一起。你会成为超级敏感的信息接收者。你知道，你会坐下来，阅读星期六的报纸，然后发现自己在笔记本上写下了五件事情，因为它们都和你在书中寻找的东西产生共鸣，或者带来了新的可能。而且——我不记得是谁说过的，但是当进展顺利时，你会想："这本书是能够让我放得下整个宇宙的一本书！"

因此，有一段时间你会产生这种奇妙的错觉，即你能够将以前没能表达的东西都塞进这个作品。然后，你必须进行削减并保持明智，然后意识到作品实际的规模。但是不要削减得太多，以至于你会觉得无聊。这一切都非常有趣，你要做的是保持平衡，让自己进入新鲜领域，然后又回到原先领域，以保持故事连贯性。

伍德：你看来非常多产。你是否感到，你永远都不会拥有足够的时间来表达所有想法？

拉纳甘：某种程度上是的。这就是短篇小说的优点。你可以捡起一个想法玩一阵子。或者也许两个，因为有时你需要第二个小主意与之形成有趣的并置并显出一个故事。你拿起那几样东西玩一会儿，然后就可以放在一边了。你已经将它搓破，并从中汲取了一点汁水，以此产出一个故事。对于长篇小说而言，这是一个不同的过程——你必须围绕着最初的想法不断积累，并且整个作品必须在脑中存在更长的时间。而且你必须找出穿越它的不同路径，并使它们合乎逻辑，或者至少使它们听起来像真的……

伍德：短篇对你来说是自然而然形成的吗？你在谈论长篇小说时作出的表情与你在谈论短篇小说时作出的表情完全不同！

拉纳甘：（笑）嗯，不是的。短篇只是让你早些摆脱束缚。它们更容易，因为它们可以更快地完成，它们是更简单的练习。

伍德：我们以前有过这个讨论！像我这样的人觉得短篇小说异常困难——我听过作家托尼·乔丹[①]说：问题在于你必须为每个故事都创造一个全新的世界。太难了，要花很长时间！

拉纳甘：但是你并不是创造它们，只是暗示它们。你对它们有一个粗略的想法——你知道，你遇见一个人，听到他们说了几句话之后，马上就或对或错地猜想到他们所来自的背景或所居住的地区。你会急着下结论。

那么，对于短篇小说，你只是扔出一点小东西——先到你自己身上，然后最终到读者身上——使他们急着下各种各样的结论，让他们能够在脑海中建造正确（或足够接近正确）的世界。礼仪、口头禅、财产、角色在他们所处的阶级所面对的问题、衣服、表达或控制愤怒的方式。角色所做或所说的一切——或避免说出的一切——都会告诉你、最终会告诉读者，不仅是有关该角色的信息，更是在他们眼中这个世界的样子——这样的世界某种程度上是非常真实的，某种程度上也是他们自己对事物的错误印象。随着故事逐渐发展至收场，所有这些或多或少摆放适当的小事，都是这个世界各方面的不同小样供你试用，有那么一或两个完全满足你的需求，因此，你将使用它们作为关键词来建立世界的其余部分，然后回到文中，将其他东西拉过来与之

① 托尼·乔丹（Toni Jordan，1966— ），澳大利亚作家。

匹配。

伍德：糟糕的日子怎么样？工作进展不好时感觉如何？

拉纳甘：四分五裂。感觉愚蠢。角色很浅薄——他们不产生共鸣，他们没有做任何你可以感觉到背后具有象征意义重量的事情，他们只是在风景中玩耍。你会非常努力地回到最后一次感觉良好的节点，尝试寻找另一条轨迹，然后你顺着这种可能写下。然后它也崩溃了，所以你再次返回。通常，这是因为我还没有将声音确定好。我还没有真正建立我对主要角色成为什么、或者做什么的想法，以及如何最好地塑造他们，以实现这一目标。

伍德：你一开始就知道该说些什么吗，还是你是边写边发现的？

拉纳甘：从主题上讲，我进展的时候非常无知。尽管我通常对即将发生的事情有所了解，但实际上我没有任何主题方面的意图。我通常对有趣的预设和可能到达的终点有所了解。因此比如说，我想要有一个焦油坑，然后我会有某种轻罪，并且我的家人会围着我站着，而且我将从一开始就知道焦油坑中的人会死。

在《海之心》中，我先将结尾写好，海豹人会回到海中，男孩们承担责任，并与他们一起离开，它会是一个中篇小说。因此，那部分始终是已经给定的；这部小说实际上是一个从那一点开始回溯的探索，探究女巫如何成为第一个场景中海滩上那个痛苦、愤怒和令人恐惧的生物，并且对男孩和小镇拥有如此强大的力量。

我通常按时间顺序写。首先写第一个场景，然后我知道最后一个场景会在哪里——只是一个想法，一个粗略的东西。而且如果我对如何到达目的地感到困惑，我会跳过一点，尝试找到令我感兴趣的场景，其中一些场景可以保留到最后，有些则不会。在某个时候，我必须坐下来，弄清楚它们能够如何融合在一起。有时它们会自然生长在一起，而其他时候则需要重新思考创造。因此，对于有些故事，我可以坐下来，一次性从头写出；其他故事则是由各种马赛克化场景构成的，需要更多的工作和思考。

伍德： 对于那些说你的作品对年轻人来说太黑暗或暴力的人，你如何回应？我对你作品中的暴力被当作现实主义来讨论感到很奇怪，而我将其理解为一种更加梦幻、隐喻的黑暗。

拉纳甘： 我对此并不感到特别困扰。我知道我的作品是黑暗的，但你知道，世界上有很多黑暗的东西。我并没有制造任何在世界上某个角落不存在的黑暗，而且这个角落可能比我们愿意承认的离我们更近。

而且，年轻人总被假设为一块白板，遇到书中的黑暗时会被玷污或变质。年轻人的生活中已经有许多黑暗和暴力，即使他们幸运地只会通过屏幕观看到。我认为如果我们为他们提供的文学作品里仅仅维持着愉悦、无痛的宇宙幻象，这样对他们并不利。不可能全都是舒适的阅读。那如何能够让他们为生活作准备？

伍德： 是什么让你被黑暗吸引？你怎么知道你使用它来产生效果时是否可能越界了？

拉纳甘： 我只是觉得当人们把事情弄糟的时候比没有时更有趣。如果没有什么要征服、面对或解决的东西，写故事有什么意义呢？

我的作品中混合了光明与黑暗。就是刚才说的皮奇尼尼，当恶心、卑鄙，或纯粹是邪恶的事物与公认温柔、友爱、善良的人或人际关系激烈碰撞时，你会感到不舒服。那种能量——这两个东西无法共存，但是好吧，它们就在这儿——通常是我试图使故事散发出来的能量。

如果你写得太假了，你如何意识到？我想我大概在故事策划阶段比实际写那一幕时更有这个意识。

我知道在写《温柔小食》时，提供更多细节会使故事失真的界限非常明确。如果我更加露骨，或者如果我描述了实际上的强奸，而非在为其铺垫后直接跳接至事后，那将成为一本关于强奸的小说，我并不希望如此。而且这也会对读者产生并不属于本作品的影响。《温柔小食》并不是在说强奸多么可怕——每个人都知道这是一件可怕的事。这是一个尊重读者的问题，或者说是尊重那些熟稔世俗的、对所发生的事有了解的人，并且保护那些并不了解的人。

这不是一个艰难的决定。

但是，许多反应围绕着这本书是为青少年所作的事实。就仿佛有敏感和愤怒的节点一般，性是一个节点，粗口是另一个节点，如果这些因素出现在青少年身边，那么每个可能被父母起诉或折磨的人的警钟都会被敲响。然后会有声音开始大声疾呼，警诫人们——你知道，“不要将这个传递给你脆弱的客户”——这说的是学生、图书馆读者这样的人。

很多人会完全纠结于这种危险，但是，你知道，孩子们非常有韧性。在书籍方面，他们会找出让他们舒适和不舒适的东西。而且，你无法让他们阅读讨厌的书，除非你强迫他们进行关于那本书的考试。但是，如果我们向年轻人提供完全无害的、不痛不痒的文学作品，在如此多刺激媒体体验唾手可得，还有刺激生活的情况下，他们凭什么会被这样的作品吸引呢？

伍德：我一直对奇幻作品有一个疑问，那就是你如何创造足够的叙事束缚，使你不能仅仅依靠魔法来解决每个逻辑问题。你如何决定自己的世界规则？

拉纳甘：必须有相当的束缚。你将规则保持开放和模糊的状态一段时间，然后看看它们是否能引导至有趣的地方。然后，如果你发现魔法的一点点有用之处，你会倾向于使用该有用之处，并以其他方式对其进行约束。例如，在《海之心》的初稿中，迷斯凯拉拥有各种各样的超能力——她可以改变天气，可以从海中将鱼升起。她捕了好多鱼！关于她还有一系列其他事情，每个人都知道她是女巫之类的。

但是后来为了使故事可控，我决定，好吧，她能够看到自然力量从地面涌上来，但是她实际上唯一可以操作的魔法是与海豹有关的。那是她力量的唯一表达。这只是合理性的问题，因为如果她太厉害了，那么发生的一切都不会很有趣——

伍德：她就可以用魔法摆脱任何困难。

拉纳甘：是的。你知道，她就可以飞到人们会接受她的地方，或者其他之类的。因此，她必须拥有一点力量，但是人们仍然无法给予她适当的尊重，或者对她足够友好，以防止她通过使用这种力量为自己复仇。因此，这样的策略在最后实际上建立了故事的核心。使故事可行的是束缚。在某种有用的束缚显示出来之前，你会持续摸索。

伍德：在命名人物和地点时，你似乎非常以此为乐——你的故事中有很多名字，而且它们是如此不寻常。命名是你进入角色的一种方式吗？

拉纳甘：是的，确实是。有些名字随角色一起出现，有些你会在尝试几个之后确定。我应该向你展示我编辑发给我的《海之心》初稿的工作表单。她说："你看，这些都是书中的人物，我想你将不得不削减一些。"我读了它们——肯定有五十或六十个——并想："但是那些是很棒的名字，我爱它们！"只是我没有意识到我会让它们数量激增。

我希望《海之心》中的名字是一块块小巧玲珑又有农家和海洋感的东西。我希望它们有一种韵律感，让人们以姓和名互相称呼，以便对每个人所属的家庭都有更多的了解。

伍德：你还会给予食物以及地点美妙的名字，这些名字都有着这种丰富的韵律感。韵律感对你有多重要？

拉纳甘：很多名字都来自句子的节奏。你知道你需要一个由两个音节组成的城镇名字，重音在第一个音节，在它第一次出现的那个句子里。而且如果你需要再对它进行更改，你还是必须给其相同的韵律模式，即使它们是两个不同的音节。人名也是如此。我希望所有这些《海之心》的名字在被说出口的时候都有点儿在你嘴里结成块。

伍德：你是否对句子进行大量修改以使韵律正确？它是自然而然来的还是你会努力去达成？

拉纳甘：都有，现在来说。我一开始先将句子扔出来，尝试一下。然后我回去修理那些让韵律震荡的地方，或者它开始变得突兀笨拙的地方，然后我可以感觉到自己在挣扎。我试图找到一个让我自信地进入段落的节点。实际上，这是在思考更大的模式。当你编写句子时，你也在考虑段落，然后超出段落考虑整个场景，或是整个故事。然后你会感觉到韵律在震颤，于是，你用方括号将失策之处圈出，然后继续前进，以免遗失韵律感。然后，你回去找到正确的词或短语来填补空白。有时候你掌握了感觉，但是你没有一个完美的词。你知道有一个——它在你的舌尖上，但又不在那里。但是你知道它的含义大致是这样，因此你将其含义放在方括号中并继续下去，之后在头脑更清醒的时候回去，想办法找到完美的词汇。

伍德：通常在撰写初稿时，你会在写稿时作很多修改吗？

拉纳甘：不。我坐下来，一天写十页。然后我停下来，尝试将它留在一个有趣的地方——我尽量不让它停在一个场景结束之后，这样第二天早上我不必费心尽力去开始新的东西。比如，对于一个短篇小说，我会写到高潮部分之前。我确切地知道将要发生什么，并且我会巴不得快点使它实现，但是我知道我今天没有完成的力气了。因此，我会停下来，留给自己明天去完成甜美果实，因为我知道早上一起来就写，我会写得更好。

伍德：那是在避免再次开始的恐惧吗？你工作时会感到恐惧吗？

拉纳甘：不，现在不会了。我并不恐惧。我想实际上，我在写那些言情小说中克服了许多。因为有时候，这真的很容易，我只是坐下来工作，在十一点之前我就写完了十页纸。然后还有其他日子，我花了一整天时间去努力完成。我会在五点三十分的时候写出最后的词，然后觉得每一个词都是垃圾。但是我没有让自己停在那里，回去修改它们；我会继续写下去。我只会将这个松散、混乱章节留在这里，我知道它以后会令我难堪。

当我完成草稿时，那是我唯一会让自己回头重读的时候。然后，重新阅读所有内容的时候，我无法辨认过去那段糟糕的日子，我看不出来。

因此，我意识到，沉浸在作品之中，在那个阶段评价时，我的感觉是完全不可靠的。我会继续向前，稍后再回来审视整个作品。

我现在甚至不会被困扰，去想“我写了糟糕的东西，我写的是垃圾”。我只是不会为此再苛责自己了。因为这不一定是真的——我无法识别，或者说现在我看不出。有时你回想起来这是一个糟糕的场景，但是你只需要写下去就可以确定其余情节的发展方向。在“好”日子和“坏”日子里，那种糟糕的场面都有可能被写下来。

你仍然会有感到拖拉的日子，但这并不是一件令人痛苦的事情。这只是生活现实，而明天也有可能是美好的一天。或者，有时候只是黎明前的黑暗——你会有那些糟糕的日子，是因为你需要出去走走来达到某种顿悟，并通过这场斗争向自己揭露一些东西。

通过问：“为什么一切感觉这么错？为什么这么难？”你会发现这

是有原因的——这是因为我在努力寻找不真实的东西。或者，我正在试图迫使某些不完全属于这个故事的事物进入这个故事，或者我试图使某些仅仅应该被暗示的事情变得显而易见。或者，我正试图变得过于拐弯抹角和神秘莫测，而我仅仅需要说，“她可以控制天气”。

伍德：你会丢弃很多内容吗？

拉纳甘：是的，是的。特别是近年来，我对于丢弃大块内容、从头重新开始变得非常高兴。对于短篇小说，这样挺好的，因为你可以相当快地重新开始。

长篇小说难一些，但是不被事物现状所拘束的感觉非常好。我会在重新起草阶段丢弃内容。写《温柔小食》和《海之心》的时候，在某一时候，我将它们写到我能想象的最好，并把它们发给出版社。然后，当我收到来自所有不同编辑（澳大利亚、英国和美国）的评论时——那个时候，整个作品都有可能被几乎完全分解开。几乎完全。

伍德：真的，在那个时候！

拉纳甘：是的。有些东西幸存了下来——例如在《温柔小食》中，我写的第一个场景是利伽的父亲用烟熏使她流产，她试图离开房子，敲着门说：“让我出去，让我出去，不然我会在你房子的地板上拉屎！”那是序幕之后的第一个场景，一直到最后都保存了下来。但是其他的内容来来去去。我重写了大量内容，这在某种程度上是释放的，因为我已经将自己写入了各种困境，但是这也非常倒胃口，因为我不得不作太多的重写，我不得不承认自己错了！

伍德：丢弃书中一大部分也挺振奋人心的。

拉纳甘：是的。但是你必须非常确定自己并不仅仅是在逃避。你实际上正在朝着某种目标前进，一种新的、比之前更有效的愿景。

伍德：在担任沃格尔文学奖评委和澳大利亚理事会拨款评估的工作中，你会看到很多还在进展中的工作。你是否看到，尤其在新作家中，有着常见的问题或犯同样的错误？

拉纳甘：大多数作家都会经历这些阶段。第一个阶段，他们只爱单词，他们过度使用“文学”单词或他们喜欢阅读的单词，但这些单词并不完全属于他们自己的故事。因此，他们倾向于写这些非常华丽的、作家化的故事，但其中并没有什么发生。

然后，一旦他们意识到这一点，就会倾向于做相反的事，极度简写，并创作出非常隐秘、非常精简的东西，但在这些东西中，还是什么也没发生，因为他们对于哪种素材构成故事素材仍旧有着非常狭窄的概念。他们太努力成为一名作家，或者作家化；或太努力成为他们自己最欣赏的作家——但这也是一个了解那个被欣赏作家的核心写作方式，并测试该方式对你有多大作用的一种有用的方法。

然后，他们会在那荒野中徘徊一段时间，尝试各种事情，直到到达那个，突然意识到，他们被允许写一些自己极其感兴趣事情的“啊哈！”时刻。他们意识到，他们可以将写作的欲望与他们真正关心的东西相结合，而且他们被允许——实际上，这才是重点——将大部分的自我投入写作中。那就是好作品被产生的时候；当他们完全忘记读者，向这艰辛的旅程起飞时，故事在他们身下扭动躲闪，处处给他们惊喜。他们的控制有时会打滑，但是大部分时间他们对于控制它的脑袋驾轻就熟。

作为读者，你可以分辨出作家对你有所关注。你会知道他们在很好地、或是很商业地编排故事时，将传统读者考虑在内。这与他们自己被故事力量所牵扯不同。我全力支持第二种故事，作家让你有幸陪伴他们走遍他们整个自我都在参与的旅程，带着他们用以商谈这个全新的冒险领地的全部专业知识。

因为我有点关注类型，我倾向于发现很多文学作品对我来说并没有多少事情发生——这与玩弄语言和用它做令人钦佩的事情有很大关系。有时候，作为一种阅读体验，这完全是称心如意的，但有时，这只是让我感到放纵。它感觉与真正生活非常分裂，而我希望作家可以走进世界、获得更多的经验。去过一把生活，把其中的一些生活带回到你的文章中。

伍德：你知道什么驱动你写作吗？

拉纳甘：在我三十岁左右时，我意识到没有任何强烈的野心会使我奋起并继续前进。除了写作外，没有任何职业让我感觉我是完美适合的人。写作是我被证明能够胜任的工作，如果我足够努力地去做，我想也许我可以做一些值得的事情。

但是我也认为，这是我从阅读中获得的野心，别人的作品对我的影响让我想看看我是否拥有同样的能力。它使我想要尝试不同的故事，看看我是否可以在其他读者身上复制我感受过的影响，以及是否可以尝试我从阅读中从未体验过的新效果。

而且，从一个很小、非常亲密的创作层面上，这是一件很有趣的事情——去处理一个句子，通过它的共鸣和你插入的特定单词，确切地唤起你想要的反应。关于这个手艺的有些东西会接连数天将你吸引，而且当你穿行于一本充满了这些东西的小说时，你不仅在句子层面上唤起情感，而且还在不断地努力唤起庞大的事物，并提出这些大的问题。去将整个宇宙都放进去！

但是我写作的主要原因是，它感觉像是我知道该做的最正确的工作。一切顺利的时候，它感觉就像我注定做的。就像好的，就是这样。这就是该做的，实实在在的。这就是我最全心全意生活的地方。

阿曼达·洛瑞

阿曼达·洛瑞在二十世纪五十至六十年代的霍巴特海滨长大，家庭由坚定的工会成员和码头工人组成。在天主教学校接受教育之后，她继续在塔斯马尼亚大学学习，随后获得了英国剑桥大学的奖学金。

她的第一本小说《绅士的道德》(*The Morality of Gentlemen*)于1984年出版，广受好评。之后的作品包括五本小说、与德鲁塞拉·莫得西卡①和罗伯特·德赛克斯②合著的选集《秘密》(*Secrets*)，以及两篇刊发于《季度评论》③的政治评论。这次采访产生于2013年，当时她最新的作品是短篇小说集《读包法利夫人》(*Reading Madame Bovary*)。她在此次对话中讨论到正在创作的小说《理查德·克莱恩的简史》(*A Short History of Richard Kline*)已经于2015年出版。

洛瑞是个高挑、有气势的女人，有着直率而调皮的目光和朴实的热情。她的工作方式似乎是将健康的实用主义与严肃的创造性自决相结合——人们所感受到公众的赞美或批评，对这位天生独立的思想家来说，是同等的且没多少兴趣。

她对作者经常努力避免的话题保持坦率，例如对于失败，并且观点直截了当。“反抗派”这个词造出来可能就是形容洛瑞的，只是还不够用于形容她的敏感，和即使在敏锐的思辨中也对神秘充满旺盛

① 德鲁塞拉·莫得西卡(Drusilla Modjeska，1946—　)，澳大利亚作家、编辑。
② 罗伯特·德赛克斯(Robert Dessaix，1944—　)，澳大利亚小说家、散文家、记者。
③ 《季度评论》(*Quarterly Essays*)，创立于2001年的澳大利亚政治、文化期刊。

兴趣。

她很爱笑，经常用“你”来表示“我”或“某个人”，这样有一种快速建立起亲密关系的效果。这使我认为她一定是一名出色的写作老师。实际上，她确实对自己在澳大利亚各所大学的研究生教学经验如数家珍。

在一个漫长的下雨午后，我在家中与洛瑞交谈。她从现居的塔斯马尼亚州来到悉尼，在此次采访的前一天领取了帕特里克·怀特奖①。怀特本人设立此奖，为的是表彰对澳大利亚文学有重大贡献作家的作品。这是洛瑞职业生涯中获得的众多奖项之一。

她认为写作是一种使命，而自己的本职工作是“记录时代”。

夏洛特·伍德：恭喜你获得帕特里克·怀特奖。你对奖项总体感觉如何？你现在比事业初期对它们更加关心吗？

阿曼达·洛瑞：我认识的所有作家都对奖项有着复杂的感情，因为显而易见的原因。在我刚开始写作时，几乎没有什么奖项，所以你从来不会想要获奖。现在有好多奖项。我不想听起来唯利是图，但是很大的好处就是钱，因为它使你能够在继续写作时减少关于收入的焦虑。话虽如此，帕特里克·怀特奖在这位老人以及他的善举之间创造了奇妙联系。

我认为也许人们可能会对奖项、谁赢谁不赢太过烦恼。哦，有时候你会因自己被忽视而感到有点受伤。但是有些时候，我看着评审

① 帕特里克·怀特奖（Patrick White Award），澳大利亚作家帕特里克·怀特（Patrick White，1912—1990）用自己诺贝尔文学奖奖金设立的文学奖。

团，想："哦，好吧，反正他们不会喜欢它的。"

伍德： 你认为作家倾向于相信他们目前的作品是他们最好的作品吗？

洛瑞： 哦，绝对。总是。你现在创作的总是最好的那一个。那是灿烂的愿景，因为你的脑子里有了一个很棒的主意，而且一切都会顺利开展。然后，你完成了它，它却从未像你希望的那样好。但是，十年后你回头看，会发生这样特别的事——比如，你必须在作家节上读这本书——然后你会想："哦，这还不错，实际上还不错！"但是，你始终都在往前看。

我总是关注我现在正在写的作品，然后是我正在思考接下来要写的。我甚至都不记得一些我出版小说中的整个段落和人物。

伍德： 你对小说的想法在你脑海中一个接一个排成一排吗？

洛瑞： 通常，下一部小说的想法会在我正在写的这本完成三分之二时出现。几乎以不可思议的方式，它会在某一刻出现。这就是我知道，我正在写的这本书正步入尾声；我开始考虑起了其他作品。所以我想："好吧，我快到结尾了。"

但是你只能从经验中知道这一点。当你年轻时，这会更加困难，因为你没有任何经验。你每时每刻都在惊慌：我永远不会再写另一本书，我永远也不会写完这本书，诸如此类。而且，当你"教"写作——荒谬的说法——时，我认为你的主要功能只是告诉年轻作家这一点，并帮助他们保持冷静。

伍德： 你喜欢教学吗？

洛瑞： 是的！我喜欢教学。随着年龄的增长，你会喜欢与年轻人接触——这能让你与世界保持联系。听别人生活的故事时，他们提出的想法也会带给你无穷的惊喜……我的意思是，这听起来有点像波丽安娜[①]，但以我的经验，所有种类的作家都是相当不错的群体。我觉得那些认为作家惊人刻薄与自负的人是被保护得太好了。比如，他们并不认识许多律师。

大多数作家都很好相处。你们会分享对自己所做工作的热爱，并且你们关心同样的东西。这又涉及了教学这个话题。你知道，如果你可以帮助某些人，哪怕一点点，那么对他们来说也是一件有价值的事情。它让你感到自己有用。我特别喜欢研究生写作研讨课，在这里，你会有十个或十五个不同年龄和背景的人才，你怎么能不享受呢？

伍德：你是否有固定的工作规律？

洛瑞：没有。我通常在早上十一点开始工作，我内心的开关似乎在十一点被开启。即使由于某种原因很早起床，我似乎也要等到十一点才能工作。我不知道为什么会这样，与新陈代谢有关吧。我每天工作，但并没有严格的工作常规。我从来没有计划，我放弃了制定计划，因为它们永远都行不通。因此，我只是早上起床，去能量所在的地方——听起来非常像“新时代”[②]，但这是对我有效的唯一方法。因为即使我非常肯定地说“明天我会做X”，我并不会想要去做。

除非我有义务必须去做，否则我在一周内不会进行任何社会安排。我记得玛丽·麦卡锡[③]说过：“作家永远不应该吃午餐。”鉴于她如此善于交际，又是一位好厨师，这对她而言一定是一种牺牲。但是

---

① 波丽安娜（Pollyanna），出版于1913年、由美国作家埃莉诺·霍奇曼·波特（Eleanor H. Porter，1868—1920）所著儿童小说《波丽安娜》的主人公，现被用于形容对事物永远保持乐观态度的人。

② 新时代（New Age），起源于上世纪70年代西方社会的一系列宗教与灵性的信仰和实践，其收集了世界各宗教的元素，涵盖了神秘学、灵性学、环保主义等极广的范围，并强调个人以及其经历、身心灵的结合。

③ 玛丽·麦卡锡（Mary McCarthy，1912—1989），美国小说家、评论家、政治活动家。

我不作安排，如果某一天安排了，那不出所料，那会是我火力十足的一天。这实在是太不可思议了。因此，这往往会使你成为隐士。

伍德：你在一周中会参与晚餐吗？

洛瑞：我现在住在一个偏僻的地方，所以并没有很多人可以共进晚餐。但是，不，我不喜欢参加晚餐，因为通常我是那个做饭的人，所以我不得不思考：东西买了吗，解冻了吗，腌制了吗？年纪大了，我开始觉得自己可能有点多动症，因为我不太容易专心——在我小的时候，这个词和对这种综合征的认识并不存在。因此，当我开始工作时，我必须没有任何需要操心的事情。没有任何事情。

我记得我小时候听过伊丽莎白·乔利①的演讲，她说："你们年轻的女权主义者可能不理解这一点，但是如果家庭中发生任何、哪怕只是一点点的困难，我就无法工作。"但是我们确实了解。我觉得女性仿佛有许多小孔，她们总是一直在吸收周围的事物。也许，与男性相比，她们更需要将自己关闭，并且有着无情的专注，而在传统上她们并不被允许。

伍德：当你照顾一个小孩时，你有那样的专注吗？

洛瑞：我很幸运。当我的女儿两岁时，我的母亲看到我为无法写作而苦苦挣扎，而她宠爱她唯一的孙辈，于是每周四个早晨她会照顾我的女儿。克莱奥在三岁时进了托儿所。之后，在她的成长阶段，为了避免内疚，我会在她放学回家的那一刻停止工作。

我记得读过有关纳丁·戈迪默②的文章，当孩子们回到家时她会

---

① 伊丽莎白·乔利（Elizabeth Jolley，1923—2007），澳大利亚作家，澳大利亚创意写作教育的先锋人物。

② 纳丁·戈迪默（Nadine Gordimer，1923—2014），南非女作家，1974 年布克奖获得者，1991 年诺贝尔文学奖获得者。

停顿一下，让仆人送来下午茶，和孩子们一起喝杯茶，然后继续工作。（笑）

如果我有一个以上的孩子，那真的会很有趣，我不知道……我想我应该会有相同的常规：上学时间。不然你还会做什么呢？

伍德：所以一旦她出门，你就可以全神贯注吗？

洛瑞：不，仍然是十一点钟的开关。一直都是十一点左右，午餐时间我也继续工作。最好的工作时间就是十一点到两点，但是如果做不到的话，那就是两点到五点。我的后背不好，在键盘前端坐不能超过这个时间段，而且即便如此，我也必须定时休息一下，走一走。用不了多久我就得站着工作了。

伍德：你一次只写一本书吗？

洛瑞：通常我只写一本小说，但是我可能会为了钱而写非小说类的，因为它的报酬更高。

伍德：那短篇故事呢？

洛瑞：我的大部分短篇小说都是没有发展成型的长篇小说。我总是想，我可能会写一本长篇小说。《读包法利夫人》中的一个短篇——《给罗马人的信》（*Letter to the Romans*）——我当时确信那会是一本长篇小说。我写了约四万五千个单词，还有其他的人物角色，这些那些事情正在发生，但在继续写作时我感到，这正变得越来越糟，而不是更好。

能量正在消散，语调也趋于平淡，充满自然主义的细节模糊了叙事的重点，却没有加强。我想："不行，它需要收缩然后增强到一个很小的空间。在那个封闭的空间中发生的事情才是它真正的主题。"所以我就剪掉了其他所有东西。原本的计划很棒，但是并不可行。

最好的计划永远行不通，不是吗？有时我会对那些总想关于计划进行漫长讨论的研究生感到不耐烦。我会说："尝试一下，看看在纸面上哪些是可行的。"

伍德：你的小说创作方式是否按时间顺序排列？你是不是从头开始写到尾的？

洛瑞：不。我倾向于以我认为算是镶嵌的形式而工作。或者，使用另一个类比，就像将拼图拼凑在一起，但是盒子上面并没有给你展示完整的图片。

在工作日结束时，我会给自己留张便条，告诉我现在在哪里，以及第二天可以从哪里开始，但是第二天我通常不会按照自己的指示去做，而会去拼其他的拼图块。因此，你可能正在写这一块，然后再写那一块，并且必须坚信它们会全部拼在一起。有时确实如此，有时却没有。但是最主要的是你当时很享受。你必须吸引的第一个读者是你自己。

伍德：你对此享受吗？

洛瑞：大多数时候，我会从中收获一些东西，不然我不会去做。我写的那种小说肯定没有多少钱，魅力也很小。但是你就像享受拼图一样享受它。虚构作品的伟大之处就在于你对要去的地方一无所知。那就是有趣之处。这就是为什么我从未写过一本完整的非小说类书籍，尽管我从出版商那里得到了一些很好的约稿。

但是，写非小说类作品，你可以制定计划，可以看到要去的地方，可以看到每一章的内容，知道自己将如何完成它，知道引言是什么——甚至在动笔前你就开始无聊了！别人可能会喜欢它，但这理由并不够。写作是一项非常自私的事业。

但是当你写小说时，一路上会有很多惊喜。例如，当我开始创作中篇小说《眩晕》(*Vertigo*)时，我以为自己在写关于丛林大火的短篇小说。这个男孩突然出现了。看，这多有趣啊！

伍德：随着时间的流逝，对你小说的评论是否有改变？

洛瑞：有些男性评论家认为我以撰写政治小说起步大有前途，而我之所以走下坡路，是因为我不断“缩小”至家务琐事，他们认为这是可怕失败。我的意思是，他们真的这样说了。好吧，我显然不这么认为！（笑）

人们经常问我为什么我不再写政治小说了，对此有两个答案。一是我对重复自己不感兴趣，二是很少有人有兴趣阅读这类书籍。在我的前两部尝试了现实主义方式的（政治）小说之后，我意识到我正在进入一种对此并不感兴趣的文学文化。我开始觉得自己只是在和自己聊天。和自己聊天可不够。

伍德：这不正是我们一直在冒的风险，就是说这可能就是我们正在做的事？

洛瑞：嗯，这是任何艺术家——画家、音乐家之类的人都在冒的风险。尤其是写作，是对话的另一种方式，一种与读者分享某些东西的真诚渴望，说：“看，我们现在的生活方式难道不有趣吗？”

伍德：说回你十一点钟的开关——你是否会去做一些事来让它开启，还是你只是等待？

洛瑞：我必须确保没有紧急的家庭事务，一些未付的账单或其他东西。我的脑海深处必须没有任何可烦恼的事情，因此，我经常会预先准备晚餐、付一些账单、写一封紧急电子邮件。我必须把这些都解决。我觉得这可能和女性性别有关，但我不确定，我确实喜爱秩序感，尽管我对其并不迷恋。例如，我不能在杂乱的房间里工作。然后我必须喝杯咖啡，但是自从我有中老年胃灼热后，我现在就喝脱咖啡因咖啡。当按摩师建议我喝脱咖啡因咖啡时，我轻蔑地笑了，她回复说你可以蒙骗身体，而这是真的。事实证明，咖啡因不是必不可少的成分，重要的是这个仪式感。

伍德：你听起来并不容易分心。

洛瑞：我非常容易分心！约翰·特兰特[①]曾经说过，他可以快乐地在五金店里待一整天，我喜欢在房子周围闲逛。当我在市区时，我喜欢逛商店、看物品、摆弄它们，将一切抛之脑后。使分心最小化的一种方式就是住在偏远地区——我周围的人不多，我从不接电话，也从不为人开门。我收发邮件很多，但我可以在晚上做。

伍德：你不会像我一样整天强迫性地检查电子邮件。

洛瑞：我在早上会强迫性地查看电子邮件，但除非是紧急的事情，否则我不会强迫性回复。我热爱电子邮件。我讨厌电话，但是电子邮件是作家的媒介，不是吗？不，我可以将一整天都花在电子邮件上。我经常给人写很长的电子邮件；你知道，你写给人们的电子邮件很长，但得到的回复只有三行！（笑）

伍德：所以十一点到两点之间是最适合你的时间，也是最丰富多产的时间——

洛瑞：我没有丰富多产的时间。我从没有受到启发的感觉。你会听到座谈会中的作家说“哦，这个角色把我完全控制住了，它就从我身体里流淌过去”，我想，我从未有过那种经历。从来都没有。连五分钟都没有。现在来看，可能是因为我有一个批判性的大脑并且接受

---

① 约翰·特兰特（John Tranter，1943— ），澳大利亚诗人、出版家、编辑。

了严格的智力训练。也许我过于批判，也许我想得太多，也许我自我编辑到适得其反的程度，但是无论如何，这种“控制”过程从未发生在我身上。会有令人惊讶的事物发展，但这是不同的。

就像听其他有丰富经验的冥想者一样——白光、幻象等等。我从来没有。

伍德：我喜欢《读包法利夫人》中有关冥想的故事。

洛瑞：嗯，那是我的冥想。想着：“我开洗衣机了吗？”“哦，我忘记解冻鸡肉了。”其他人有体验。我从来没有体验。写作也一样。我从来没有灵感。

我唯一的规则是我必须有休息日，而该规则是因为我没有其他规则。我认为这已根深蒂固。我丈夫是一个有日常规律的人：他必须在同一时间吃早餐，在同一时间吃午餐，在同一时间吃晚餐，而且他必须看七点钟的新闻。但是我讨厌日常规律。我尝试了许多年去有日常规律，但是它永远都行不通。我所能做的就是清空一天，不接电话或也不接待人，不做任何安排，然后怀着最好的希望。

这可能意味着我能完成半小时的好工作，或者我可能完成了四个小时的好工作，谁知道呢？

有时我可能不得不读两个小时才能写一百个字。不一定要阅读我正在写的主题，而是能让我进入这一领域的东西。顺便说一句，我认为所有进行中的工作大部分都是松散的，参差不齐的，有时甚至是彻头彻尾的糟糕，直到你距离完成约百分之二十为止。这可能是我可以给写作学生的最有用的建议——你必须意识到，你非常有可能在最后一刻才能将作品拼完整。因此，如果你正在阅读草稿并且认为它不好，很有可能它确实不好，但这并不意味着它最终就不会好。

事实是，各种事情会在此过程中发生，你必须对过程充满信心。接近尾声时，你会终于看到哪些需要被删除，哪些可以被保留——但是那些不太好的东西——粗略又粗糙的——却是必要的脚手架，混合比喻来说，是可以使你前进的汽油。

伍德：你对小说的发展有明确的阶段吗？还是比这更模糊？

洛瑞：有时候我一遍又一遍地重写前三分之一，因为它实在是太糟糕了。这样做的时候，我是在试图找到正确的声音或者语调。大卫·马洛夫曾经说过，你需要找到自己的“音叉”[①]。可能只是一个段落，但你会觉得，这就对了。

对我来说，这是关于语调与韵律的。关于写作的书籍太过于强调故事情节与人物形象，却不够重视那些更难以形容的元素。最重要的是找到声音，找到语调，建立内在的韵律，以及事物发展的驱动力。E.M. 福斯特在这方面很擅长，对我而言，《小说面面观》[②] 仍然是关于虚构小说所写就的最好的作品。那些有时在大学写作课程中列出的所有关于叙事学的枯燥乏味书籍都是在浪费时间。

我特别向年轻作家推荐福斯特的两章《预言》和《模式与节奏》。你知道，你在书店里，你拿起书，立刻知道你是否能够阅读这位作家。你不在乎它关于什么，它只是朝你扑来并将你吸入。原因可能很难定义，但我认为这是语调和韵律。而这就是关于编辑有些令人沮丧的事情，他们会从句子中删掉一个单词，说“你不需要那个单词”。他们的耳朵缺乏乐感。从字面意义上讲，你不需要该词，但你需要它来确保句子的节奏韵律。有些编辑听不到这种韵律，或者段落的结构性韵律。是谁说的，所有艺术都追求音乐的品质？

我追求的另一件事是文章呼吸的风格。一位评论者称我为“朴素的作家”，他的意思是我不喜欢比喻性的演讲，和通常被称为“诗意

---

① 音叉，一种钢制或铝合金制的发声器，通过振动来发出固定纯音，常用于乐器调音。

② 《小说面面观》(*Aspects of the Novel*)，英国小说家、散文家 E.M. 福斯特（E. M. Forster，1879—1970）的文学评论专著，介绍了小说的七个方面。

的”写作。但我的目标是以清晰明朗的方式为单词间创造一定的距离，以使读者有机会输入文本并与之进行对话。太多“诗意的”写作使其混乱拥挤。同样的情况也适用于那些给你太多细节、太多冗长描述或太多背景故事的作家。这可能令人窒息。

伍德：你有笔记本吗？你如何使用它？

洛瑞：我没有专门用于此的笔记本，但我总是随身携带一个小记事本，并在其中写一些潦草的笔记。一方面，我记性不好。例如，现在我正在写两个角色在公园进行的一系列对话。因此，在来这里的路上，我去了恩莫尔公园（Enmore Park），并记下了一些笔记，因为我对自然的观察并不十分认真。我从来不知道树木或植物的名字。我的工作很少有关于自然的内容，所以我需要写下来，有时会折断一根树枝然后拿给别人，说：“那是什么树？”（笑）

有时，一句话会闪现在你的大脑中，如果你不立即记下，哪怕与之近似的都不可行。太不可思议了。我最喜欢的短篇小说之一是诺曼·梅勒写的，收录于名为《为我自己做广告》[1]的旧作品集。这个故事关于一位生活在纽约的作家，他在街上与女友争吵，而他们说出的一些语句非常奇妙，他就想：“如果我躲在电话亭后面，她会不会注意到我拿出笔记本来了？因为我只会记住这个争吵的近似版本，没办法记住确切的措辞。”这是一个有趣的故事。我以前会在课上布置给学生，就像作家之间的小玩笑。

因为你作为作家的那部分总是开着，不是吗？那是一台可怕、无情又永远在搅动的机器，无论你身在何处，你都在想：“这里有什么是我可以利用的？”我不知道你是什么样的，但我就是这样子。或者

---

① 《为我自己做广告》（*Advertisements for Myself*），出版于1959年，美国作家、小说家诺曼·梅勒（Norman Mailer，1923—2007）的作品集，收录了他的小说、散文、诗歌等作品。

如果你在某个地方，感到无聊了，你会想：“哦，这浪费了一个晚上，现在我可以以素材的形式从中汲取些什么？”

伍德：在诺曼·梅勒所作的那本关于写作的书中，他说：“你得轮流耕种农作物。”我正在写的书总是对前一本书的某种抗拒反应，但是有些作家的书可能会源自于前一本书。你呢？

洛瑞：我不确定我是否认同这个。我的主要刺激因素是我周围现在正在发生的事情，以我个人的观点来看，这与我之前写的内容没有多大关系。有时我认为如果我现在还年轻，我可能会制作纪录片。我一直认为自己是纪录片作家，是时代的编年史家。我认为我所有的小说都是关于特定十年的肖像画。《绅士的道德》是关于我在五十年代和六十年代初期成长时的文化；《读书会》（*Reading Group*）关于我在七十年代积极参与的一种政治文化；《卡米尔的面包》（*Camille's Bread*）是关于八十年代悉尼发生的事情；《哲学家的玩偶》（*The Philosopher's Doll*）讲述的是九十年代的雅皮士，以及医疗化生育方式在命运与自由意志的辩论中如何带来新的困境。

我现在正在写的是关于被称为后世俗时代[①]的内容，其中包括我们曾经称之为“新时代”灵性的主流化。媒体倾向将之写为仍属于嬉皮士的领域，而实际上它已经以这种那种方式渗透到主流生活的几乎每个领域。它是关于一个以自己是理性主义者而自豪的人，但他却遭遇了中年危机，随之经历了一次宗教转变，这使他措手不及。他必须重新考虑自己是谁。至于我的非小说类作品，它们从来没有涉及泛泛的主题，例如荡舟、园艺或丛林漫步，但总是涉及当下的政治。

伍德：你认为作家应该入世到什么程度，出世到什么程度？

① 后世俗，指现代化社会中宗教的持续或回归影响。

洛瑞：这是个大问题，不是吗？每个作家都必须以自己的方式解决这个问题。因为你必须脱离世界去写作，但是如果你离开世界太远太久了，你就会开始变得干瘪，变得自我参考或自我重复。我们都知道有些作家基本上是一遍又一遍地写同一本书。

伍德：但是有些人可以做到——爱丽丝·门罗一遍又一遍地写着差不多的人物……

洛瑞：她有着同一的专注，但是她总是为他们找到新的方法或新的角度。当然，你一生中都会有同一种迷恋，因为那是你的身份。我可以看到同样的迷恋在我的工作中不断重复，尤其是关于私人道德与公共道德之间关系的问题。我们欠我们自己什么，而这与我们欠别人的东西有什么关系？当我出版《卡米尔的面包》时，一些评论家说这与我以前的政治小说大相径庭，评论家兼学者大卫·马修斯（David Matthews）却写了一篇精妙的文章，认为这更多的是在不同领域探索相同的问题。

我对生命的意义很感兴趣，生命就是我们现在生活的生命。这就是为什么我只写当代生活的原因，也是我不写或读历史小说的原因。你可以提出一部历史小说，并告诉我这本小说有多好，多么出色，以及它如何赢得澳大利亚的各种奖项，或是布克奖，而我不会读。我年轻的时候读过历史小说，得出的结论是，它们都是虚假的。评论家詹姆斯·伍德精于此话题，任何想跟进该论点的人都可以去读他在《破格》中所写的。伍德认为小说是去描绘人类意识的运作方式，包括这种意识的重大变化，而这一定是当时当下的。用技术术语来说，一部历史小说可能写得很好，也很娴熟，但事实是我们无法获得或准确地再现过去时代的敏感性，那又有什么意义呢？

如果我想阅读历史，我可以阅读许多优秀的历史学家——我不需要作家来“想象”某些历史人物在想什么。这么做对我而言毫无可信度。拿破仑有没有这么说？历史记录是怎么说的？我很想读一位历史学家根据档案对拿破仑可能发表过的看法或想法的推测，但最多就这样。这就是为什么，举例来说，我喜欢马尔科姆·诺克斯的作品的原因，因为他向我讲述了当代悉尼的一个方面，这是我不熟悉的亚文化，此外，他还给了我男性的看法——你知道，这是新闻。小说应该带来新闻。我希望我读的小说能够给我带来当代生活的新闻，这是我无法以任何其他形式或可接触到媒体而获得的见解。

如果你真的很喜欢历史小说，那么，你不需要作家，只需要历史档案就能获得所需的一切。那些观点上无所不知、知悉一切的历史小说令人发指——这是一个虚假的权威，甚至没有尝试去推测性地提出有争议的观点。

有人可能将我的第一部长篇小说《绅士的道德》看作一本历史小说，但实际上我知道我在写的那些人，我与他们一起长大，知道他们的讲话方式等等。换句话说，我触碰过他们的感性。即便如此，我仍然觉得以无所不知的角度去写作是恶意行为，这是最坏的一种自负，所以我从多种角度写了那本小说。最后，读者必须有自己的主张。有趣的是，我因此收到了许多正面反馈。顺便说一句，我对那些对他们本不可能确定主题而自信断言的传记作家也有同样的问题。

伍德：书中是否有哪一部分内容比其他部分更自然或更容易出现？

洛瑞：并没有。这都是需要埋头苦写的活。但是有趣的是，如果你做对了，它读起来就好像你用一个闲暇的周末就将它完成，然后其他人认为他们也能够做到。他们对时间和精力以及其中的技巧一无所知。

伍德：这让我想起了我最喜欢的帕特里克·怀特的一句话，那句话说的是那些拥向他、告诉他写书一定是多么神奇的事的人。他说：“就好像一个人在早餐后坐在写字台前，它就这样倾倒出来，仿佛一封接着一封的感谢信，而不是在清晨被钳子拖出的、血淋淋的脏乱。”

洛瑞：哦，是的。在大多数情况下都是这样，但是有时候，如果你不去挡自己的路，用中国古老的禅宗建议说，你会让潜意识发声，通常它就会出现，随之流淌出一些非常好的内容。对我来说，这种情况不会经常发生，或持续很长时间。

因此，诀窍就是不要挡自己的路，但这并不容易。你必须停止尝试计划所有事情。别再试图控制了。不要依恋，要作好失败的准备。如果这本书不能成，那就不能成，好吧，我会去做点别的事。随着年龄的增长，这会更容易，因为你更有信心。你知道，你已经完成了几本书，因此，如果这本书不能成，好吧，你就做点其他事情。反正你无论如何也不会从任何一本书中赚很多钱，你不可能会发财……（笑）

伍德：我看到许多新作家对出版业的阴谋诡计感兴趣，他们的方式让我感到担忧。

洛瑞：是的，但你总要经历它，以某种方式，不是吗？年轻和渴望被人瞩目，这是成长仪式的一部分。这是整个成长的程序。

首先，你迫切需要关注，然后得到了一些关注，但你意识到，它并没有真正解决你的所有问题，无论是个人还是专业上。你不能把这些告诉年轻作家——你可以在他们流下苦涩的眼泪时握住他们的手，支持他们，并告诉他们：他们真的很有才华，有一天这些都会变好。实际上他们必须经历这一过程。

伍德：你认为你作为作家是否有所改变？

洛瑞：我认为我没有任何改变，不算有。我是一个冷酷无情的安保人员，一本书出版后我会保留手稿一年，然后就会把它扔到垃圾堆，否则我会淹没在纸堆里。但是几年前，我丈夫正在屋檐下工作，偶然发现了一盒非常旧的文件。盒子里放着我的一些学校考试卷，我坐着读完，发现我的风格与现在完全一样。我认为你的风格就像脚大或者黑发。这就是你。

伍德：在你的一个故事中，一个人物说："那只是一种理性、短暂的思想结构，为某些更深层次的本能或直觉的运作提供了空间。"对此你可以多说一点吗？

洛瑞：嗯，我们所谓的"教育"是指在理性与直觉之间进行终生交谈，并在两者之间保持富有成效的对话和平衡。这就是为什么有心理治疗，不是吗？因为你可能太拘泥于一种模式或另一种模式，所以太理性或太冲动了。并不是说我接受过很多治疗，我负担不起。我很想做伍迪·艾伦的事情，并且永远去这么做。多么奢侈！

我确实认为你始终具有深刻的直觉，但是你会阻挡自己，将其变模糊，或者你对此进行辩论并将其合理化。因为我们生活在一种超理性的文化中，这种文化一直试图教会你合理化自己的直觉。因此，你总是挡自己的路，而不是去询问内心的声音。但是，这并不是那么简单。最大的问题是：你如何知道去信任内心的声音？你怎么知道内心的声音不是你原始动力和欲望的合理化？这是个迷宫，不是吗？当我们谈论"生活经验"时，我们讨论的是经过时间的流逝我们所发展出的应对策略。

这就是为什么我认为冥想是一种很好的做法，因为它有助于弄清这些问题，有助于你用看似有效的方式靠直觉行动。这已经进入了形而上学的整个领域，但是你正在尝试获取意义的另一个维度，你有你的文化影响，这种盔甲包围着你，屏蔽了其他知识和见解的来源。这很难谈论，因为它听起来像空想和新时代。实际上，这不是，而是我们还不了解的物理学，以及生物化学、神经学。我所知道的是，如果我停止冥想，我会做出错误的决定，甚至在身体上也会变得笨拙。

伍德：冥想可以帮助你写作吗？

洛瑞：我认为冥想在你的神经系统上运行一个程序，清除许多残渣，不知怎么那些都融化了。但是我不确定它是否对我的写作有帮助，我在开始冥想之前也写了很多东西。

伍德：我喜欢冥想故事中两个男人之间的交流。

洛瑞：写男人的感觉非常解放。我喜欢写关于男人的文章。

伍德：你在其中写关于自己的事情吗？

洛瑞：是的。在男性角色中的我的自我呈现比女性角色更多。而且，在我生命的前五六年中，我是由男性抚养长大的。我的母亲工作，家里的男性都有着轮班工作。所以，通常在白天，我由我父亲照看，这意味着他只是随便带我到他想去的地方。酒吧、庄家俱乐部、码头——没有任何妥协。他会带我去其中一艘进入霍巴特港口①的大船，或者和他同伴喝几杯，而我喝着我的覆盆子柠檬水，坐在旅馆的台阶上。然后酒鬼们会出来，给我一个先令②。那真是美好的日子！这意味着我在成长过程中在男性周围感到舒适。

伍德：迄今为止，我最自传体的所写是我上一部小说③的男性角色。

洛瑞：我猜到了。你在这个人物中如此自在。我们可以看到这一

---

① 霍巴特（Hobart），澳大利亚塔斯马尼亚州的首府和最大港口城市。

② 先令（Shilling），英国、前英国附庸国或附属国与英联邦国家的旧辅币单位。

③ 指的是《动物人类》（*Animal People*），出版于 2011 年，伍德所著长篇小说，讲述一个男性糟糕的一天。

点。我当时就想，没错。作家总是从策略上阅读另一位作家："哦，那真是个好伎俩。哦，她做得很好，哦，我想知道我会怎么做？"

我读了罗伯特·楚在《撕裂》[①]中的一个短篇，一位腐败的金融家退休后来到了拜伦湾地区[②]。他租了一个有游泳池的房子，并在游泳池里发现了一条蛇。好吧，没什么大不了的。但是，第二条蛇出现了。我想，这太棒了！两条蛇！那是多么危险的做法，但是他做得很好。我想对他说："太好了，尝试第二条蛇真是厚脸皮，但是成功了！"（笑）读者不会有那种回应，那是一种作家的回应。作家与别人阅读的方式不一样。

但是写另一种性别是解放的。这就是为什么亨利·詹姆斯的女主角总是亨利·詹姆斯的原因。当人们说"帕特里克·怀特是一个厌女症患者，那些可怕的女人"——非常明显，这些可怕的女人正是怀特的某些方面。

伍德：我觉得她们不可怕。她们被困住了。

洛瑞：嗯，荣格[③]对此有很有趣的见解，他认为个体的自我本质上是雌雄同体的。如果愿意，每个男人都有女性面，荣格称之为阿尼玛（Anima），而男性作家的女性角色是他自己阿尼玛的投射。对女作家反之亦然，女性作家。荣格对女性的阿尼玛斯（Animus）不太擅长，他倾向于完全消极地理解它，但他的门徒玛丽-露易丝·冯·弗朗兹[④]则对他的创见有所改进。

---

① 《撕裂》（*The Rip*），出版于2008年，澳大利亚作家罗伯特·楚（Robert Drewe，1943— ）所著的短篇小说集。

② 拜伦湾（Byron Bay），位于澳洲新南威尔士州东北角的海湾，著名度假胜地。

③ 卡尔·荣格（Carl Jung，1875—1961），瑞士心理学家、精神科医生，分析心理学的创始者。

④ 玛丽-露易丝·冯·弗朗兹（Marie-Louise von Franz，1915—1998），瑞士荣格心理学家。

伍德：你曾经说过："人们总谈论作家的自我。我不知道任何作家如何在某个年龄之后还会剩下任何自我。"自我在写作中扮演什么角色？

洛瑞：我的意思是，作家通常是自己最苛刻的批评家，写得越多，他们对自己才华的幻想就越少。除此之外他们还有那些恶意的有时甚至是彻头彻尾的侮辱性评论来阻止他们的自我膨胀。此外，澳大利亚是一个很小的市场，经济和其他方面的回报是有限的。

但是，关于作家或任何类型的艺术家是否比其他人更自负，我看不出有任何证据。作家必须有动力，有决心，而这些属性通常是与生俱来的，与"自我"无关。这是一种使命，在某种程度上，它是你无法控制的。在你青年时期的某个时候，你会知道必须这样做才能保持理智。我教的研究生，他们非常有才华，但没有继续前进的动力。他们还有其他更加想做的事情。当然，自我会被批评所伤害，任何人都会如此。你将其抛诸脑后，继续进行下一个项目。

我的老朋友和同事简·麦克基米什[①]曾经说过："作家写作。那就是他们的工作。有些人做得很好，有些人做得不好，有些人成功了，有些人没有，但是他们写作。他们不多说，他们只管写。"

不过嘛，我在湿水泥下都能喋喋不休！

伍德：你如何知道工作进展顺利？

洛瑞：如果我不觉得无聊的话，那就进展顺利。我的无聊门槛很低，所以我认为这样就算是进展顺利了——无论最终结果如何，我都在这个过程中全神贯注。这并不意味着它会取悦他人，甚至不会被出版或获得成功或者其他任何事情左右。但是，"进展不顺"就是我无聊的时候。

---

① 简·麦克基米什（Jan McKemmish，1950—2007），澳大利亚作家、学者。

伍德：你曾经想放弃吗？

洛瑞：哦，想过。我发过几次脾气。《哲学家的玩偶》问世后，我大发脾气。我以为没有人理解了它。好吧，有些人理解了，但还不够！（笑）但这是可以预料的，因为从叙事学角度讲，我做出了一些冒险的举动，而且许多读者不喜欢它们。

那几个月我想："够了！我在浪费时间，我要写一些非小说类的东西，这样可以过上不错的生活，等等等等。"然后不久，你开始做笔记，想着"哦，这很有趣……"你又回去写另一本小说。这表明，除了其他事情之外，这是一个治疗过程。这是你处理事物的方式，但它也是一种很棒的游戏形式。当事物锁定到位时会发出咔哒一声，然后一种形式就出现了。探究那个形式——它总是大于各部分的总和，然后这个东西就会出现，就是形式！在过去，我会魔术师的戏法来进行类比，魔术师将随随便便的原材料（面粉、牛奶、在壳中的鸡蛋，还有棒棒糖包装纸、锯末和滑石粉）倒入他的高顶礼帽，说出神奇配方来产出——一个烘焙完美的蛋糕！当然，蛋糕不一定总是烘焙完美的。许多小说都不如它们所有部分的总和。

伍德：为什么"锁定到位"很重要？

洛瑞：嗯，这是一个很大的美学问题，一个哲学家会琢磨的问题。顺便说一句，你是否注意到，大多数关于美学的写作都不尽如人意？我被柏拉图式的观念所吸引，即存在理想形式，真理以一系列完美形式存在，并且无论我们是艺术家还是物理学家，我们都在寻求探索这些形式，通过渴望绘制或模仿那些形式来与真理产生联系。我们越接近它们，作品就越揭露真实且越令人满意。这就是当我们体验完全实现的艺术品时的"啊哈"时刻。如果你看到《蓝极》[①]的照片，那

① 《蓝极》（*Blue Poles*），美国抽象主义画家杰克逊·波洛克（Jackson Pollock，1912—1956）于 1952 年创作的的画作。

感觉就是，挺好。但是，当你真的去看《蓝极》，其形式以三维状态出现并包裹着你，你就会感觉到某种完美的境界或领域，在这个境界中，所有事物都融合在一起——这是美学上的满足感，而我所读过的任何作品都没有成功定义那意味着什么，只有经历时我们才会知道。这就是为什么《了不起的盖茨比》几乎是一本完美的书，而《夜色温柔》虽然如此美妙，却不是一本完美的书。它从来没有找到它的形式，而菲茨杰拉德就知道这一点。他不停地将开头和中间移来移去，这困扰了他一生。

伍德：但是形式也必须自然，不是吗？你可以构造一个形状并进行书写以填充它，但是如果它不是来自材料内部的，那么它也无法成型。

洛瑞：是的。这就是为什么你必须信任这个过程，而不要拘泥于计划中。写好小说很难。就像 E. M. 福斯特那句可爱的名言，说是写好小说，你必须能够做十件事——“不幸的是，你必须能够同时做这十件事”。它必须逐句逐页都可行，作为整个作品也必须可行。它必须实现其潜在形式。

有时，你读一本文笔精美的书，读了五十页，想着：“这太棒了！”但是随着你继续阅读，什么都没有发展，什么也没有发生，只是更多的“精细写作”，却没有形状浮现。而且，你知道自己永远也不会拥有那种与一些比自己更大的东西相连的开放体验。就像——我必须使用这个词——就像是亲密交融。好的写作是交流的一种形式，也许正是因为有这些理想的形式，艺术是我们与他们最直接、最有意义的联系方式之一。

伍德：我的一个画家朋友说，人们认为他们不知道什么是好艺术，但是在他所举办的每场演出中，最好的照片都先被出售。你不理解它，但是你知道它。

洛瑞：你确实知道，这是一种本能。但我认为，比起文学，这对于视觉艺术更正确。因为在小说中也没有唯一的卓越标准。一本书是一次主观性的聚会，一位作家的主观性只会对一个读者，而不是其他读者产生共鸣。有些作家与我根本无法共鸣，但我可以理解为什么他们能与其他读者沟通，可以看到他们在入神之处、习惯处境和认为什么重要上位于同一域。因此，我并不是说——我并不是阐述每个人都理解一致的卓越的概念。我认为文学很大程度上是一对一的对话，这就是为什么我不能与一个说《牧羊少年奇幻之旅》① 是他们最喜欢的书的人争论的原因，因为他们显然从书中受益匪浅。

伍德：你在写作时会考虑读者吗？你是否特别为任何特定人群写作？

洛瑞：我从一般意义上考虑读者。但是你从经验中发现，你理想的读者通常是最不可能的人。这经常发生在我身上。我想我已经写了一些激进的政治小说，某位住东部郊区的贵妇会来我的签售会——她有那样的头发、金饰、整套的装扮，令我惊讶，因为她能够理解书中的每一件事，包括整个潜台词，和所有的典故。因此，你学会了不要尝试去揣测读者，因为你不知道他们的脑中正发生什么。出版商常常认为自己前卫，而我发现他们通常挺保守的。

伍德：玛格丽特·阿特伍德 ② 在《不良写作：电影》中说的话让我不寒而栗，她说："并没有什么规则说你会逐步变好。"我意识到，我一直都在指望它发生。

---

① 《牧羊少年奇幻之旅》(*The Alchemist*)，出版于 1988 年，巴西作家保罗·柯艾略（Paulo Coelho，1945— ）所著的长篇寓言小说。

② 玛格丽特·阿特伍德（Margaret Atwood，1939— ），加拿大诗人、小说家、文学评论家、散文家，2000 与 2019 年布克奖获得者，代表作有《使女的故事》(*The Handmaid's Tale*）等。

洛瑞：哦，不。仅仅因为你可以写一本好书，并不意味着你会写另一本好书。这并不像是去健身房，不是一项改善计划。但是，你确实学到了一些东西——你学会了如何保持冷静，而且，仅仅因为这件事没有成功，并不代表下一件事情也不会。

而且你在谈论糟糕的写作时必须小心。过去，我开设了一些社区写作课程，在这些课程中会产出很多糟糕的写作。但是，它们非常值得，因为它们对这样做的人非常治愈。写作变成了自我与自我的对话，而这样的对话只有当自我在页面上看到自己的思想时才会发生。因此，在你或我可能认为"那是糟糕的写作"的情况下，我见过人们从他们的感伤诗歌中获得了强烈的正面效应。

我永远也不会幻想告诉他们"那是一首糟糕的诗"，因为在这样的情况之下，这是为治愈而写作，是一件完全合理且值得被尊重的事情，而且任何对此嗤之以鼻的人都无法反驳我。这实际上是一件好事，只是不要与作为艺术的写作相混淆，那并非无效写作。

伍德：你在写作时会害怕吗？

洛瑞：害怕什么？

伍德：嗯，我不知道……失败？死亡？（笑）

洛瑞：到我这样的年龄时，作为作家你已经失败了很多次，你知道，再多一次又算什么？那些并不可行的作品，那些没能出版因为并不可行的作品……打个粗略的比喻，比如一个职业足球运动员，哪怕是事事都顺利的高水平运动员，也并非场场比赛都优秀。在心中默念：就继续下去吧。就继续下去吧。你还能做什么别的吗？然后找到一个收入来源，和一位牙医结婚。

伍德：你嫁给牙医了吗？

洛瑞：不，我没有！（笑）

伍德：你听起来很务实。

洛瑞：你怎能不务实？

伍德：但是你的工作不仅仅是简单的实用主义。

洛瑞：我认为这是一场在所有职业中都在进行的对话——即使你是政客或木匠。我看着我的一个邻居盖房子，他是专业建筑工人。他是一个务实的人，同时又是一个有创造力的人——也许这是一个错误的区分，我看到这个对话也在他身上发生，在他的实践技能和创造力之间进行着。

直觉与想法之间总是在对话。你的直觉认为本该这样做，然后你编辑的那一面开始对此进行批评。我看不出你如何可以以其他方式工作——不仅是作为作家，而是任何工作。否则，你只是个乱洒颜料的孩子，不是吗？

有时候，你最好的属性就是那股傻劲儿。你那股纯粹的、顽固的毅力。有时候，我用另一种声音重写整个手稿，从第三人称视角转换成第一人称视角。这本我正在写的关于一个男人的小说——主角是男人这一点让我非常困扰，所以我改写成了女人。这并没有成功！我是女人，所以这为什么不可行？有太多其他的问题产生干扰，我觉得我必须纳入女性问题，而我不想在这种特殊叙述中处理这样的女性问题。因此，最后能成的就是能成的。

伍德：我想问问你许多角色都拥有的丰富梦境。

洛瑞：这让你烦吗？

伍德：不！作为作家，我曾经担心过使用梦境。我喜欢规则，而写作规则之一就是亨利·詹姆斯曾说过的“描述一个梦境，失去一位读者”。但是，现在我认为作家越成熟，就越有可能以有趣的方式运用梦境，而且许多作家就是这么做的——理查德·福特做了，艾米·布鲁姆[①]的一篇短篇故事中也有简短而美丽的一小段，安·帕切特的《失落的秘境》[②]充满了梦境。如果一个人是一个时常做梦的人，这就是生活中如此重要的一部分，那么现在我把它排除在书本之外似乎是错误的。你会做栩栩如生的梦吗？

洛瑞：我时常做梦。我睡眠不好，所以我总是从生动的梦境中醒来。但是我小说中的梦很少是我自己经历过的。你不太可能重现自己梦中的内心冲动，而对此进行尝试甚至可能成为一个陷阱，所以像小说中的所有其他内容一样，你也必须编造它。你提出这一点非常有趣，因为我经常想知道为什么其他作家不经常使用梦境。它们是让潜意识在叙事中表达声音、开辟一个神秘空间，并指向某些可能在表面上看似简单或显而易见的举动之下复杂性的丰富方式。

我利用梦境的部分原因是，我不喜欢阅读那些，让我感觉到他们无所不知的作家的作品。玛格丽特·德拉布尔[③]是一个典型的例子：她是绝对权威；她什么都知道。她知道她的角色早餐吃了些什么，他们涂什么颜色的眼影，他们打嗝或放屁的频率，她什么都知道。我不能忍受。她关于撒切尔时代的小说《冰雪时代》是一部不错的小说，但如果她没有给它过多的自然主义细节，那本可以是一部很棒的小说。

文本具有文字的表象（即“故事”），然后具有其自身的潜意识，即一首作家可以掩盖或揭示的诗歌，或者如果没有揭示，则可以暗示。如果你让角色做梦，那就是一种对读者说：“这里有些神秘，我

---

① 艾米·布鲁姆（Amy Bloom，1953— ），美国作家、精神治疗家。

② 《失落的秘境》（*State of Wonder*），出版于2011年，由美国作家安·帕切特（Ann Patchett，1963— ）所著的小说。

③ 玛格丽特·德拉布尔（Margaret Drabble，1939— ），英国小说家、传记作家、评论员。

不太了解，你怎么看?”的方式。这是与读者建立更多对话性或推测性关系的一种方式。有些读者对小说中的梦境作出回应，有些则没有。对我来说，他们增加了另一个层面。

伍德：梦有一种水汪汪的品质——是人自身都不了解的一部分……

洛瑞：是的。对于他们来说，这可能是一个要弄清的谜团。而且，还有生命的原本表象，下面有着海洋般的意义，而梦是来自另一个我们并不理解的领域。对我而言，任何没有来自该领域信息的叙述都是不足的。太精通，太知情，太字面。太自然主义了。我讨厌自然主义。

伍德：你所说的自然主义是什么意思?

洛瑞：邻里。家居与休闲。几乎任何澳大利亚电视剧。我在写作生涯的头十年中一直在思考现实主义的形式。作家如何能用非常有限的语言媒介代表真实?如何避免恶意?自然主义是单一维度的美学，赋予我们“显而易见”的感觉。世界被一种充斥着自鸣得意的平庸方式而看作理所当然。最终，就像在钟罩下产生的效果，空气变得陈旧。人们所说的“现实主义”通常是一种公式化的自然主义，是在解释与代表世界时，对什么是“显而易见的”或“常识性的”的想当然的习俗，却没有——或者极少有对所有形式叙事的揭露使其扭曲的程度的了解，而对于新的、创新的、甚至是古老得被遗忘的技巧毫无反思，而那些技巧可以创造一种新颖的看待事物方式。

我一直对探索性和创造性的现实主义方式感兴趣，不仅仅是因为它们本身，而是因为每个新作品都需要自己的美学。我可以在这个话题上讨论技巧，但此时此地似乎并不合适。但是，我要说的是，大学写作课程的重要功能之一就是鼓励学生审视理所当然的代表方式。如果你决定以传统方式写作，至少要知道为什么要做出这个决定。传统上，电影制片人更加关注代表性，也更有创新性。平心而论，相机为他们提供了更大的视野，但这并不意味着我们作为作家不应该考虑这一点。你不必明显地具有“实验性”，也不必像格特鲁德·斯坦因或詹姆斯·乔伊斯那样写东西——小小的非常规动作可能就富有成效。

伍德：我想问你关于野心的问题。我认为雷蒙德·卡佛说过，每个作家都需要一点运气和一点野心，而其中任何一个太多都是致命的。

洛瑞：你确实需要这两点。差不多就是这样。你需要足够的动力去工作，但是太多错误的野心——例如，出名的愿望——会使作品扭曲。没有运气，你可能会灰心。而且你必须接受很多事情超出你的控制范围。我认识一些作家，他们会社交活动很多，但这最终并没有为他们带来回报。而其他一些作家几乎没有离开过自己的房子，而幸运却对他们垂青。发生在我身上的所有最好的事情都完全是出乎意料的。就比如说获奖，我从来没有想过要获奖，或者我获得了从未想过要获得的奖项。

它教育了你。实际上在这之中有一个教训：忘记它。忘记野心，除了美学上的野心、书写有趣事物以及尝试新东西的渴望。不要挡自己的路，继续工作。作品是你的领域。你无法控制其他的一切。

琼·伦敦

琼·伦敦在二十世纪五十年代的西澳大利亚州珀斯长大。她于西澳大学毕业，学习英语和法语，之后像很多她这一代人一样在亚洲和欧洲旅行，这段经历深深地影响了她，并催生了她的一些作品。

伦敦著有广受好评的短篇小说集《姐妹号》(*Sister Ships*)和《致君士坦丁的信》(*Letter to Constantine*)(在2004年和2010年《新黑暗时代》(*The New Dark Age*)之名一起出版)，以及小说《吉尔伽美什》(*Gilgamesh*)和《好父母》(*The Good Parents*)。诺贝尔文学奖获得者艾丽丝·门罗是伦敦的文学英雄之一，她曾称赞伦敦的故事"流畅、生动——如此的优雅与锋芒并存"。她的书赢得并入围了许多奖项，包括迈尔斯·富兰克林文学奖、橘子奖①和克里斯蒂娜·斯特德小说奖②。自三十岁起，伦敦就一直住在西澳大利亚州的弗里曼特尔，但自本次采访前的五年间，她每隔几周就与担任维多利亚州政府建筑师的丈夫杰弗里·伦敦一起往返墨尔本。

尽管有这样分裂的家庭生活，伦敦却深深地依恋着弗里曼特尔和西澳大利亚——她的两个孩子和孙子也住在那里，在说起西部的风景时，她言语里满是爱意。

我一直深深地佩服伦敦的写作，《华盛顿邮报》形容她的写作是"诗意、悲情和幽默的无缝转换融合"，近来我感到，《好父母》是唯

① 橘子小说奖（Orange Prize），英国最负盛名的文学奖之一，每年颁发给任意国籍以英文撰写长篇小说的优秀女性作家，现被改名为女性小说奖（Women's Prize for Fiction）。

② 克里斯蒂娜·斯特德小说奖（Christina Stead Prize for Fiction），澳大利亚新南威尔士州长文学奖其中的一个奖项，每年颁发给一部长篇小说或短篇小说集。

——本我真心希望是自己写的书。她似乎毫不费力地写出了家庭、恋人和兄弟姐妹之间错综复杂的关系，且充满了同情心和惊人的准确性。她说她所爱的契诃夫，“他的作品中没有自我，他是纯粹的观察者”。伦敦的写作也是如此。

我们之前在作家节上见过一两次，但是直到2013年我在珀斯作为驻留作家待了一个月，我才对伦敦有了更深入的了解。在接受驻留作家邀请后，我就写信约她采访。在我逗留的一个月中，伦敦和她的丈夫多次在他们弗里曼特尔古老的大露台接待我。我很享受与她多次的交谈，包括关于写作和阅读，关于我们对希拉里·曼特尔[1]和艾丽丝·门罗的共同喜爱，以及她对电影和俄罗斯文学的热情。她慷慨大方，很好相处，而且特别会鼓励人心，因为在那段时间里，我一直在为着自己的小说创作而挣扎。在这次采访中，她经常会停止说话，将我的问题反问给我，以询问我关于我询问她的事物的看法。

每当我结束与她的交谈，离开时我都会被自己工作所蕴含的可能性所鼓舞。

尽管伦敦已经六十多岁，她似乎是一个特别年轻的女人，一头浓密的深色头发在她响亮、欢快的笑声中肆意摇摆着，而她经常如此欢笑，又极度自嘲，表达了大量的自我怀疑，同时也表现出了这位严肃艺术家的更深层意志和自决。经过数十年的经验，她探索并开创了自己的道路，似乎不再担心别人对她或她作品的看法。尽管她显然对公众意义上的文学“事业”不感兴趣，但她作品本身的深度和想象力的广度却展现了她极高的文学野心。

这次采访于2013年进行，首次发表于2014年。我们当时坐在伦敦的厨房里，最终移步她位于顶楼、小而敞亮的写字间。在那儿，她向我展示了满墙的笔记，和一鞋盒收集来的用于激发人物与场景创作

---

① 希拉里·曼特尔（Hilary Mantel，1952—2022），唯一一位两度获布克文学奖的女作家。

灵感的明信片。她刚刚将她的新小说寄给了她的经纪人——以1950年代珀斯的一座小儿麻痹症疗养院为背景——但她仍在设法完善书中的最终场景。这本书就是《黄金时代》①，在2014年出版后备受好评，并在2015年获得总理文学奖②。

与伦敦交谈中最吸引人的事情之一就是她深深的好奇心，她对世界、阅读和写作的开放式好奇感。也许正是这种一直寻求去发现、理解和提炼的探究天性，才使得她的作品如此透彻、如此新鲜。

夏洛特·伍德：恭喜，你刚完成你的新小说。你现阶段感觉如何？

琼·伦敦：好吧，我感到轻松了一些。而且，我可以在短时间内离开它。这就像将孩子交给保姆之类的事情，因为我还没有完全解决结局，但我知道最好就让它这样。我需要短暂休息。要将它完成仍旧是摆在我面前的事，还要与编辑一起工作、一再思考……但是我觉得我目前已经做了尽可能多的工作，我可以自由一些。

但是，现在又有种空虚感——我的意思是，我喜欢工作。我喜欢努力工作。我讨厌当我开始做某件事时，缓慢、试探又笨拙，而且我不知道它到底是否可行……但是当它整合到了一起时，我就非常喜欢，真的。我可以整天工作。

---

① 《黄金时代》（*The Golden Age*），在国内被译为《孤岛的诗歌》。

② 澳大利亚总理文学奖（Prime Minister's Literary Awards），2007年设立，由澳大利亚艺术部管理的文学奖项，旨在奖励为澳大利亚文化、精神生活作出贡献的澳大利亚文学作品。

伍德：对于那个阶段，你喜欢的是什么？

伦敦：它令人满足。而且它有点超越你之外。快到最后的时候，我可以拥有那些时刻，你知道，感觉到“哦，当然！这会是在那里”或者是“不，这是会发生的事”。

这感觉几乎好像来自你自己之外的某个地方——但是你必须经过多年的时间去挣得它。我写一部小说要花好几年。我们四年前开始去墨尔本，当时我正在为它做研究。所以大约五年了。

伍德：你工作的地方对你来说重要吗？

伦敦：我在哪里工作很重要——不一定就在这里，但我对弗里曼特尔以及住在海边极度依恋。

起初，我觉得去墨尔本很辛苦——即便只会两个礼拜去，然后两个礼拜不去，通常频率更低，这就像把我拖出洞穴一样。但是我逐渐开始享受它。墨尔本也变成了一个小洞穴，我在那儿有张书桌，我可以在那儿工作。我必须要有自己的工作站——我认为我不能随便在哪儿就安顿好。我需要保持私密和安静，一段时间后，我会积累很多视觉的东西。我喜欢明信片，我收藏明信片。我是图片明信片收藏家。我有一个鞋盒，里面都是印着人脸的明信片。

或者，我有一些会让我产生联想的明信片。我翻来翻去地看，然后想“嗯，这看起来有点像弗兰克”。它们就像是线索。

伍德：你这么做的时候是随机的，还是你需要找到合适的那个？

伦敦：我需要找到合适的。

伍德：你有固定的常规吗？

伦敦：没有，但是在做完各种事情之后，我会尽快坐在那里。我总是首先完成我的职责——电话、发送电子邮件和其他东西，然后我就有空了。然后除非我被打断，或必须做某事，否则我会工作尽可能久。到下午三点左右，我已经很累了，会感到有些萎靡，这时候最好就收工。

实际上，能量对于写作有多么重要是令人惊讶的。没有什么时间能像早晨一样，说真的。

伍德：很难向不做这行的人解释，花一整天的时间费劲思考，这在生理上是多让人疲惫。但它确实是的，对吧？它会在生理上消灭你。

伦敦：嗯，而且一旦你累了，你就会感到萎靡不振。

伍德：有些人写得很快，然后再进行削减；有些人仔细地逐字逐句写作……你的工作风格是什么？

伦敦：噢，我一直为此困扰，因为我知道自己做错了。我知道你应该就去做。但是我会尽力在写的时候就写对。我的意思是，有时我会说："哦，够了！"我放下一切。这非常有用，我可能会从中得到一些收获——我会尽全力去将它进行下去！（笑）但是后来我会将这一块解决。因为我觉得我必须站稳脚跟，而且我必须找到并挖掘有趣的、有一些惊喜的、出乎意料的矿层，不然我就会无聊。我不能只是写东西。每天，我都必须去挖掘、勾住一些有真相，或者对我而言是真实的东西。而有时候我勾不到……

伍德：那会是什么——例如图像或一些故事？钩子由什么组成？

伦敦：嗯，我喜欢的东西吧，我想。实际上，我越来越喜欢遭遇惊喜。刚开始的时候，当我什么都没有的时候，以一种荒漠感开始时，我开始有一些想法，将它们写下来，对它们进行排序，有时我以它们应该出现的方式对它们进行编号，诸如此类。我确实会从场景上考虑。角色——我真的发现角色必须得浮现。因我的需要而去建立一个人物真的没有好处。我经常确实需要某个人，你知道，使事情发生的辅助角色，但即使我才刚刚将他们编造出来，他们也必须开始拥有自己的生活。主要角色从一开始就是他们自己，他们实际上必须来找我。

伍德：你是否感觉需要等待他们？

伦敦：我认为他们从一开始就在那里。次要人物就不太是这样。他们可能会更难被找到。一些角色突然登上舞台，他们就是他们的身份，虽然可能不是主要角色，但确实很有趣。

伍德：在你度过很好的一天之后，这意味着什么？

伦敦：好吧，我很乐意写一页纸，或一页半。我知道你每天应该写 250 个词——

伍德：说这些应该的事情的人是谁！

伦敦：（笑）没人，实际上……但是很长一段时间以来，我觉得我可能做错了，因为我太慢了，而且我有这样的坏习惯，你知道。但这似乎只是我的方法。

伍德：你怎么知道什么时候一本书完成到可以将其交给你的代理商或你的第一位读者？

伦敦：我想，当你尽可能走到最远的时候吧。有时你会感到："是的，就是这样！"但是有时候，就像我现在知道的那样，有时我知道我还没有完全达成协议，实际上这简单到只是一句话。我还记得我真的去搜寻《吉尔伽美什》的结尾。在那些日子里，我曾在那边那个房间里写作［手指向花园工作室］，然后我会看着这里面这家庭的生活，继续书写，我坐在那儿想出些什么，然后进来告诉他们，然后再回去。我记得终于写出的时候，但这花了我很长时间。就像最后一块拼图一样。但是这次我还没到那一刻，现在还没有。

伍德：但是你会的。

伦敦：是的。而且，我也期待与一位编辑一起工作。如果编辑的工作水平不错，那是多么快乐！

伍德：这是非常亲密的关系，不是吗？你能说说这段关系间会发生什么吗？一个好的编辑做什么，是其他类型读者做不到的？

伦敦：真正优秀的编辑是客观的，在不认识你的情况下阅读作品，并结合他们所有的文学经验来观看作品。这可能不符合他们的个人喜好，但他们可以了解它在多大程度上满足了作者对其的构想，以及没能完成这一点的程度。他们了解这项作品的潜力以及它在当前文化中的地位。他们对此充满信心，就像一名优秀的老师和一名有前途的学生一样。然后，他们不遗余力地专注于句子的意义和逻辑，作者潜意识所作的矛盾或重复，并致力于保留作者的声音和观点。

我对一个如此认真又精彩地将自己投入我的文字的人感激不尽。

伍德：你之前曾告诉过我，当你完成《吉尔伽美什》时，你认为它不好，因此将它收起来了。

伦敦：是的。我想："哦，天哪，一堆编造的胡言乱语！"我就开始反对它了。像从镜子中看你自己的脸，想着："呃！"可能你厌倦了……你需要休息一下……

伍德：那么，是什么说服你将其从抽屉中取出呢？

伦敦：好吧，德鲁西拉·莫杰斯卡来到珀斯，她来吃晚饭。杰弗里说："琼有一部小说，她把它收起来了。"德鲁西拉说："给我看看。"我就照做了，把它寄给了她。所以她救了我。我确实对她有这种负债感。因为我曾想过："够了，我要改写短篇小说了。"

伍德：当德鲁西拉说这很好时，你是否立即相信了她？

伦敦：是的！你需要的只是别人说"这挺好的，这很好"。我的意思是，同时，我也非常了解她，我知道她是个直言不讳的人。她可能会说："哦，是的。你是对的。"或者"也许你删除一点就可以了……"但是不——她喜欢它。

伍德：而且这本书成绩很好。读者就是喜爱它。

伦敦：那你呢，当你完成某件事时你感觉如何？

伍德：嗯，我通常不知何故感到羞耻。

伦敦：是的。这真是个糟糕的感受！为什么我们会有这种感觉？

伍德：也许是因为我们暴露了一些对我们非常重要的东西。这是一种风险，也许吧。

伦敦：英国小说家泰莎·哈德利[①]就此发表了一些看法。她说："你正在写的内容应该让你疼痛，并使你感到有些焦虑，甚至感到羞愧。"

伍德：乔纳森·弗兰岑对羞耻感谈论挺多的，他谈到现在如何花更多的时间调查写作中的羞耻感和恐惧感。我能识别这一点。这似乎在以一种我不喜欢的方式自我惩罚，但我确实知道自己最好的作品

---

① 泰莎·哈德利（Tessa Hadley，1957—　），英国作家。

来自某个、某种程度上来说使我感到恐惧的地方。你如何看待这些耻感？

伦敦：我认为我们一直在努力避免平庸和讨人喜欢的二手货。无论我们叙述的背景多么渺小和熟悉，我们都渴望成为真正的探索者，去揭露人类心理和体验的一些未曾被发现的角落。我们只有对这种体验的情感完全精准、完全诚实，才能做到这一点，这样作品中发生的一切都能被证明是不可避免的。

在此探索中，你需要去的地方只是你自己经历的残篇和片段，有时甚至是最深切的内疚或屈辱。或者有时候，你在别人身上目睹的痛苦被拿来用作自己的叙述……不管怎样，你已经不再是让自己畏缩的人，而成为让别人畏缩的人。

也许这种耻辱来自你所创造的内容，与实际经验相比并无实质性……还有来自自我揭露的耻辱："别炫耀！"突然间，所有文字似乎都明显带有你自己的怪癖和偏好，就像看着镜子里的自己的脸一样。"可怜的东西，但这是我的"那种感觉……

伍德：你认为在书的结尾需要对角色进行某种方式的更改吗？我喜欢《好父母》的一点是当我完成这本书时，会产生被冲刷过的感觉。我感到自己不一样了，而且书中的每个人都不一样了。他们都经历了某些事情并且被改变了。而我感到改变了。

伦敦：我很高兴你能感受到，那太棒了。我希望这样，当然啦，人总是这样希望的……那其实就是我们想要的，不是吗？读者在故事的深刻动因之中迷失，或是与之产生认同感。而且由于我主要关注内在，所以必须是这样的动因。内在的改变。

伍德：这很复杂——好像书中的人不太了解发生了什么，但他们知道他们已经改变了。这就是我的感受。

伦敦：嗯，我认为改变就是复杂的。我们并非一直按照我们以为的方式改变。有时候你意识到自己已经改变了，但可能并不是什么特别戏剧化的事情。

我个人非常喜欢那种自己在可能已经关门的地方重新开门的感受。没有什么比它更让我喜欢的了。而且，除了看到他们开放和改变之外，没有什么更让我感到尊重。当你年轻的时候，看到周围更年长的人产生转变，然后理解为什么你要以自己的方式做事——这多么美好啊。当我看到现在发生这种情况时，我会想：太棒了！因为那才是真正的生活。如果可以的话，去改变和放开。这也很困难，去放弃或者放下那些你长久以来一直坚信的事情。

伍德：你认为对书的写作或阅读会改变你吗？

伦敦：我可以说："不，当然不会，我永远是我。"但是——哦，如果没有书我会去哪里呢？没有作家？那些被他们开启了的内在和外在的世界……他们语言的音乐性。人类想象力和经验的证据、他们探索的勇气，他们思想的力量。与一些体验产生共鸣会让你伸展。写书改变了我，我认为是完成任何你最努力尝试的事情都会使你缓慢前进，无论是粉刷房屋、旅行还是教授课程。它肯定了你一小会儿，然后你再次从底部开始。

伍德：和我说说你对俄罗斯文学的热爱。你对托尔斯泰和契诃夫等作家的爱在你的作品中得到了强烈体现。他们给了你什么？

伦敦：托尔斯泰、陀思妥耶夫斯基、契诃夫是……好吧，他们在另一个领域。巨人。我只是热爱阅读精彩绝伦的《战争与和平》或契诃夫短篇小说的数百万人之一。契诃夫是一位大师。多年来，我一直都热爱契诃夫。他的故事中没有自我。他是一个纯粹的观察者，掌控全局，但是服务于那些出乎意料的事件，服务于他的艺术。他很强硬，没有感情。他的画布如此广阔，每个人都有自己的故事，可能是马车夫、主教或公主，以及中产阶级角色。我非常喜欢。在二十世纪，还有伟大的苏联小说，瓦西里·格罗斯曼的《生活与命运》，设定于第二次世界大战期间。它具有相同的刺耳心理、洞察力和诚实度，但它的画布巨大又充满人性化，甚至包括了德国队长的室内生活。

伍德：《好父母》是一本非常亲密、非常澳大利亚的小说，但是有着这种史诗般的惊人品质，我非常佩服。就像你刚才提到的那样，你拥有所有这些外围角色，其生活与主要角色的生活一样丰富而深刻。到最后，他们也都改变了。当我阅读时，我想，这就是你从俄国作家那里得到的。

伦敦：也许这就是我尝试过的。但是，通过《好父母》，我确实想要探索——或者说呈现——一个理想主义时代，那是我这一代人的一部分。试图在公社生活这件可怕的事情。（大笑）

伍德：集体生活确实让你感兴趣，不是吗？

伦敦：只是因为我讨厌它！我必须找出答案，因为我们的青春是很多人尝试这个的时代。

伍德：你们中有一部分人仍然对这种集体的生活方式感到理想化吗？

伦敦：一点也不。对于大多数家庭来说，有客人来住是很不错的事，但是他们离开的时候也非常好……

伍德：也许你一个私密性。你认为所有作家都极度内向吗？

伦敦：不知道。但是其中某些部分必须是——这项工作要求你每天独自待八个小时，而且要去深入你的内心。

伍德：你觉得这过程寂寞吗？

伦敦：有时候。大约三十年前，在西澳大利亚州曾经有一段时间，弗里曼特尔艺术中心出版社成立的时候。那是我开始写作的时候，我遇到了其他一些起步的作家，突然之间我们有机会被出版。我们是朋友，我们彼此支持。这样的美好持续了一小阵子。但是一群人只能走那么远——实际上，你是一个人。

弗里曼特尔艺术中心出版社由富有远见的西澳大利亚人伊恩·邓普曼开创，这对在这里的写作圈子非常重要。它为包括伊丽莎白·乔利，马里恩·坎贝尔①，莎莉·摩根②，约翰·金塞拉③和菲尔·萨洛姆④在内的众多作家开了个头。从那时起，有些作家继续前进，有些则被疾病、书籍世界的变化、写作流行的改变以及各种各样的事物打败。

这是艰苦的生活，我感到很幸运，因为我的财务状况使我得以继续担任作家。我不必像许多作家一样去教授创意写作。我在一家书店兼职工作了很多年，大部分时间都是在夜间工作，我真的很喜欢。这是一项很好的工作，它使我与世界保持联系，同时又不消耗精力。但是任何其他工作……

我曾尝试教英语（作为第二语言），我也去教过创意写作。我都讨厌！（笑）

伍德：你为什么讨厌它？

---

① 马里恩·坎贝尔（Marion Campbell，1948—　），澳大利亚小说家、学者。
② 莎莉·摩根（Sally Morgan，1951—　），澳大利亚作家、戏剧家、艺术家。
③ 约翰·金塞拉（John Kinsella，1963—　），澳大利亚诗人、小说家、文学评论家、编辑。
④ 菲尔·萨洛姆（Phil Salom，1950—　），澳大利亚诗人、小说家。

伦敦：毫无疑问，如果我要养家糊口的话，我将不得不全力以赴，让它变得有趣并安定下来。但是在我尝试的那个程度来说，它让我无聊，那些所谓的“现在你读出了你的作品”，恐怕它是真的。

另外，他们中的一些人没有尽力，他们认为这是一个简单的选择。我相信你会有一个或多个让你感到兴奋的学生，并且你们会进行那种你们俩都从中受益的精彩对话。但是，至少在当时，很多人都只是在执行这个动作。而且我不知何故，没有能力，或者太不专业，或者是不愿意去激励启发他们。

伍德：作家遇到似乎并不在乎的学生可能会感到非常震惊。

伦敦：是的！这对我们来说至关重要。

伍德：我想问你对于几代人之间关系的兴趣。你精巧地写着父母和孩子的关系，一遍又一遍。有老年父母的中年孩子或有十几岁的孩子的中年父母或有婴儿的父母……

伦敦：嗯，这一直是我一生中相当重要的一部分，也是令人着迷的一部分。我觉得我喜欢长大，变老。

曾经有一段时间，我的父母一直病着，在他们去世前那十年间，他们的四个女儿将日程排满，非常忙碌地帮助他们，照顾他们。这是关于变老和子女义务的重要课程。因为你知道，我和我的父母有过争吵。这是关于爱的课程，真的。然后，关于孩子这一课是巨大的——抚养孩子的巨大而谦卑的课程。这是我一生的重要组成部分。

伍德：西澳大利亚州的写作给你带来了不同的文学视角吗？在我看来，这里的人与东部人有很大不同，但并不是我会注意的点。

伦敦：很好！嗯，我有过那样的感觉，但是我现在没有了。我认为，四五年偶尔在墨尔本居住的生活非常有帮助。这是一个非常不同的地方，我很享受，并在那里度过了愉快的时光。我认为这是一个很重要的事，西澳（WA）远离一切的感觉，这可能导致被忽视的感觉和一点疑神疑鬼。我确实对此感到厌倦。

不过，我确实对这里有依恋感。我想，就像每个对景观感兴趣的人一样，我觉得它具有自己的地理特色。我敢肯定，如果我住在任何地方，我都会有这种感觉——我会感到依恋。我对此进行了很多思考，这种依恋可能来自你童年最早期。

只是光的性质、围绕着你的景观和植被，可能是气候和地理条件所决定的习惯，例如去海滩，夏天的夜晚坐在户外等。

在这里有一种空间感，并不只是在你周围的环境中，而且在其他与你相距甚远的地方，在你脑海的地图里都有。根据你的情况，它可能感觉像是一种自由，甚至是避难所。但是，随之而来的还有一种“我们与他们”的感觉：哦，他们忽视了我们……

伍德：因此，伴随这种孤立或分离的感觉，国际出版对你来说很重要吗，还是不太重要？

伦敦：我认为对于读者和认可的渴望是常见的。但是我尽量不要在这些事情上有过多的指望。拥有读者对我来说很重要，而且其中一些人与我产生连接对我来说很重要。这很美好。这是你可以希望的全部了，而且我并不在乎他们来自哪里。

雄心壮志会使你无法专注于作品，或素材的真实本质。事实才是重要的，它正在寻找揭示对你最重要的东西的矿藏。当你写作时，考虑出版与宣传会让你受到压缩和扭曲。我认为你必须对自己的冲动尽可能诚实。越原始越好。写下来，然后看看会发生什么……

伍德：它使我想起你之前所说的，关于打开而不是关闭的内容。我们都遇到过因缺乏成功而痛苦的作家，这让人目不忍视。这也很有教育性，因为它向你展示了你不应该让自己成为的东西。

伦敦：哦，是的，这是一件可怕的事情。我敢肯定，之前我也曾这样过。我实际上讨厌那种感觉。我想你就是不要去哪里。对我来说，反正健康的事就是忘掉公众——我发现所有宣传都非常痛苦。

伍德：为什么？

伦敦：可能有几个原因。我想我成长中被教育不可炫耀。而且，当然，我是最小的孩子，我的姐姐们常常让我停止炫耀。我想这是我家庭中的清教徒特质。

而且，某种程度上它总是一种失真——你的照片（你说的话）可以以听起来完全像其他人的方式被引用。同样，我认为当我讲话，无论是在舞台上或在采访中，我遇到的问题太多了。我总是对采访者，或是观众非常在意，然后一种沉默的恐慌会控制住我，就像被车前灯吓到的兔子一样，我被吓得跳到一个轨道上，然后发现自己被困在了那里。接着就是我没有把该说的说出来的悔恨……

伍德：在重新阅读你的作品时，我注意到的一点是，你非常擅长让那些出乎意料和看似不可能发生的事情发生，却显得自然。从叙述的角度来说，这是令人兴奋的，因为它具有吸引力、力量和风险。

伦敦：哦，谢谢！我非常努力地创造情节和动作机制。我一遍又一遍地写这些东西，试图找到一种使之合理或可以接受的方法。这真的是我非常努力地去写、去使它平滑的部分——这些东西的运行机制。如何使它可行，使这种来自天堂的螺栓可以被接受！

伍德：你做的方式使它看起来不可避免并且注定了——“哦，这当然会发生。”你认为某些事情在生活中是命里注定的，因此你可以在写作中轻松接受它们吗？

伦敦：好吧，我不能说我相信这一点。但是在我自己的生活中——也许在任何生活中，有那些由好事变成的事故，也有些打击最终发现是好事。我的意思是，我过着美好的生活，摸摸木头[①]，所以这不是什么苦涩的课程，但是确实有使我走上岔路的事情发生，而我不得不回到正轨。

例如，我确实患过癌症。我非常幸运——我患有早期乳腺癌，并且刚刚进行了肿块切除和化疗。没什么可怕的，但是它将我击晕了。我完全震惊了。我从没想过这会发生在我身上，你知道。

从某种意义上说，《吉尔伽美什》是从那段体验、那种尽头感而来的。那段时间对我来说是一段极大的旅程。一种要使自己抽身而出、生存下去的决心。

那也是一个暂停期。我没有什么必须做的。我仍然去书店，但除此之外，我没有强迫自己。我没有任何截止日期。我说："我受够了。我已经受够奋斗、野心和文学世界了。"

患癌症真的使我震惊。我记得里尔克的指令：你必须改变你的生活[②]。那就是真正发生在我身上的事情。那是一段非常孤独的暂停期，满是阅读和思考。

我以为我会改变自己的生活，结果出来的是《吉尔伽美什》，我仍然参加作家节！（笑）而且我仍然不是真的想去。但另一方面，我确实想要读者和认可……

伍德：短篇小说呢？你觉得你不会再写它们了吗？

伦敦：时不时会有一个故事蹦出来。目前，我对一个故事有一点感觉，但后来我开始思考："嗯，它可能会成长。"不这样的话，我现

---

① 摸摸木头，表示希望好运延续。

② 出自奥地利诗人莱纳·玛利亚·里尔克（Rainer Maria Rilke，1875—1926）的诗作《古代阿波罗石像的残躯》（*Archaic Torso of Apollo*）。

在很少会得到短篇故事的想法。《新黑暗时代》是一个有关癌症的故事，它是突然出现的。《吉尔伽美什》其实也是一本有关癌症的小说。弥补的旅程。我想我们所有的书都是通过某种方式传递的心理状态的象征。

伍德：那是你当时所知的一种心理状态，还是你之后回头看才发现的呢？

伦敦：我认为都有。《吉尔伽美什》来自一个梦境，而梦总是能告诉你一些关于你当时状态的信息。这关于迷失方向，然后踏上一个旅程，去找寻你遗失的东西，写作本身就是一种在遭受癌症打击之后自我肯定的旅程。

伍德：告诉我，《吉尔伽美什》是如何从梦境中来的！

伦敦：噢，天哪，我开始忘记最初的梦了，多么糟糕。那是关于一个旅行的事——哦，我去了一个国家，没错。我去了一个四面环山的陌生国家。天黑了，就像战争时期一样，我正在抱着或带着一个小孩。我在找东西。这个梦以"吉尔伽美什"一词结束。

我当时甚至不知道吉尔伽美什是什么，或者它来自哪里。我隐约听说过这是一种神话。于是我开始研究这个神话，然后我开始问，那个带着孩子的女人是谁，她从哪里来，在这个神话中她的位置是什么？这个国家被什么山脉包围，外国，但不是东方，也不是欧洲？我向一位博学的英国熟人描述了这个国家，他说："那是亚美尼亚。"

那时，我姐姐在玛格丽特河地区的亚林加普（Yallingup）住了下来，那里有一家美丽的老旅馆，我父母在那度过他们的蜜月，后来那个地方就成为了设定的地方。我在那边也写了一些。

伍德：当你从梦中醒来时，你是否意识到梦的重要性？

伦敦：是的，它一直在我记忆中。通常，如果我做梦到了早上就忘记了它——但这是其中一个一直在我记忆中的梦，那在某种意义上是很重要的，我想知道那个意义是什么。我从哪里知道吉尔伽美什的？我读过有关它的信息吗？这太神秘了。我认为那可能在你的一生中只会发生一次。

伍德：前几天我在想《吉尔伽美什》，因为它揭示了我认为我写书时的问题。

伦敦：所有的书都有一个问题。

伍德：是的，我也觉得它们都有。我的问题是，它有点寓言化，但我不希望它寓言化，我希望它是真实的。问题是如何同时拥有这两种东西——我希望它是真的，就像我认为《吉尔伽美什》是真实的一样，但它也是神话。

伦敦：是的，这必须是真实的，不是吗？否则你将不会接受这个寓言。我认为关键是角色。我认为角色实际上是写作的一切。必须是角色，并且你必须将他们创造得尽可能真实、尽可能在当下、尽可能与他们的时代相符。因为你与他们感同身受，这样才能参与叙事之中。

伍德：嗯，你是如何在《吉尔伽美什》中做到这一点的？有这种宏伟、史诗般的品质，同时有着亲密感？

伦敦：史诗般的品质来自我遵循吉尔伽美什神话的结构，因为它就是一个史诗。这必须是去一个陌生的黑暗国家的旅程。然后，你知道事情的累积很慢。我知道那不是当代的，那是什么时候？我有点追随自己的兴趣，包括第二次世界大战前后这段时期，亚林加普的那片风景，以及一个女人和一个孩子的想法。实际上，这本身就是一段旅程，一个女人独自一人带着孩子。

我确实喜欢做研究。而且，如果我开始学习这个课题，我会喜欢阅读我所能读到的一切，我读到了有关亚美尼亚的所有信息，以及东方快车在当时是什么样的，以及你如何以可能的方式，从这里到那里，所有这些事情。我实际上去了亚美尼亚……

伍德：如果不去亚美尼亚你能够写出来吗？这次走访给你带来了什么？

伦敦：除了成为亚美尼亚当时唯一游客的奇妙经历外，我对营造每个地方的特定氛围，特别是对于旅行者，即新移民而言，更有信心。

伍德：你的早期故事发生在当代世界，然后《吉尔伽美什》是在第二次世界大战期间，后来《好父母》又设定在当代。你是否意识到是什么驱使你将书设定在现在或过去？

伦敦：我认为你越老，你对过去的写作就越多。我在艾丽丝·门罗身上注意到了这一点。她的故事曾是刚刚过去的事情，或者是在撰写时期的，关于孩子、婚姻、恋人之类的故事。现在，它们越来越多地被设定在过去，在二十世纪三十年代她的童年时代等等。或者，偶尔，故事设定在更早的时候，在十九世纪……

也许自己一生中的个别事件不再那么重要，而人们的兴趣转向过去的那些事件，这些事件是我们现在个人、或在社会所处位置的起源地。或者你在当时历史背景下观看自己的经历。

佩内洛普·菲茨杰拉德[①]是我喜爱的另一位作家。她写历史小说，如果你想考虑历史研究，她就是一个很好的榜样。她是一位了不起的

① 佩内洛普·菲茨杰拉德（Penelope Fitzgerald，1916—2000），英国小说家、诗人、散文家、传记家，1979年布克奖获得者。

作家。她的小说如此生动，就好像你在那里。没有“这是历史小说”的感觉。实际上，这绝对就是1920年或1930年的剑桥，或世纪之交的俄国。她实际上对我非常重要。

伍德：你现在在写的是什么时期，关于脊髓灰质炎医院的？

伦敦：五十年代，1954年。那时我才六岁，出于某种原因，那段时间被一种光包围着。明亮耀眼的光，他们不得不上学，还有那巨大的碎石操场，还有那么多孩子，五十个或更多孩子的班级，婴儿潮一代。我想我在一定程度上借鉴了我儿时的回忆，那时的珀斯是什么样的。我想我们都是从我们所在的地方写的。

伍德：而且你就是你，就是因为你所在的地方。

伦敦：还是我们都一样？我的意思是，艾丽丝·门罗在她的安大略小镇住，情况类似。

伍德：谁说只有特殊性之中才是普遍性？契诃夫，不是吗！我想知道某些特殊性是否来自一个小地方，因此你总是会以某种方式感到自己是局外人。你认为作家应该是局外人吗？

伦敦：我认为关于如何成为作家并没有什么“应该”！但由于工作性质，他们与他人隔绝了，独自一人长时间坐在一个房间里。他们是局外人，是由于他们承担的风险——每本书都是一种风险。由于他们的脆弱性，暴露了他们的内心世界。但是我注意到，许多作家都有一个伤口，或大或小，他们从中写作。或有一种情况，他们必须从中解脱出来的一系列情况，这成为他们小说的素材。

佩内洛普·菲茨杰拉德来自英国一个著名的知识分子家庭，是牛津大学的杰出学生，嫁给了一个无能的男人，在贫困中，她不得不在“速成学校”教书多年以抚养孩子。她六十岁时出版了第一本书。然而，这些经历正是她的闪光点，通常是喜剧小说的来源，也启发了其背后信念的深刻之处，即世界被“灭绝者和被灭绝者”所分割。

伍德：让我问你关于书名的问题，你的书名如此宏大。你什么时候获得取书名的灵感？

伦敦：通常是早期。《吉尔伽美什》必须是《吉尔伽美什》。《好父母》与其标题一起出现，因为这就是你作为父母挂在心头的事情——你是不是好的？最后，这似乎是你做的最重要的事情。但这也正好是一些人如此理想化、意识形态化的时代，所以它也应该与此有关。要做一个好人。这样得来的书名似乎是不可撤销的。

伍德：那么早点儿起书名可以帮助你写书？

伦敦：它可以做到，当然，你不希望一个书名的好主意以任何方式影响叙事方向——那必须是有机自然的。

但是也许书名的出现方式，与最初的构想同属一个体系，都意味着是小说主旨的一部分。

伍德：我没法早早地取书名。我曾经尝试过一次，但是它只是把我锁住了，没有用。

伦敦：是的，然后一切都变成了一个很大的隐喻，而你不希望那样做。但我认为有时候这样做确实有帮助。

伍德：你的新书名是《黄金时代》，它与《新黑暗时代》有什么关系吗？

伦敦：不，它来自珀斯的一间老酒吧的名字，该酒吧在五十年代改建为小儿麻痹症疗养院，这是一个历史悠久的地方，很久以前就被拆除以腾出空间建高速公路。但是，这当然是一个令人回味的名字，可能具有讽刺意味也可能没有……对于处在小说中心的男孩女孩来说，在医院的那段时间是他们回想起来感到很特别、很重要的时期吗？

伍德：你是否有某些自己最有创造力的精神状态或情绪状态？

伦敦：我认为理想状态是没有太多欢乐或悲伤的状态。良好的日常。如果有太多的喜悦，我会太开心，我会想骑自行车，我想出去看看天空……我确实不信任对自己的工作过于兴奋。我更喜欢一种中等、类似于就继续下去、不上也不下的状态。

我有时也对此感到沮丧，必须真的收工，因为睡个好觉或度过一个周末可以有所帮助。然后，你会重新获得能量。我认为能量非常非常重要。我能理解为什么艾丽丝·门罗说她认为不会再有另一本书。你知道她八十多岁了。太累了。

伍德：你在写作前一天晚上有意识地做好准备吗？

伦敦：我几乎可以做到。我不想阅读某些以特别强烈的特定俗语或声音所写的东西，或有着太引人入胜的叙事，以至于我醒来还会回想。

这让我想起了我喜欢埃德蒙·威尔逊[①]说过的话："继续前进，永不屈膝，坐稳。在晚上读一些发光的东西。"

伍德：哦，太美了……你是否认为，作为作家，自从刚开始写作以来，你已经改变了很多？

伦敦：我现在能写更长的东西了。我能够专心投入一件可能要花几年时间却可能仍不会成功的事情。

---

① 埃德蒙·威尔逊（Edmund Wilson，1895—1972），美国作家、文学评论家。

我对此很平静。这是我现在更信任自己的一部分——我做事的方式。我不再害怕了。当我真正开始做这件事的时候，我已经三十多岁了，而这件事是我一直都比其他事更想要去做的事。当我开始做这件事的时候，有一阵子我担心它会消失，第二天不会再发生。

伍德：你认为现在信任得更多具体是什么？

伦敦：我想我现在对作品的能量更加信任。如果有那么一小点的魅力、一幅小小的图片、或是一个角色、甚至是一个角色的名字让我着迷，那么它就有潜力，它可以被存在，可以找到它的形式，它的位置……它只需要工作，时间和应用。

现在越来越多地，我喜欢惊喜。即使在最小的层面上，当你在写一些有点普通或机械之类的东西，然后突然一个角色做了某件事，并消灭了所有无聊的东西……行动，我爱行动。我喜欢一个角色去*做*一些事。

前几天，我儿子通过电话为我读了纪德所说的一句话，与这些都有关："艺术是上帝与艺术家之间的合作，上帝做得越多越好。"

我写下来了 我把这些笔记写给自己。作为叙事或人物的引述、思想或想法。我越来越多地将它们写在小纸片上。我曾经有一个笨重的大笔记本，并且曾经在其中不断写东西。

但是现在，我只想很轻松地抓住它们。我越来越轻了。我有这些记事本，每个可以花一澳元购买。我把这样的纸钉住或粘在墙上，或者到处堆成了小堆。

伍德：因此，你不想仔细整理它们。

伦敦：不。我希望他们被抓住，而不是被珍惜。因为主要的精力应该投入工作。将项目完成后，我再也不会回头。我不看我的旧笔记本。有一天我会把他们都烧掉……

伍德：不要烧掉它们。你是否曾经想停止写作，干脆放弃？

伦敦：我不知道我是否想停下来，但我曾感到我应该停下来。我感到过绝望。我曾想过："如果你不打算成就一件真正好的事情，那有什么意义呢？"你呢？你曾经想停下来吗？

伍德：曾经有过，是的。当我想到时，"我永远不会拥有所需的那种思维"。有时，这是痛苦和悲伤的重要根源。

伦敦：是的！感觉到你永远都不会重现写作可以成为的样子。你是艺术脚下的女仆，爬上山坡。但是后来我想"没关系，那是我的路"。那就是让我真实的原因。我想，这就是我娱乐自己的方式。实际上，这是我的喜悦。当事物开始拼合在一起时，它就是阅读的美味，以及那些"咔哒咔哒咔哒"声的美味。创作的乐趣。而这是我唯一的创作。有时候，我认为这有些拖累我，让我没有生活，因为真的使我失去了生活，因为它占据了我的全部思想。

我现在意识到了这一点，因为我已经把小说寄出去了，我想："好吧，现在我可以做些别的事了。"尤其是在作品即将结束时，我几乎无法打一个电话——这太多了，我无法关闭，我需要我所有的一切，才能到达那里。从某种意义上说，这是荒谬的——许多作家并不和我一样，它使我无法从事园艺或做任何事情。这让我大约三个星期没有打扫房子，我真的必须这样做！（笑）但是我还没有发展自己的其他部分。你可能以为，以这种奉献精神，我已经成为著作等身的作家，但这就是必须的。

伍德：当工作陷入困境时，你会怎么做？你如何克服它？

伦敦：哦，这不是很糟糕吗？你会陷入一个糟糕的坏心情，非常抑郁。我讨厌它。实际上，我认为这通常是通过时间解决的。放手，放一会儿。如果你离开它，有时会发生一些事情，有人会说些有用的东西——有些不是作家的人会说些很简单实用的话，你会想："哦，是的！我可以这么做。"

我写下了一些吉卜林的话，他说："当你的恶魔掌管时，请不要尝试自觉地思考。漂移、等待并服从。"

我也是这么想的。在某种程度上，你放手得越多越好——但是你必须挣得这个放手，真的，不是吗？你必须深深地参与其中，然后，如果遇到瓶颈，可以去散步，或者第二天早上起床或醒来，然后它就出现："哦！现在我明白了。"

伍德：你是否有任何感觉，你的较大项目可能是什么？你是否认为有一种目的感来统一或指导你的所有书籍？我想这是一个关于你为什么写作的问题。

伦敦：不，我不知道。我对下一本书、它的内容有一定的了解，甚至是再下一本书主题的一小撮。可以这么说，我喜欢将这些作品"预定好"的安全感，但是它们是针对每本小说的想法，找出我想探索的特定主题的意义。

实际上，我不想过多地考虑作品中的某些趋势，或者什么将他们统一，因为我想尽可能以自己的方式对每件作品就它们本身做出回应。

我为什么写作？我猜是因为我非常喜欢阅读，并且因为从小我就很喜欢编造东西。

在小说中慢慢将问题解决非常令人满意。我喜欢有机会进入不同的世界，尽可能全面地探索不同的问题，我会尽我所能。尽管我知道自己作品的某些倾向及其起源，但我还是尝试着眼于所谓的"给定"，即作品的来源，以探索作品，尝试用其创作出一些东西，并将其意义公布于众。

韦恩·麦考利

韦恩·麦考利是一位擅长黑色幽默、经常令人不安、总是大胆原创的小说家。他的短篇小说已在文学杂志上广泛发表；他曾是世纪报短篇小说比赛①的获奖者，作品曾入选《澳大利亚最佳短篇小说》和《新澳大利亚短篇小说》选集。他的首本长篇小说《带铁丝网的皮划艇蓝图》(*Blueprints for a Barbed-Wire Canoe*)由黑胡椒②于2004年出版，并被收录在维多利亚州的中学VCE英语阅读清单③。他的第二本小说《房车故事》(*Caravan Story*)被提名为2007年年度读物，而他的作品集《其他故事》(*Other Stories*)入围了2011年昆士兰州州长文学奖。他广受好评的小说《厨子》(*The Cook*)在澳大利亚由文本出版社④发行，并在加拿大、英国和土耳其出版。它被ABC国家广播、《澳大利亚人报》《星期日先驱太阳报》和雷丁书店⑤列为年度小说，并入围了西澳大利亚州长图书奖、维多利亚州长文学奖和墨尔本奖最佳写作奖。它获得了2012年首届“最被低估图书奖”。他的最新小说《恶魔》(*Demons*)于2014年发行。麦考利在墨尔本大学辅导创意写作，他承认对这个工作感觉有点矛盾；他还在剧院里担任编剧、导演和戏剧顾问。他与他的伴侣，演员兼戏剧导演苏西·迪住在墨尔

---

① 世纪报短篇小说比赛（The Age Short Story Competition），创立于1979年的短篇小说比赛。参选小说必须是未发表文章，且少于3000词。

② 黑胡椒（Black Pepper）出版屋，创立于1995年的澳大利亚独立出版社。

③ VCE，澳大利亚维多利亚省的证书教育，针对在该州完成11年级和12年级教育的学生所颁发的证书。

④ 文本出版社（Text Publishing），位于澳大利亚墨尔本的独立出版社。

⑤ 雷丁书店（Readings Bookshop），墨尔本连锁独立书店。

本，并与她育有一个女儿。

麦考利多年来拥有一批崇拜者，但直到小说《厨子》发表，他的作品才开始吸引更广泛的受众。在这次采访中，他坦率地谈到了艺术上的成功与失败、知识的自由和对古典文学的热爱。他对自己受到影响的例举明显是政治性和男性化的，从柏拉图到塞万提斯，从笛福到斯威夫特和伏尔泰，再到奥威尔和贝克特。虽然他在其他采访中提到了库切和塞巴尔德，但在我们的谈话中，他口中反复出现的是过去的名字。

麦考利举止温和，投射出即时的热情；他是那种在女性的陪伴下显得完全自在的男人。此次采访在布伦瑞克他与迪住处的厨房餐桌上进行，他经常提到她的戏剧作品对他的小说产生的影响。我了解到，他自己过去在剧院的经历也是一个很大的影响。我首次被麦考利的写作所吸引源于《厨子》中他的创造性语言和敏锐的观察力，这是一部讽刺当代生活富裕和我们对食物作为娱乐的文化迷恋的作品，但在为本次采访作调查的过程中，我发现《房车故事》是他的书中我最喜欢的一部。这个超现实的、阴险的黑色喜剧故事质问了艺术与国家间的关系：一个城市的视觉艺术家、作家和演员们被公交车围捕，送入一个病态的农村社区，在一个不清不楚的政府机构的支持下，和一位备受折磨的艺术行政人员的具体指示下，他们被安置在房车中，被喂养并投入“创作艺术”过程中。主角是一位名叫韦恩·麦考利的作家，他很快发现用自己的作品来取悦的努力注定要失败：所有作品的拒收单已经预先打印好，并在管理员的抽屉里等待分发。正如我们采访中讨论的那样，《房车故事》可能是在恰到好处的时候出现在我面前，但是在我看来，这也给了麦考利的个人文学计划充分的自由发挥空间——是对当代澳大利亚社会政治关系的尖刻审视。

我是在珀斯作家节上第一次见到麦考利的，当时《厨子》刚刚发行。在座谈会上，他深思熟虑的回答让人印象深刻，尤其座谈会的形式和时间的限制常常让复杂对话无法进行。他给我的印象是一个独立而富有人情味的思考者，在此后其他会面中也得到了证实。每次与他交谈时，他的聪明谦逊、乐于挑战和风趣幽默都给我留下深刻的印象。

夏洛特·伍德：你能告诉我一些你在剧院的背景吗？

韦恩·麦考利：嗯，我可能是在十几岁的时候才开始写作的，当时我和许多人一样，首先开始写糟糕的诗篇。我从 12 年级[①]开始在老师的影响下开始写作。我当时已经在写一些秘密的诗歌，但是后来她向我介绍了很多我不知道的书和戏剧，这使我头脑中已有的那些东西充满了活力。我不是很喜欢学校，只有那一位老师让我对文学感兴趣。

我开始写文学作品，但是戏剧总是存在。我们离开学校后，我最好的伙伴，一位现在生活在世界另一端的作家，去了当时的鲁斯登州立学院——一间戏剧教学学院。因此，我从很早就接受了这种影响，而且我还读了很多戏剧。

我旅行了一阵，从事一些体力活。然后我申请了维多利亚艺术学院。那时，这是一所颇具声望的大学，但是我真的对此了解不多，我在星期六的报纸上看到一个写着“艺术”的广告。我只记得这些。它说维多利亚艺术学院，我只是知道那是我想做的。（笑）这个词。艺术。我就知道。我已经在大学读过一年，退学了，然后我旅行和工作。我作为作家进入 VCA（维多利亚艺术学院），但是我只参加了三

① 相当于中国学制的高三。

年课程的两年。除了高中那一年，我不认为教育机构和我合拍。

伍德：在 VCA 你是在写剧本吗？

麦考利：是的。在 VCA 的第一年是在各个方面都是非常有影响力的一年，因为那个阶段你需要参与全部课程，所以我参加了表演课、形体课、语音课，我还参与了制作：舞台管理、灯光之类的这些东西。那是一次了不起的经历。我可以表演，参加各种排练和研讨会。我能够作为助理导演与一位重要的讲师一起工作，然后导演我自己的东西。除此之外我也还在写作。那真是一个令人振奋的时刻，我肯定还在坚持利用我从表演中学到的一些东西。实际上，我很快就放弃了表演，但是那几年我学到的对我影响很大。

伍德：表演和虚构写作之间有关系吗？

麦考利：大概在最近几年，我已经更多地意识到了这一点，即栖息于一个角色、用特定声音说话的概念。同样在表演课上，我学到了完全地活在当下，存在于此时此刻。对我来说，这很强大。当我看到最完美的表演作品时——让你叹为观止的作品，你知道演员完全存在于角色中，并且完全存在于当下时；同时他们也意识到空间的能量，以及观众。你懂我的意思吗？当我全心投入于写作时，我想我正努力做到这一点。我正试图找到一个地方，可以去完全存在，但我也能意识到我的观众或读者。

在大学二年级的时候，我遇到了我的伴侣苏西，她是一名剧院导演。我们的交往已经延续三十多年了，这张桌旁总是坐满演员，进行专题讨论、阅读、交谈、分析和发声。所有这些东西很明显都会被吸收进你在三维虚构空间中构建场景的方式。我看过苏西在剧场里这么做，我观察到了一位好导演所具有的空间意识。

这非常令人着迷，并且确实融入了我的写作中。如果你去想一本小说——具体的位置、其中的人物，从某种意义上来说，一切都是一场表演。即使是最现实的作品也有一些表演性——你是在给演员上发条，去做一些事情。

伍德：舞台的想法在你的作品中似乎很普遍。你所有的小说都设置在封闭的空间中，大部分处于一个封闭的社会中。

麦考利：我想我最近也才意识到这一点。毫无疑问，这是我从为戏剧写作中无意识间学到的东西。这并不是说没有那种在多个地点发生的好戏，但说真的，对我来说，最好的戏剧，最难忘的戏剧，实际上是在一个地点实时发生的。举例说，就好像对契诃夫的极好诠释。一个典型的契诃夫作品就会是那种情况，只有一个地点，在其中我们看着世界展开。

伍德：正如我的编剧朋友大卫·罗奇（David Roach）教我想到的那样，这个“单一舞台”对于在小说中构建压力非常有用。

麦考利：是的，我想就是这样，压力的构建，那是我的关注点。显然，有一些小说家与我截然不同，他们建立了一个魔方世界，在时间和地点上错位——这是一种拼图游戏。我很欣赏这种技巧，但这是我从来没能够做到或者是我从未感兴趣过的东西。我只想看看当你将人们放在一起、在压力之下时，他们会做什么。

伍德：你的小说很有趣，因为你的角色似乎常常被困在一个地方，但实际上并没有违反他们的意愿。他们是选择这么做的。

麦考利：我想这可能又与剧院有关。老生常谈的第四堵墙①，以及演员是否选择走进观众席去打破它。这种张力。但我也认为，这可能

① 第四堵墙，戏剧术语，指演员与观众之间虚构的“墙”。

是出于我对于澳大利亚这个国家的不满，一个我长期关注的主题。自由的概念，以及你如何使用它。我想，这就是真正的虚构——去探索可能性的极限。换句话说，就像你为这些年来一直被关在笼子里的鸟打开鸟笼一样——这只鸟真的想要出去吗？我觉得我们在这里拥有无限的自由潜力，但是我们被困住了、被固定住了，没有探索性。我们不会穿过笼门。我们被允许去我们喜欢的任何地方，并以某种方式做我们想做的任何事情，我们却不去抓住这个机会。

伍德：我们的笼子由什么组成？

麦考利：首先，我认为这是自满——彻彻底底的自满。又是什么滋生了自满呢？我不知道。我想是这个问题：在充满无限可能性的世界中，你选择哪一个？我的意思是说在心理上，在国家的大脑空间中——如果这样的东西存在的话。你会一直看到这被反映在政治中。但是即使从微观上讲，我也认为澳大利亚是一个尚未实现其潜力的国家，我猜主题上来说，这是它们起源之处……我把角色放在封闭的环境中，但我总是敞开大门，看他们是否能够走出去。有一些角色确实会这么做。有一些会建议可能有一些比这更好的做事方法。但大多情况下，他们因自满而被困住。

伍德：你经常被描述为讽刺作家。这是你对自己的看法吗？

麦考利：这真是一个困难的问题。我欣赏伟大的讽刺作家。我喜欢斯威夫特，被贴上这样的标签我也无所抱怨。但是我认为在当代世界中，讽刺的概念已经被贬低了。在喜剧小品、电视喜剧、电视讽刺剧、商业电台广播讽刺节目问世之后——我不知道。如果他们在“讽刺作家”之前加上“古典”，我会对那个标签感到非常满意。

我喜欢像斯威夫特一样，深入研究政治文化、国家的心境。讽刺的诀窍是去攻击敌人的制服；采用你不一定喜欢的角色，但必须完全栖息其中。我的意思是，这就是纯粹的讽刺，当你可以招募你不特别喜欢的人并揭露他们的缺点时。这就是斯威夫特的所做的，我认为那是很棒的讽刺。

实际上，我不知道我是什么。（笑）我有路标，我有像斯威夫特这样我喜欢的作家来设定我的路线。但是我的阅读和文学爱好都非常折衷，甚至很古怪。所以我真的不能给自己贴标签。我仍然不知道，因为一切都有点像一个实验。我确实认为每本小说都是实验。有时可能会发现我是实属一个讽刺作家，而这些小说的有些段落也会将我放入这个篮筐中，但总的来说，我认为我只是在尝试一些东西。

伍德：你认为你写反乌托邦小说吗？

麦考利：这从来不是我所选择的，它就是以这种方式写成了。我似乎是一个“不快乐结局”的人，我不能说我对此有深刻的了解，我不知道。我想我对世界有一种悲观的看法。这一点我很早就知道了。很多作家都是这样，由于对世界的不满，我们很多人开始写作。我们实际上对我们所在的地方、所穿的衣服或是所着的皮肤都不满意，我们正在努力推翻这一点。一些基本的悲观主义或反对性通常是促使任何人开始写作的主要动力，我想我就是这种情况。

可悲的是，经过三十五年的努力，我还是没有改变！我仍在与这个世界抗争，所以我写的任何反乌托邦都源自于此。我的作品还有一些科幻小说的因素。换句话说，其中没有太多的过去，但是有很多现在和很多未来。

伍德：你能谈谈这种科幻的因素吗？技巧与现实在你的小说中是如何联系的？

麦考利：嗯，这又回到了剧院。关于剧院，它有一种难以置信的人造性，但它也可能具有颠覆性。它可以代表现实，也可以成为现实——舞台上的演员——都在一瞬间呈现。演员是一个活生生的、呼吸着的人。他们有肺、心脏、四肢。他们在那里，他们存在，他们却假装在另一个地方，假扮成另一个人。这种对我所做的具有人造性的意识使我无法成为一个真正的现实主义者。

但是，我甚至都不理解现实主义是什么。我最近重新阅读了《包法利夫人》，莉迪娅·戴维斯[①]翻译的版本。这是一本精彩绝伦的书，却又是被构建的。对我来说，这是一个了不起的现实主义作品，但不可能忽视其中的人造技巧。

我认为我的工作方式就是在脑中非常仔细地检查事物。我倾向于非常认真地审视脑海中的想法、图像、角色或其他东西。如果你长时间密切、仔细地观察真实的事物，它就会变成其他事物。它向你揭示出它自己的深刻性和复杂性。

伍德：以及它的荒谬之处？

麦考利：以及它的荒谬之处。因为你以一种你在平常生活，或我们称之为日常，或真实之中根本做不到的方式看待它。幸运的是，我现在已经能够走这个钢索，艺术与生活之间的钢索，所以我不会发疯。但是在我工作时，在一天中的某段时间，我以一种非常紧张的方式看着世界，而这样做很难不将其变成其他事物。通过纯粹的努力审视这个行为，它几乎被转变成了其他东西。我认为就是这样。我认为我不曾有意识地构建其他世界，这不是我会做的。例如，我从未读过科幻小说。我对此完全没有兴趣。从某种意义上说，我的信念是在这个真实的另一端，有另一种真实存在。

伍德：这样的表达真是美。你认为你会写一本纯粹的现实主义

① 莉迪娅·戴维斯（Lydia Davis，1947— ），美国短篇小说家、散文家、翻译。

书吗？

麦考利：我有一点想。还是实验性——只是要找出那种感觉。我不确定我是否可以。有人说，我想可能是反讽，“《恶魔》是麦考利想要成为现实主义者”。我当时没有意识到这一点。我的意思是，我认为这是一种技巧，它是一种建构。

伍德：对我来说，《恶魔》仍然有着戏剧感，人们上上下下舞台去讲述他们的故事。

麦考利：是的，非常准确，这就是我的初衷。但是奇怪的是，对于某些读者来说，那些人在那个空间的来来往往说明它是“现实小说”。荒谬性被包含在这些故事里，但这都是设定在一个房子里，房子被描述为真实存在的。那里的每一个人物都有姓名、被介绍，且他们以这样那样的方式行动，所以这一切都肯定是真实的。但是从我的角度来看，正如你所说，我正在打造一个舞台，并让我的表演者加入其中，看看他们如何表现。

伍德：当你开始写一本新书时，你对它了解多少？

麦考利：不是很多。嗯，我的潜意识里了解了很多，很多作家都谈论过这个问题，说是一个想法如何在表层之下长期冒泡，然后冒出来。对我来说这是真的。我对写作很迷信。我非常清楚，这些可能随时在某一刻完全变成垃圾。因此，这就是我不愿过度计划的原因。

在更深的地方，我实际上知道将要发生的一切，但是我拒绝承认我知道。到了确实要冒泡的时候，我想：“好吧，我要写这个，我要试试看。”

然后，实际上，我确实有一个计划，可以执行大约一到两张 A4 纸。在我开始写《厨子》的前一周，我写了一页半——我依然保留着这个文档——来描述它将会如何发展。我实际上在各个部分旁标注了页数："这将是六十页，这里大约是八十页。然后我到达那儿，然后你去那所房子，然后差不多这样那样，那小小的尾声就会发生。"

几乎就是这样。我不知道每个部分究竟会发生什么。但是我有……你会怎么称呼它？一个主题，一个理由。我想这就是讽刺作家的来源。我有一个写作的理由。我与我自己的文化、自己的时间相互动。我有一个开始的理由。

伍德：让我们继续以《厨子》为例。你写那份一页半的东西花了多长时间？

麦考利：我就在一个下午完成的，差不多在我开始写这本书之前的一个星期。是这样，我一直在草拟一些小笔记，不是很多，但只是在笔记本中写一些小笔记，这样写了一段时间，可能写了两年的时间才开始写这本书。然后，有一个时刻，我说："我想我要写这本书，所以我将从……哦，二月四号开始。"因此，二月四号前的一周，我想："我该怎么去做呢？"我相信，写小说的一部分是关于数学的。（笑）页数乘以天数。我的意思是，我对数学很不擅长，但这就是计算器的用途。我想，我要花九个月的时间写这本书的初稿，比如说大约两百页。那么，该如何实施，这又该如何能合适呢？到那时为止，我知道我正在写一本关于与饮食文化与资本主义相关的讽刺作品。这是我知道的。那时已经被反复咀嚼的东西。那就是在冒泡的。写小说——那些日子，那些页数——是在问，这是怎么回事？世界上这个奇怪的东西是什么？发生了什么？为什么这会这样呢？

伍德：那么这个主题就会维持你的兴趣？

麦考利：是的，这很重要。一个角色无法维持我三年的兴趣，但是为什么食物的堕落似乎与经济动荡相匹的问题却可以维持我。关于后冷战时代随着晚期资本主义兴起而发生的事情的问题——这些事情可以使我保持三年的兴趣。因此，首先这些我都要有，否则我不会早上起床。那就是将本书推进到最后的引擎。

伍德：关于角色的发现呢？这是困难的工作吗？

麦考利：嗯，这是自发性的部分，我不想要过度计划的部分，而且我相信这一点。也许这又是剧院——你从漫长的研讨会和演练期间中发展角色的方式：一个角色在进入世界时并没有完全成形。它需要努力，它需要发掘，这是演员所做的，他们找到自己的角色。我真的很相信这一点，而且我认为我所有角色在此过程中都发展很好。

即使是《厨子》的男主角扎克，我的意思是他在提纲中，而且他将为我实现某些效果，这我知道。但是他在一个场景中会做些什么，或者他会如何对另一个角色产生反应，以及他在本书中如何让我渐渐喜欢上，这是未知的。实际上，作为一本第一人称的书，写作之美的一部分就是从内部认识他。

伍德：这本书中的声音确实很特别，在我看来，比别的都更特别。

麦考利：嗯，这是实验产生的。我以前从未以这种方式写过书，在某种程度上，我一直不信任完全栖息在角色中并让他们自己发声的想法。我无法阅读这样的书，直到我发现自己实际上并不想写扎克的口头语言，但我想要写他的内在想法，而这是一个非常不同的事情。是完全不同的事情。去跟踪一个人的想法、追逐一个人的想法，这才是我真正想要做的，这与尝试模仿他的讲话截然不同。

伍德：你之前说过你对写作很迷信。你能详细说说吗？

麦考利：嗯，我在二十岁的时候经历过很长一段时期，当时我写了一本小说，但最终还是把它销毁了，我把它扔掉了。当然，我没有接受文法学校教育[①]，也没有大学教育，我确实在自学，而我当时没有准备好。然后我经历了一段写得很少的时期。在那段时间里，我读了很多书，记了大量笔记，并记日记。但是我没有写作。我的意思是，我们可以称它为“文思枯竭”，但实际上我认为，这只是我需要的成长时期。

那段时期确实持续了很久，我开始害怕，也许我正在获得所有这些知识、所有这些东西，但是我还没有将它们付诸实践。因此当我终于再次开始写作时，是一个漫长的短篇故事使我走出来。几乎一夜之间，我终于找到了自己的风格、声音和感觉。但是自它出现起，我开始变得疑神疑鬼，生怕它会再消失。最近这样感受变少了，非常少。因为我已经能够更好地管理它，并且了解了我们所有人都需要执行的、可以使我们继续前行的技巧。所以现在我更擅长了。

我现在在教书；这是我教书的第三年，但我仍然觉得它极具挑战性。我实际上很享受它，我喜欢它，它很有趣——但是如果我退后半步，我会想：“哦，你没办法去教授它！”我并不是在尝试去教授它，我只是想激励人们去做一些事情。我确实对我的学生说这句话。但是，所有这些与创意写作课程激增、作家节、对作家的兴趣以及对作家写作方式的兴趣有关的废话……所有这些事情都有着降低它神圣性的东西，而我在某种程度上仍坚持着这种神圣性。

伍德：作家对于说这样的话有些避讳，但是我也有同样的感觉，有时候这种追求几乎是有些神圣性的。

麦考利：肯定有，为了继续做下去，为了继续有意义地做下去；为了用艺术去做，而不仅仅是手艺；为了能够真正融入你的某些人性，它的心境一定不能轻浮，不可风趣，不愤世嫉俗，不被用完即

---

① 文法学校（Grammar School），在澳洲通常为高学费私立学校。

弃。不能通过说“如果将这个词放在那里、那个词放在那里，你将得到一个很好的句子”而被削减。不仅如此。当然，不仅限于此。

我认为迷信是一种感觉的一部分，让你相信每天早晨到桌前可以写出几页好东西。这是一件美好的事情。我想我仍然以某种光环，神圣和迷信包裹着它，因为这是我是谁以及我在做什么的核心。我相信每个人都或多或少这样认为。每个人都必须如此。

伍德：让我们谈谈走进你书写时的物理空间，进入写作状态。对我来说，每次我进入那个房间时，总会有一些阻力，有一丝丝的恐惧。对你来说是怎么样的？你有很严格的写作日程表吗？

麦考利：是的，我有。值得庆幸的是，我现在没有那么多恐惧了。我尝试在进入时带着中立的、允许任何事都发生的态度，诸如此类的想法。

我想我以不作准备来准备——这就是我在工作中的迷信。当然，这与习惯和常规有关，每个人都知道。我会早起、洗个澡、吃早餐。然后我读报纸。我发现我需要在开始工作之前先作一些阅读，但是我不一定想阅读会对我影响太大的东西，所以我首先会阅读报纸。这只是让大脑从缓慢的滴答声转变为更快的滴答滴答声的好方法！

然后我去书房，我八点会到那里。有时候，我六点三十分或更早的时候到那里，例如，之前当我写《厨子》时。我在那儿放了一把漂亮的扶手椅，放在那儿正合适，我通常坐下来，阅读几页我当时正在读的书，那不一定是我在家里阅读的那本书。

不过，我会注意不要读太多。我的意思是，我可能会把那本书带回家里，然后在沙发上读一个小时，如果那是一个有趣的点，但是在开始工作之前，我只会读几页，只是为了调节一下大脑。去听听节奏，看看句子。“好，行了。这样就够了。”

然后，我会工作三到四个小时。我写在笔记本上——这些都是

Officeworks[①] 仍在销售的便宜的红黑笔记本。我认为它们有一天都将消失；我不知道到那时我该怎么办。我每一页手写差不多四百五十个词，大概是这样，我的常规是每天写两页。

前一天我会写两页，然后就合上笔记本，将它们放在一边。所以我做的第一件事就是打开笔记本，回到昨天的开头之处。为了进入状态，可能还会读这之前的半页，然后再阅读前一天写的内容，对其进行第一次的编辑。

伍德：所以你会修改它，在你写新东西之前？

麦考利：嗯，如果它非常好的话，我并不会，但往往是我尝试着进入一个我不会问太多问题的状态，我会让事情发生，所以这意味着句子经常很匆忙，而且凌乱，我甚至可能忘记了角色的名字，类似的事情。这总是有可能的。因此，我会做一个基本清理，让自己知道这两页已经确定。它们显然会在拟稿阶段被大量改动，但目前已能确定好。我对此很高兴。同时，这样做确实让我感到焕然一新。它告诉我我在哪里，我在谈论的是谁。只是把脚趾放回去，然后说："好吧，我在说些什么呢？"希望在那个时候，这是令人兴奋的，因为你会说："哦，这真的很好！"

然后我到达空白页。我写在右手边那一页，在背页上记笔记。然后，在每次写作结束时，我在停止之前要做的最后一件事就是标出我明天要做什么，或者是下一步会去哪里。然后我合上笔记本，就这样而已。

伍德：这听起来很有秩序。所以你按时间顺序写作？你是从头开始，然后渐渐朝着结尾写作？

---

① 澳大利亚连锁文具用品店。

麦考利：是的，我是这样，十分规律。真是疯狂。我手写下所有的东西，而且我按照时间顺序写。这形成了一个模式，有时候，当一切都轻而易举时，背页上几乎没有任何笔记。

不过，通常我会在该页上做的是，写下第二天的第一个短语或是句子，因为有时你不想长时间盯着空白行。你明白在事情变得有趣时就停下脚步的感觉吗？这也是的。即使只是一个短语，我实际上也会写在引号里，里面加上点、点、点，就好像是“如果作家没有被公交车撞到，这就是他会写的”。这样下来，我知道接下来会发生什么：我有第一句话了，开始吧。（打响指）

伍德：为什么手写很重要？

麦考利：嗯，每次我开始一本新书时，我都会质疑这种手写的想法。对于有些书，我用这种方法写了所有内容，一直到最后那个句号，然后才会走近键盘。这非常混乱，但是我已经追逐和跟踪所有渺小细微的多余的句子和其他东西。我知道我能够阅读这些纸页，因为我每天早晨都在工作之前阅读它们。然后我就将它们键入电脑，几乎像一个速记员一样。

伍德：那么在你打字之前不需要重新起草吗？

麦考利：不需要。当然会有一些非常轻微的。但是，在那个时候，我的任务实际上只是将这个东西打完，将它呈现到页面上。这是一项繁琐的大块头工作，日复一日地进行着，只是打字、打字、打字。然后，奇迹般的一天到来了——因为这本来只是韦恩的想法，韦恩的怪异笔迹——我按下打印按钮，它被打印出来，它就在我的眼前，这就是开始。

这是一种非同寻常的感觉，因为那是我真正开始精琢的时候。

我实际上真的相信这种手眼的配合。我认为二十或三十年的计算机发展没有取代人与工具。我反而更相信——与我打字相比，书写对我来说更真实。但是另一件事是，我们在数不清的屏幕前花费了太多时间！因此，对于这段可能要花九个月到一年甚至更长时间的工作来说，我是不会早上醒来就盯着另一个电脑屏幕的。

伍德：听起来确实有纯粹的感觉。

麦考利：是的。它非常安静，只是笔尖的摩擦，和你对它的观看。当然，这是老式的，我了解这一点，但是看到页面上的笔迹——对我来说，它非常美。实际上，这很凌乱，但在某种程度上却很美。当你在清晨看到它，看到它的质感，看到它就在那里，感觉好像它正在开始一样。

伍德：你在改变我。我正在改变信仰。

麦考利：（笑）重要的是，看到字迹，看到它们从大脑生发出来，经历开始几页的混乱，再到你将它们键入时，比起直接打字，你会更清楚地看到句子之间的化学反应。我发现这真的很有价值。

伍德：我想谈谈你的作品的内容和结构。比如《恶魔》，以及故事中的故事这个概念。是什么让你对此感兴趣？

麦考利：我很想探索虚构作品中讲故事的人这个概念。我想看看一个角色开始看似在说话、然后变成讲故事的人会是什么样子。去创立很多角色，让他们说："我要讲一个故事。有人讲给我二堂兄听的，你可能已经听过，听起来像这样。"然后将这种声音转换成讲故事的人的声音，这在我自己的短篇虚构小说中经常使用。我的大多数短篇小说都在故事的背后有一个讲述者。

伍德：我对你讲故事的热情很感兴趣，而这现在似乎被资本主义和社团主义所借用。当“叙事”成为了一种营销工具时，怎么才能仍旧相信讲故事呢？

麦考利：嗯，我想尝试通过《恶魔》所做的一定程度上是证明讲故事是技巧，但只要你能承认它是技巧，那么它实际上就能说出真相。我想要至少把它晾在旗杆上，让一个读者看一看，思考一下，把它放在旗杆上，让读者看一下，然后对此思考一番，这样下次当他们在电视上听到白痴胡说八道时，他们可能会说：“好吧，讲故事的人。知道了。就是这样。”

伍德：已有相当多的人讨论朱莉亚·吉拉德[①]的政府没有正确的“叙事”，而每个广告，甚至每个企业现在都必须有一个“故事”。

麦考利：哦，天哪，这个词被滥用了！一点也没错。这是试图在操控他人。我想这就是我想要说的。我回想起那些超现实主义风格的交通事故的公益广告。车祸，一个女孩在路边流血，恐怖，恐怖。那是经典的讲故事，这些广告真正开启了如何运作一个迷你故事的概念，一个微型的故事，可能就两分钟……我的意思是，这些是好的宣传，但是它们使用的是超现实主义的故事叙述，因此其中似乎看来没有任何技巧，但是如果你听小提琴，并且听到最终的画外音，你就会意识到它们具有多么难以置信的操纵性。为了好的目的，当然。但是，我们将这一整套东西——他们已经这么做了——带进大企业，发布公司广告，并且以所有这些快乐的人开展叙述。戴着安全帽。许多愉快的女性戴着安全帽为煤炭公司工作。我想我要说的是，我正在要求夺回这种技巧。我要拿回来。（笑）这是我的，是我们的！而且如果我们知道这些是技巧，我们可以将其用于好的目的而不是邪恶。

---

① 朱莉亚·吉拉德（Julia Gillard，1961— ），第 27 任澳大利亚总理。

伍德：我对你设置背景中的物理衰败有很大的兴趣——建筑物正在坍塌，那是什么意思呢？

麦考利：我不知道，除了衰败这个词，你现在如何总结这个世界？（笑）我的意思是，地球的每片土地，就算没被开采过，也都被探索过了，很难再看到任何再生与更新。我想如果我瞥见未来的话，我的确会把它看作像《银翼杀手》[①]一样。那部电影的艺术指导真惊人。我希望看到一个不同的未来，但是我看到一个在逐渐衰落的未来。这是一个前摄性的问题，因为我想你是对的，我确实看到了衰败和崩溃，这是我很多作品中的共同主题。

伍德：它产生了有趣的效果——即使，正如你所说的，你的故事几乎总是被设定在未来，但这种衰落意味着每个人都经历过的过往。这有一种浪费的感觉——对资源和期望的浪费。破碎的理想感。

麦考利：嗯，我想这就是我要说的。回到我们关于这个国家以及我们是谁的对话——所有这些丧失了的潜力。我想那仍旧打击着我。换句话说，也许我是在说："如果我们继续这样做，它会是什么样？"我忍不住要回到那个主题。我不能过于乐观地去看，这太难了。这并不是被我可以指明的、个人生活中的某件事触发的，我认为这是看到自己处于历史线上的某个特定时刻，处于特定的社会中。

伍德：你是否曾是一名理想主义者？

麦考利：我认为我实际上极其理想主义。那就是问题所在！（笑）如果我没有考虑所有的可能，如果我只是想："哦，这就是这样的。这挺好，很好。还有什么？"我会大不一样。但是我确实有理想主义——当我思考它时，这是荒谬的、可笑的理想主义。显然，理想主

---

① 《银翼杀手》(*Blade Runner*)，1982 年上映的美国反乌托邦电影。

义者总是失望的，我想我是那些失望的理想主义者之一。其他人可能会称我为悲观主义者。我并不是说我在生活中的举止证明了我的理想主义。我尚未选择担任社区工作者或政治家。那是我本该做的。但是我是作家。通过这样的镜头观看它会影响你的所见。

伍德：我想知道所有作家是否都是失望的理想主义者。

麦考利：嗯，这可以追溯到原始的驱动力。我们看着这个世界，我们对此感到失望。你怎么办？我想，你尝试对其进行分析。这种失望可能与世界无关。对于许多作家来说，这是因为他们自己的残破、一个裂缝或一个伤疤，或其他那些说明他们不快乐的东西，无论是在他们自己的皮肤里，或是在他们所处的位置。我不知道自己是否天生就是悲观主义者。我当然是……我很小的时候就失去了父亲，那时我才二十岁。

伍德：我的父亲是在我十九岁那年去世的。

麦考利：作家之间有一个共同点。我们不是唯一的……显然，当你在刚开始以大角度思考世界以及生命的意义之时，失去一个亲密的人，会影响你的世界观。然后上帝说："生命没有意义。滚开。"（笑）

因此，显然有一件个人的事改变了我的观点——因为过多考虑死亡肯定会做到这一点——关于我们为什么在这里、这会持续多久以及其意义所在。我想我们作为作家向世人表明我们对这种人类愚蠢的失望。

但是，如果这个世界是一个完美的地方，它会反射到我身上，并说："不，韦恩，不要失望，不要破碎。这是一个美丽的世界。你父亲英年早逝并没有关系！"（笑）但是，对我而言，情况并非如此。并不是那个世界。我的意思是，我生活在一个快乐、自由的地方，但是如果将目光投向全球，并看到澳大利亚在其中的位置，那么我对所见所得并不满意。

伍德：回到你的反乌托邦，过去几周，在我阅读你早期的长篇小说，尤其是《房车故事》和《带铁丝网的皮划艇蓝图》时，我感到十分不安；我在你的作品中发现了很多与我目前正写作品中相似的图像，那也是有点反乌托邦。诸如开枪射击兔子、公交车运送人们并将他们带走，还有电力中断这样的事。我想知道这些是不是我们民族心理中的符号，某种程度上，是被内化了的澳大利亚反乌托邦形象。

麦考利：这真是有趣。因为在我写完《带铁丝网的皮划艇蓝图》后，我看到了许多其他澳大利亚作家也写了射击兔子这件事，用它作为一个世界边缘的画面，一种文明终结的图像。还有公交车！公共汽车在我的作品中发挥了重要作用（笑），这很有趣。我不一定常常赶公交车。是的，但公交车也有非常重要的作用。

伍德：在这种情况下，他们似乎有一种运牲口的火车的感觉；这挺有威胁性的，尤其是在《房车故事》中。这样，那本小说关于艺术和艺术家说了许多相当尖刻的话。有一刻，你的角色韦恩·麦考利将艺术家描述为“受过高等教育的垃圾箱”。你认为这就是主流社会对我们的看法吗?

麦考利：对于一部分主流社会，是这样的，但不是所有的。我想说的是，自从我写《房车故事》以来，情况已经有些许改变。我认为自那以后，我们的声誉可能一直在上升。

我讨厌说“看看海外，看看那里发生了什么”，但是，比如说，将欧洲许多国家作家的待遇与我们这里的情况进行比较。我说“待遇”，指的是经济上或其他方面的支持。我认为有差距。显然，这就是我的讽刺作家部分、斯威夫特的那一部分所起的作用。夸张是讽刺作品的重要组成部分——仔细观察着真实，以至于它在你面前放大，看起来荒唐、诡异和奇怪。但这距离我们只有一步之遥。

《房车故事》中发生的事情是，一方面，有这样的看法认为艺术家是多余的。

伍德：他们是一种瘟疫。

麦考利：是的。但也有人认为这场瘟疫是由帮倒忙的艺术管理人员创造的，对吗？他们主要使用艺术品销售产品。产品，对他们而言，可能就是政治资产、旅游业，这一类乱七八糟的。我在2000年代初写了《房车故事》，这个想法已经达到顶峰：艺术本身并没有用，它必须与经济学联系起来，否则你们就没有艺术，好吗？艺术资助机构发生了变化，企业开始使用艺术作为为产品热身的方式，给人以模糊的美感，因为“我们都喜爱艺术家”。所有这些都准确无误。但是，在《房车故事》的所有冷嘲热讽中，我确实提出了这样的想法，即可能艺术之所以存在，仅仅是因为它确实存在，而且它不必为自己辩解。但是，如果你曾经写过澳大利亚理事会的申请书，你就会明白我的意思。（笑）

伍德：好吧，我必须告诉你，在上周我被任命为澳大利亚艺术理事会文学部新主席。

麦考利：是吗？好吧，那很好。《房车故事》恰在合适你的时候出现了！（笑）

伍德：鉴于我找到了这个陌生的新地方，我对《房车故事》钟爱的一件事是它仔细审查了政府对于艺术所用的语言的平庸性。还有政府与艺术家之间的关系。在《房车故事》中，你说的不应该有这样的关系——一个艺术家只有没有这种关系才能够自由。

麦考利：嗯，有时候我真的很强烈地认为它可行的方式，当然在这个国家，就是他们应该完全脱钩。现在，我今年刚刚获得了澳大利亚艺术理事会的补助金。在三十五年的申请中，我获得过两项补助金。但是，我们所有人在申请过程中肯定都会出现焦虑感的累积——我知道很多戏剧界的人在那个时候申请他们自己的东西，他们有着这种焦虑感，一种绝望感，为了找到语言、写下语言，以及去理解语言以便将它写下。因此，在这多年间，你学习了这种语言，你变得非常擅长这种语言，然后有一天，差不多就是我写《房车故事》的时候，你看着它，然后想："那是什么语言？什么？平时，即使在酷刑的痛苦之下，我也不会讲这种语言。"

我想，这就是在这个国家，艺术家与政府之间的关系。这是好关系吗？不是，如果你必须克服种种障碍，筋疲力尽才能到达彼岸，那还能算好吗？我真的不确定。那是《房车故事》提出的前摄性问题，但在我的一些朋友间却不算受欢迎。问题是政府希望继续支持我们。他们想爱我们。他们爱我们，但是那爱对我们真正有多少价值？有多少价值？

我看到过人们因此而变形扭曲。好像你必须成为另一种艺术家才能成为澳大利亚艺术委员会支持的艺术家——对不起，但是我已经见识过了。这些是我在问自己并用来讽刺挖苦自己的问题。我认为《房车故事》中讽刺的最大受害者之一就是那个叫韦恩·麦考利的人。某种程度上来说，我不得不问那些问题以便继续下去。只是为了能够清除我头脑中的声音，然后继续前进。

伍德：你在那本书中还引人入胜地写了艺术家与评论家之间的关系——你暗示了被评论家忽略是最大的自由。你与批评有怎样的思想关系？

麦考利：看，所有这些——就像你现在在采访我一样——这对我来说都是新的，所有这些都在《厨子》之后。我只是避开雷达飞行了很久，几乎被人忽略了，除了可能有两三个真正爱我的评论家。但是，真的，完全被忽略了。《房车》最初发表时，只获得了两篇评论。这两本书都很棒，它只有两篇评论。它卖了大约两百本。所以我与批评的关系是什么呢？（笑）其实这都是很新的。当《厨子》得到几乎是普遍的好评时，这感觉奇怪，因为我没料到。因为被忽略，我习惯于埋头苦干自己的事。

伍德：直面这些思考确实有些困难。我曾经对入围获奖名单和获奖全身心地关注着，现在我为此感到羞愧，因为我一直都在入围这个或那个奖项。我的第三本书在这些方面绝对一无所获，这真是令人震惊，因为我愚蠢地以为自己处在某种轨道上。我记得有一天，对某些名单公布感到苦涩的失望，但随后几乎立刻感觉到巨大的自由向我涌来。我突然意识到不讨好别人可能有着极大的解放感。

麦考利：目前这些问题对我来说真的是很有趣的问题，因为你正在和一位五十多岁的艺术家聊天，直到五年前，他还是一位非常边缘的艺术家。我有一些读者，和非常少的批评性关注，仅限于墨尔本。我无论如何都不是一个全国公认的作家，但突然间，我受到了所有关注。

开始写《厨子》的时候，我抱有这种感觉："我不在乎任何人。我要写一本没有标点符号的书，这本书将长达两百页，而且没人愿意出版。去你的吧，我不在乎。我就是不在乎了。"所以我就是不在乎了。当然，那本书才是得到代理认可、获得大型出版商认可的书，然后就启程了。那不是很有趣吗？

伍德：但这也很常见，当一位作家终于——真正地——放弃对成功的关注时，突破就来了。

麦考利：当我写《恶魔》时，感觉很荒谬，因为我开始担心。我记得当时在想："这是第二张专辑困难综合征[①]，但这不是该死的第二张专辑！"我开始对它感到偏执，思考起《恶魔》会获得的评价。然后我在想："你到底在担心什么？你在这里的唯一原因、与出版商签有合同的唯一原因、你会拥有任何评论性关注或读者的唯一原因，是因为你在不在乎别人想法的时候写了那本书。"（笑）所以这就是过去几年来我奇怪的内心纠结。

伍德：但是当你开始得到你认为自己不在乎的东西时，很难保持这个不在乎的态度，不是吗！

麦考利：是的。保持它的唯一方法是在新书问世之前就开始写一本新书，我也是这么做的。那是唯一的方法，那也拯救了我。我知道在《恶魔》问世之前就必须开始写这本新书，这样我就有一个与之完全分开的事情。

伍德：就像你有个可以回的家。

麦考利：是的，是的。就是这样。

这样就很好了：我会出去接受采访，进行演讲并担心评论这种事情，但实际上有一个不错的、安全的地方可以去，这就是我正在写的作品，或者是我明天将要写的作品，如果一切都变糟糕了的话。这就是为什么它很温馨的原因，因为它是我非常了解的地方。这是我所写的作品，无论喧嚣吵闹或是天崩地裂。

伍德：那我可以问你关于自我和艺术的问题吗？自我的作用是什么，它在哪里有帮助，在哪一刻会变糟糕？

麦考利：我绝对认为你必须有一个健康的自我。自我是一个强烈

---

① 第二张专辑困难综合征，指乐队在第一张专辑大获成功后，第二张专辑无法复制成功，或达不到期待。

的词……但是所有艺术家都必须相信自己。你必须相信自己。你是在说："我认为我所做的工作很值得。"因此，这是一种自我推动，但另一种层面上，我认为我谦虚地对待自己的工作，正如我在谈论写作的神圣性时所说的那样。

我认为我没有猖狂的自我，我觉得我谦虚地从事这项工作。你知道，仅仅经历关于我作为作家的过程，我没有理由自负。直到最近我才成为一名成功的作家。我认为我在不到三十岁和三十多岁时自负得多——我认为我是落笔写过单词的最好作家！但是很明显，当其他人不同意你的意见时，这种自负就会逐渐减弱。（笑）但是，要成为一名作家必须要有一定的自私。不过，我认为这很难。我试图理解这个关于自我的问题，因为自我在世界上以什么方式起作用？我的意思是，如果是我和我的自我一起在我的书房里，我没有伤害任何人，那有什么关系呢？

伍德：但这可能会伤害你的工作。

麦考利：这是一个更大的问题。历史上散布着非常自负的作家，这些作家的作品完全没有受到伤害。海明威、乔伊斯——这些人真的相信自己，以至于你可以称他们为"狂妄自大"。但这并没有导致他们做得不好。

伍德：好的，但是他们成功了。有可能与自我有关的、"失败"作家的苦涩呢？

麦考利：是的，我认为这是不同的。那是一种"世界欠我一些东西"的感觉，而我只是认为它不欠我。我现在对你十分诚实。但这是因为我陡峭的学习曲线，那条下降而非上升的曲线。（笑）坦率地说，我根本没有理由认为世界欠我任何东西。

有时你确实会看到这种权利感。你知道，在作家节上你会碰到它。国际宾客A，认为自己比上帝还大，你会看到光环从某人身上脱落。但是，如果你像摇滚明星一样受到对待，你的行为就像摇滚明星。

当然，有些人已经取得了一定程度的成功，但认为这还不够，这就是苦涩。我想你也会看到其中的一些，尤其是在澳大利亚。这里的世界很小，作为作家很难达到摇滚明星的程度，不是吗？实际上，我们所有人最终都可能会变得非常痛苦和失望。（笑）

伍德：我期盼七十多岁时会奢侈地感觉到苦涩。我显然意识到自己的潜力，因为当我看到它时，我对此感到非常恐惧。

麦考利：但是它如何表现出来呢？

伍德：对他人的成功感到怨恨——你一直看到它在显现，对一本成功的书的刻薄评论。我希望现在我不太这样了，我不知道。但是我认为我现在对自己的计划并不太关注别人的想法，而在一段时间内，这完全和这个有关的。

麦考利：那是你变柔和了，还是这就是一段旅程？

伍德：希望是我在成熟。而且还是发现对你而言写作的真正价值在哪里。

麦考利：是的，绝对。我能理解你很快就对马戏感到厌倦，而这会如何引导你去理解真正重要的事情。我想这有助于减轻一些关于你于世界、阅读大众、评论家以及这些所有关系的自我焦虑。我比现在年轻时有更大的野心。至少现在，我不那么关注公众的认可，而更多关注我正在进行的文学项目。

伍德：现在我的问题快要结束了，让我们看看我是否错过了任何重要的问题。我已经问过幻灭了……

麦考利：幻灭、悲观、反乌托邦。还有什么？（笑）

伍德：幽默。我想问你关于幽默的事情。

麦考利：哦，太好了！

伍德：我听说你说过类似的话，在澳大利亚当作家，要想被严肃对待就不能幽默，但有趣的写作可以同时是严肃的文学。

麦考利：真正伟大的人文主义作品——涉及人类的作品，涉及对我来说在此时此地，比如说，澳大利亚的二十一世纪初的感觉——并非真正的人文主义作品，除非它同时也说了我们是好笑的人。我们很好笑。这就是真的。

看着我们，这次谈话中有多少是认真的，但同时又有多少欢笑？你正在就作家的大主题采访作家，但实际上其中很多都是幽默的。那就是生活。完全的，这就是生活。严肃与幽默就是人类的经线和纬线。像契诃夫和贝克特这样的人会说两者是密不可分的，实际上这两者是同一个概念。我并不是说在我的写作中它们都是如此，并不是说我总是能找到那个美好的时刻，但是当我找到那个时刻时，我会感到非常高兴和自豪。我认为这是诚实的写作。

伍德：但这不是喜剧，对吗？

麦考利：我认为喜剧是一件很刻意的事情。查理·卓别林在香蕉皮上滑倒，即使镜头向你展示过行人道上的香蕉，然后下一个镜头显示，查理朝着它走。那是喜剧。我认为幽默在某种程度上是人类构成的一部分，它的故意性和人为性要低得多。你在内心因为我们有多容易犯错、我们的行为有时看起来多么荒谬和可笑。那些事。我想这更接近于我尝试进行的工作——不是故意干涉和转动喜剧拨号盘，而是只是让幽默从正在发生的事情中浮现出来。

幽默是人与人之间极佳的破冰器，那么为什么不能用于作家与读者之间、作品与读者之间呢？我意识到我要处理沉重的主题，有时作品是黑暗的，但是如果我发现其中的幽默之处，我会感到非常高兴，因为这会允许我的读者进入。这是在说，“你已被允许笑了，如果你愿意的话”。当然，有时我会咯咯地笑。（笑）

伍德：好的，那是另一方面。它使其令人愉快。

麦考利：是的，有时候写一本书，没日没夜，也要保持它的有趣而不陷入无聊。有时候，知道自己将在接下来的几天写一个具有一定程度的轻浮或轻松的场景，这会给我带来愉悦。这让这个过程保持有趣，仅仅是对我而言。

伍德：在我看来，你对自己的文学计划有非比寻常的强烈认识。你能描述一下吗？

麦考利：我想我确实有很强的意识，而且我从一开始就有。那太狂妄了（笑），但是我一直很清楚自己想成为什么样的作家、想处理的主题以及会写出什么。

要坚持写。这是实现文学野心的关键，也是我早期的失败之处，将近十年我少有写作。因为我所看到的是，我敬佩的伟大作家都是伟大的作家（笑），而且其实你在写什么都没有关系，小说背景、人物角色、你的主题是什么，都没有关系。如果你的作品确实写得好，你就会作为作家获得认可并找到读者。

伍德：但你并非总是如此。

麦考利：不是的！（笑）我也很快学到了。但是我想一旦我踏上那条路……我的桌子上方贴着一句名言，来自犬儒学派的第欧根尼。

他当时在谈论这个哲学计划——这是公元前的希腊，他说：“应该和希腊合唱团的训练一样。将音调设得高一些。只有这样，才能练出正确的音符。”我以此激励自己：把音调设高一些。因此，即使我觉得成为一名优秀作家会是一场艰苦的努力，无论如何，无论人们是否认可，调高音调的想法一直是我前进的动力。

计划是在我们死后留下大量作品。

但从一开始，该计划的一部分是承认我是澳大利亚作家。我可能不会戴上软木塞形帽子，挥舞旗帜，但以我自己的方式去成为澳大利亚作家一直是该计划的一部分。即：“我如何使用所学的技巧来解释这里的东西？”

当我思考这一点时，我非常敬佩的作家是那些书写本地却能获得普遍性认可的作家。我花了一阵子才领悟这一点，对其中已有的内容进行更深入的研究——凝视它直到它变成一个新的东西。你不必在文学殿堂里走太久，就能看到在其他城市、国家做到这一点的作家。墨尔本郊区是我的擅长，那为什么不深挖下去呢？在生命中的某个时刻，我想：“好吧，这就是伴你长大的风景，无论它是什么，这都是你随身携带的内在风景，那为什么不呢？”

因此，不多说那些花里胡哨的东西，我是一位澳大利亚作家。我当然是。

艾米莉·珀金斯

艾米莉·珀金斯是一位新西兰作家，著有四本小说和一本短篇小说集。最近，她还开始写戏剧和电影剧本。

珀金斯在奥克兰和惠灵顿长大。她曾辍学去新西兰国家电视台的电视剧《开放之家》演出，并在新西兰戏剧学校接受了培训，但是她称自己当服务员比当演员做得更好。

1993年，她从表演转为写作，在惠灵顿维多利亚大学师从著名诗人、写作老师比尔·曼希尔学习创意写作。

1994年，珀金斯移居伦敦。1996年，皮卡多出版社出版了她的第一本书，当时她才二十六岁。《不是她的真名》是一本观察敏锐的短篇集，讲述了漂泊、受挫的年轻人的故事，凭借这份清澈的观察，向世界介绍了她这个“值得关注的作家”。《不是她的真名》获得英国的费伯奖，并入围新西兰图书奖短名单，获得最佳首部小说奖。在随后的伦敦岁月中，珀金斯出版了两部长篇小说：《离开之前》和《新女孩》，也撰写书评和个人随笔，其中包括在《星期日独立报》上开设长期专栏。

她于2005年返回新西兰。第二年，她获得了巴德芬利-弗兰克·萨吉逊奖金，其间她撰写了她的伦敦小说：紧张的心理惊悚小说《关于我妻子的小说》，因其“尖锐的社会讽刺”“对当代城市生活的黑暗描写”和“优雅地令人不安”而广受好评。《信仰者》称其为“一部关于中产阶级焦虑但真正可怕的小说”。

几年前，我在阿德莱德作家周第一次见到珀金斯，当时我就被她的热情、智慧和敏锐所吸引。听她在台上的讲话，我被她独创的写作方法和她在谈论自己作品时表现出的探索精神迷住了。她对自己的成就很谦虚，这种谦虚下却闪耀着她文学野心的力量。我马上把我能找到的她的作品都读了，并感到喜爱，尤其是《关于我妻子的小说》，她对中产阶级的妄想和虚荣心的描写，我觉得非常精确。我也为其完全引人入胜的叙事驱动力而激动不已。

珀金斯从伦敦回到新西兰后，主持了电视 1 台的《图书秀》，后来演变为《好话》在新西兰国家电视 7 台播出，直到 2012 年该频道关闭。在此期间，珀金斯还开始教授写作。首先是在奥克兰大学（她重返校园读书），后来又在惠灵顿维多利亚大学国际现代文学研究所担任高级讲师，在那里工作至今。

当珀金斯的小说《弗雷斯特一家》于 2012 年出版时，我感到她的作品在文学风险和成就跃上了一个新的台阶。对这本书的观察力度、宏大的规模和叙述的恣意，及其核心深具同情心的道德感，我感到彻彻底底的喜爱。不单是我，《独立报》将《弗雷斯特一家》誉为"非同凡响"和"一部宏大的小说"；马尔科姆·诺克斯将其描述为"一次成功的大胆试验"，而米歇尔·德·克雷泽则将其称为"大胆"、"精明"和"富有想象力"。

这种大胆的做法是一直让我想读珀金斯的原因——她的所有作品中的内在风险使其充满了活力和生命。这种勇气也是促使她在 2015 年接受了为奥克兰剧团改编易卜生《玩偶之家》的艰巨挑战。她还与人合写了埃莉诺·卡顿（Eleanor Catton）第一本小说《排练》的电影改编剧本，目前正着手创作一部新小说。

在交谈中，珀金斯充满魅力、有趣、自嘲且热情。这次采访，我们在各自的家中通过 Skype 进行交谈：我在悉尼的家中，而她在惠灵顿的家中，与她的丈夫，艺术家卡尔·莫恩和他们的孩子住在一起。

夏洛特·伍德：在我看来，从你首次发表的作品开始，你就一直在做形式试验，对吗？

艾米莉·珀金斯：在我最初几个短篇小说中，有几个因素影响了这一点。一个是我在大学写作课上完成了这些故事，那时关于形式的对话非常开放。在班上的十名学生中，有一些自认为是诗人并成为诗人的，以及一些自认为是写小说的，但我们所有人都有混合的特征，这看起来很自然。例如，当我发表第一个短篇小说时，里面就有诗。它来自忽略类别的环境。

我记得意识到自己并非在做形式上的试验，而是它们源于我自己的局限。我感到厌倦，在阅读和我自己的写作里读到的东西，于是我不再继续做了。因此，没有任何有意识地进行形式试验，那是人们对你说“哦，你在玩形式的游戏”之后发现的事情之一。

但是我会说这仍然是一种兴趣，随着小说写作的进行，我发现对形式所做的选择是写作不可或缺的一部分。

伍德：我喜欢形式试验是无聊的想法。

珀金斯：那只是标出你的局限：“我不擅长这个。另一个人可能擅长，做得很好，但是我不行。”

伍德：在开始写作之前，你接受过演员培训，是吗？

珀金斯：我在高中时写东西，就像那时也演戏一样。后来我去当演员，还去了戏剧学校。

我上了两年戏剧学校，又经历了一两年失败的表演，决定不再继续忍受，但是我不知道接下来该怎么办。我还在写东西，试图写些小场面和小角色、独白，都没法写到结尾。一切都非常草率。我开始结识参加过写作课程的人，不由得想：“为什么我只去认识完成了写作课程的人？我为什么不去申请呢？”（笑）

我做到了，那是第一次有人定期给我反馈，进行写作练习，并说“你必须在年底前写完一些东西”。我仍然认为，这就是很多人参加写作课程的理由——为了寻找结构。你必须希望，能够以一种良好、有建设性的方法去写。

伍德：你认为从表演到写作有什么收获？

珀金斯：直到很晚以后我才意识到它的持续性影响。比如从戏剧的角度去看待事物，强调人与人的激烈互动，并深入探究事物的症结。还有很关键的是，动作含有潜台词，这也是小说着力的重点。

通过表演，我养成了在场景中思考的方法，并且对人们的讲话风格产生兴趣。以及对过程的兴趣；在戏剧学校里，经常鼓励我们要敢于尝试，不怕出丑。那可能是我从戏剧学校学到的最重要的一课：不怕失败。我不认为我当时已经懂得了个中含义。但是后来，在写作课上和写作生活中，我懂得了。你不能只求安稳。你必须突破自己的极限。有时你必须越过边缘才能知道自己身处何地。

伍德：做好失败准备、敢于风险会给写作带来什么？有时候，我觉得读者不会注意到我冒的风险，那却为我带来了一切。

珀金斯：是的。这很重要，就像某种程度的投入成本。你必须在游戏中充血，否则如何继续玩？

你该冒的风险是你自问“天哪，我能这样做吗”，我对这种时刻很着迷。有时候胆怯、品味或更理智的判断使我退缩。我想这也与惊喜有关。尝试做你做不到的事情，这是在冒险。有一天，我们在课堂上讨论幽默，讨论笑话越来越糟糕。这是一个有趣且重要的冒险——感觉如果我努力挽救的话，那将真的很糟糕。

我觉得一方面这一切都是我作为作家可能会遇到的种种边界，另一方面，你可以借此形成自己的疆域。表达世界独有的方式。

伍德：我可以再谈一谈你所说的表演吗？能不能详细说明一下？

珀金斯：我想我是在谈论现实主义表演里的“呈现而非说教”的场景。但是叙事模式有很多种，局限于眼前所见是不对的。构建场景去写短篇小说确实非常有效，并且在课堂上，人们会更希望看到场景的呈现，而不是总结之类的。但是我喜欢达到一种平衡。

我总是想起多丽丝·莱辛的《第五个孩子》，就是这样的典范。她笔下的时间跨度广，深入场景，再退出来。

伍德：就像《弗雷斯特一家》。

珀金斯：不太像。《弗雷斯特一家》确实注重描写场景，尽管相关评论认为应该放松，让时间过得更快。我写《弗雷斯特一家》时，我纠结于阐述的部分。我认为应该删去一切阐述，我想写一部没有任何阐述的小说。但是规则是有限的。我很欣赏那些为自己设定任务和规则的作家，他们严格地完成。但是我做不到。我先设定了东西，在某个时候我可能必须打破它们，才能让文字具有自己的生命。你不想因为决定遵循某种规则而扼杀这本书。

伍德：作为作家，我觉得你很反叛。这为你的工作提供了巨大的能量。

珀金斯：这很好，因为我本人很温顺！（笑）

伍德：我想具体谈谈《弗雷斯特一家》。你说多萝西有引发“热议”的才能——我认为这是一个很棒的词，在我看来，《弗雷斯特一家》就是围绕这个词发生的。你能详细谈谈吗？

珀金斯：我想那是这本书的推动力。我觉得突然间我对周围的环境有了新的认识。我有强烈的愿望，要用语言进行渲染，并注意物理存在这一纯粹事实。

将其归因于多萝西是一种幌子，我这样做可能是为了避免阐发观点。因为它是一种怪异的、先集中然后分散的观点，有时它确实属于多萝西，有时又不属于。

我只是想顺其自然，而不是弄得过于整洁。我倾向于使观点服从某种一致性规则（又是规则）。那本书里的观点是非常不一致的，而一致之处是那种特殊的关注。这是一种爱上事物的方式。我对借此渲染感官效果很有兴趣。

伍德：这很有趣，因为那本书的叙述非常复杂。一个新手作家可以观察感官世界的动人之处，但是仅仅如此还不够。《弗雷斯特一家》中，你将非常强大的叙事驱动力内在化了，几乎完全隐形却贯穿了整部小说。这是你期望达到的效果吗？

珀金斯：不，我不这样认为，也不知道是否所有人都满意。实际上，我知道这本书并不适合所有人。我试图让叙述保持简单。那时我写了很久以后才获得的教训——如果我想应用小说看待世界的方式，那么故事的实际核心必须尽可能简单。

因此一方面，你有时间，可以推动叙述，另一方面，你具有这些关系，它们实际上是非常简单的结构。爱情四边形，仅此而已。

伍德：但你也构建了多萝西一生的叙述框架。这非常令我感动。我之所以如此喜爱《弗雷斯特一家》，部分原因就在于它涵盖了整个人生。

珀金斯：谢谢你。也许这也是我所面临的风险，感觉是一个关键点。如果你及时后退或前进会怎样？我开始喜欢多萝西晚年的松弛状态，并且在写作中给了我很大的动力。

伍德：的确如此，我还想回到这个话题。我想问当你开始写书时，任何一本书，你知道你要尝试的是什么吗？你一开始有某种工作吗？

珀金斯：我从一份工作开始，但必须是一个可以改变并重新定义的工作。总会有一种紧张感——我不知道你是否会有这种感觉，但是一方面，我必须从令人难以置信的宏伟想法开始。（笑）我需要对这项工作抱有很大的野心，对吗？另一方面，我必须思考："好吧，这只是我要解决的小问题。"因此我与自己之间经常进行对话。

伍德：这听起来像是在保持绝对权威和自信的同时，仍然保持对犯错的敏感关注。

珀金斯：是的，因为你想摘到星星，使用可怕的陈词滥调，同时，你只能通过爬行来到达想去的地方。

容易犯错误是过程的一部分，你需要为此做好准备——但是感觉糟糕的事情是你无法预先做准备的事情，它们的糟糕出乎意料。但是我确实认为，你写的越多，你的理解就越深刻，会说："哦，没关系，我要克服它。"

伍德：令人惊奇的是，有这么多种新方法！你以为"现在我全了解了"，可是还是会感到羞耻。

珀金斯："羞耻"一词很有趣。我觉得写作和羞耻之间有些奇怪的联系，我不想考虑得太深，因为我不知道它多有用。

如果你只是习惯了浅层次的羞耻感，那会更有用。

伍德：我采访过的许多作家都提到这个词。我认为这与风险有关。

珀金斯：我也这样认为，但是风险涉及很多部分。比如文化上的羞耻感，接受这种感觉同你与人类的联系相关，因为除了精神病患者，每个人都能感觉到。因此，它会很有用。

伍德：说得好——那意味着我们与人类的联系。那么当你着手进行改变世界的宏伟项目时，落在实处，你会从什么开始？你开始打字时，你在做何种努力？

珀金斯：我会先写事件，人物和地点都是由此而生。我很少会从角色入手，尽管现在我擅长多了。除了《关于我妻子的小说》——伦敦是一大特色，我并不看重地点。我只想让它为心境服务，这就是我所关心的。对我来说，地点是可以调动情绪、气氛、约束、自由和故事质感的东西。

新西兰文学原本热衷于描写地点，这正在发生变化，这与写作是事关民族的观念有关。实际上，我最喜欢的新西兰作家之一是皮普·亚当（Pip Adam），我记得她写道："哦，惠灵顿，你这么好、这么好的地方！"（笑）我认为这是我读到的有关惠灵顿的最好的文字。

近几十年来，尽管有阶段性的复兴尝试，但统一的民族文学或与表达国族有关的文学观已影响式微。那已不是我们每天面对的生活。许多人认为罗伯·格里耶（Robbe Grillet）的小说是代表，但在《走向新小说》中，他至少试图说明小说如何深层次地反映社会的根本变化，这是不可避免的，但也有必要考虑一下自己的来源——文化、历史、地理，等等。不必一定要写具体，而是要承认你源自那里。想象力的自由与所有这些影响之间的相互作用。来自这片土地的许多非常好的书写，无论是外邦人、毛利人还是太平洋岛裔人写的，都不是简单的现实主义，也许这反映了与地域的复杂或多层次的关系。

我想对于新西兰文学我仍然持一种青少年时期的叛逆观点。这很复杂，因为我们渺小，我们需要反思，但这并不总是文学的任务。我想读一本发生在惠灵顿的伟大小说，如身旁的惠灵顿人一样，可是要说一个惠灵顿作家就应该写一本发生在惠灵顿的小说则是另外一回事。

以及我们如何回顾文化。就像在任何地方一样，这个国家有令人目眩的好作品，也有平庸、糟糕的写作。但是，为了鼓励新西兰人阅读同胞的作品，有关新西兰书籍的公开讨论可能会变得混乱或转移了应有的注意力。每个人都想听好消息，这完全可以理解。但是有时候，那会对我们谈论图书的方式产生较强的影响。感觉就像是一个过渡时期：总是会有一些人想要进行深入、批判性对话，我们需要建立有助于实现这一目标的平台。

伍德：作家和评论家对民族文学的看法之间的差异很有趣。在澳大利亚似乎持续存在着这种焦虑，表现在“什么是澳大利亚文学”这一问题中。但是作为一名作家，我并不想参与讨论。

珀金斯：大多数作家都如此，你不觉得吗？

伍德：也许吧。我确实认为如果在这方面想太多的话并不利于写作。让我们换个话题。我想问问你最近在剧院改编《玩偶之家》的经历。这听起来像是一件令人着迷也令人紧张的事。

珀金斯：确实是。这是一项委托，我同意接受。很难拒绝。

伍德：你对这出戏很了解吗？

珀金斯：是的，尽管我没在剧院看它上演。开始并不容易。我意识到所涉及的风险，很容易搞砸。我知道我不能屈服于那种怯懦，其实只是关于如何面对公众——没有人愿意遭受大规模的公共失败，同样，你也不想因此被束缚住。

但这确实意味着我花了很长时间才做出关键决定，才能写出初稿。“哦，这就是当作家的感觉。”我不知道你是否感到过，但我只是无法做出决定。这也有点像抑郁——你根本无法做出决定。

有太多的可能性，这并不是说我面前是一堵白墙，相反处理方法不少。部分原因是我花了很长时间才确定我最感兴趣的，以及该剧的内核是什么、能促使我思考。《玩偶之家》包罗万象，比如人际关系、爱情、关于爱、背叛、金钱、生存、责任和性格的迷思，以及阴谋诡计。如何为现代读者探索上述内容，又要设法使它们与原剧密切相关，这是一个挑战。每个想法似乎都将我拖向不同的方向。

我现在可以尴尬地承认——因为这是一个很好的教训，有一阵子，我的自我妨碍了我的行动。就像易卜生对自然主义所做的突破，我也觉得我应该能够以一种新形式写，写出全新的戏剧，一问世就让世界沸腾！这只是让我走进死胡同。之后我必须踏实下来，思考、倾听：你是一名新手剧作者，你正在改编戏剧大师的剧目，你所能做的就是尽量不要搞砸太多。我不得不听从剧本，听从自己。

我与丈夫卡尔交流，以验证自己的想法。因此一切开始面目清晰起来。我有截止期限要赶，我必须开始动手。但实际上，我做了我们建议学生做的，也就是写出一份拙劣的初稿。现在回头看那真的很糟糕！不是说我的其他初稿不那么糟，而是我不必将它们展示给任何人了。

当然，你写得越多，投入得越多，就越容易坚定地继续下去。终于到了必须按下“发送”键的时刻。我想无论他们作何反应，至少我已经履行了合同。后来，他们向我承认初稿真糟糕。（笑）

我们与演员（不同的演员组）一起读初稿，所以能得到不同的反馈，接着我撰写了第二稿的大部分内容。后来我们进行了为期两周的工作坊，这是该剧院排练新作品的方法。那很棒。我每天更新内容，演员们再去消化吸收。这次改编有了自己的生命，我们弄明白什么是可行的，什么是行不通的。

伍德：你认为如果没读戏剧学校的话能够做好这次改编吗？

珀金斯：有人当然可以。我喜欢工作坊，它让我生活中的不同部分结合起来。我在那里与演员、导演、工作人员等所有人一起排练，大家齐心协力，而且我正在写作！这是一个非常充实的过程。幸运的是，我对《玩偶之家》足够敏感，非常乐于参与其中并进行探索。因此，这就是能量的来源，我可以借此反思生活。

有了戏剧，你可以将一个想法作为起点，但是更激动人心的部分是将这些想法具体化并且进行测试，将它们置于不可能的情况下，反对它们，分解它们，看看会发生什么。这个过程真的很有趣。

伍德：这听起来让我非常恐惧！恐怕我只能忍耐一分钟。对不同的人而言，什么是冒险都有不一样的内涵，作为老师，你如何教学生这一点呢？

珀金斯：从某种意义上说，你所能做的就是创建一个地方，让他们可以大胆冒险，而不会危及生命。那不会是世界末日。我有时会分发戏剧从业者蒂姆·埃特切尔斯（Tim Etchells）的《风险与投资》让学生读。有时我会说："如果你在这堂课上从不感到尴尬，那你就做错了。"让他们知道这只是过程的一部分，也是交易的一部分。如果他们想从中获得最大收益，则必须准备冒险。但是作为老师，你确实有责任承担风险和失败。你不能邀请学生冒险，然后任他们丧命。这样做必须有一个安全的环境。

伍德：我很想成为你班上的学生。当你回到新西兰并且出版了几本书后，又回头去学校读书，这是为什么？

珀金斯：我从伦敦回来，完成了《关于我妻子的小说》，找了合同制的教学工作。我知道，如果我想获得稳定的教职，就必须有资质。因此，这是一个实际的考虑。

另外，时机是正确的。我已完成一本书，给我的写作留下了深刻的内心印象，这花了我一段时间去调整状态，否则我再写什么都像是复刻第一本书。我准备开始关注其他事情，对未来持开放态度。然后在马萨诸塞州，受环境和截止日期的影响，我开始写《弗雷斯特一家》。

重回校园，一份意外收获是我想着："我不是为了出版而写这本书，我只是去探索，去思考，看看会写出什么。"那真的很解放。

我完成并提交了它——它的形式略有不同，尽管它的核心、结构和驱动力已经成型。作家那部分自我说："哦，不，我真的很想发表。那么我该做什么呢？"

伍德： 它流露出的自由我也能感觉到。《关于我妻子的小说》可谓一板一眼，《弗雷斯特一家》则庞大、结构灵动，我对这种转变感兴趣。你是否认为后者的松弛部分源于前者？

珀金斯： 是的。《关于我妻子的小说》结构紧凑是我有意而为，我不想重复。而且，松弛对我来说很重要……这不是排斥结构，而是排斥过于整洁，也许还包括礼貌等等。

我想我在写《弗雷斯特一家》时每个层面都试图松弛：从句子到语词，以及人物性格和章节构建。我只是想看看最终我会走到哪里。也是想包含尽可能丰富的肌理——意味着除了美丽和芬芳，还有丑陋、刺痛和荆棘。

伍德： 我非常喜欢……散乱。我觉得我花了太多时间学习如何写一本正确的书。过了一段时间，我想："好吧，我掌握了控制叙事的技巧之类的，是之前我不具备的。但是当我有了一些控制权，我只想把它全部毁掉。"

珀金斯： 是的，是的。

伍德：在《弗雷斯特一家》中，你的叙事控制在我看来已经被深深地内在化，但是对于你来说，它不再像是个大型游戏。我后来逐渐意识到，控制力强、受事件驱动的叙述是作者不安全感的体现。你怎么看？

珀金斯：这是能在课堂上讨论的好问题，因为我们正在对酝酿的作品做出回应，其中便涉及观察我们对故事的期望。在我们真正行动之前，我们常常必须先克服传统期望的第一道门槛，那些被文化灌输的东西。

至于我自己写作时，我会蒙骗一下自己。我不想简单地做我正试图做的事情，因为那只会带我走远。而在写《弗雷斯特一家》时，我以为“我不太了解自己在做什么。我不知道写出来会是什么效果”，这种并不明了的感觉十分关键。保持直觉，不去控制它的效果，因为我不知道它是什么。

伍德：如果一端是具有直觉、勇气的本能，另一端是刻意的控制，你认为你身处哪里？

珀金斯：嗯，天哪。大概在直觉端。

控制力并不好控制。它很重要，但是学会放手也很重要。这并不是说直觉总是正确的，因为事实并非如此。但……这是关于倾听。在戏剧训练中，学习的本质是跟随你的直觉而动。不要阻拦，不要事后批评，跟随你的冲动，做出反应，让事情发生。是诚实引发的，而非有意算计。你必须别太拿自我当回事，才能拥有直觉，然后才是控制力，那只能来自真正的聆听。

如果它来自你外部的事物，是出于事物应该是什么的想法，那么将会是糟糕的、猜疑的操纵性控制。我不知道是否有严格的规定，但这也许是真的。

伍德：你刚才所说的话似乎与谦卑有关。

珀金斯：就像我之前说的那样，你需要将谦虚和狂妄巧妙地结合起来。你需要谦虚，因为你必须认清事物本来的样态，但是我们同时要去创造，对吧？你实际上不能做一个完全谦虚的人，你需要将东西创造出来。存在有趣的张力，相当有趣。

伍德：当我完成教学和辅导后，尤其是与女性在一起时，关于自信的话题能聊很多——没有任何自信、需要建立更多自信，等等。但是随着时间的推移，我发现信心是一种决定。那不是由什么得来的，而是你只需要决定拥有它，必须自己要求。

珀金斯：我完全同意。我记得1993年我在维多利亚山修读写作课程，站在所住公寓的厨房里，心里纠结极了："哦，我要说什么？我无话可说。"接着我突然意识到——我记得很清楚，我认识的许多年轻人正在拍摄短片、组建乐队或从事某种艺术，而他们不会像我这样。他们不担心自己到底够格吗，也不会被自我怀疑或担心自己是否有拿得出手的东西，他们只管做出来。他们甚至没有想到要为此担心。也许这并不完全正确，但从外部看就是如此。我想我也该学习一下他们。

那就是绝对需要那样做的时候，无论那是什么——睾丸激素，信心。所以我完全同意说这是一个决定。如今我觉得……是因为身处这样的社交环境，出于某种原因，女性无法做出这样的决定，我为此感到沮丧。尤其让我无法忍受的是女作家在面向广大读者的朗读会上的表现反而是在削弱自己的作品。

公共推广可能会变得糟糕，但如果你打算这样做，那么就要坚定信心。毕竟，目的是要给观众一次较好的阅读体验，我更倾向做好客的女主人。

伍德：对于作家来说，这至关重要，对吗？我与你有同感，但是必须克服。

珀金斯：在课堂上，我们有“拒绝否定”的规矩。因为这种怀疑实际上并非真正关于写作，而是更加复杂——关于是否被人认同、野心不能太大，以及所有在你小时候就被舍弃的，甚至关于整个文化。当我改编《玩偶之家》时，我痛苦地意识到有多少女人是在不知不觉中努力保护他人的自我——以各种方式。

伍德：当自我否定失控时，以一种怪异的方式，不间断的大声自我否定比其他任何事情都更无聊。

珀金斯：是的！这就像一种自恋，想控制他人如何看待你的愿望。

伍德：这样说来对年轻作家的批评太苛刻了！我喜欢你刚才说的，对那一刻的回忆，以及在厨房里所做的决定，非常生动。这听起来是一个突破点。

珀金斯：是的。当然，写作的过程会继续检验该决定，因为你的神经随时可能使你失望，或者经历住考验。生活充满了各种考验。

但是，决定信心的关键时刻是必要的。

伍德：让我们更详细地谈谈你的工作。在我看来，你一直都非常关注对记忆和时间的探索。在《关于我妻子的小说》里，汤姆试图重塑安，而他自己的记忆却不可靠，或以某种方式被证实是错的。当然，《弗雷斯特一家》也类似。你为何对时间有兴趣？

珀金斯：这是我越来越感兴趣的东西，也是写《弗雷斯特一家》时一直保持的好奇心。在小说中，时间有很多表现方式，因为你不再以钟表为准——你可以做各种试验。对我来说，这可能是写作最有乐趣的地方之一。而且，这对于我们身为有死凡夫的经历至关重要，值得用各种方式去探索。

伍德： 你的方式令人着迷。你的时间感不仅在前后方向上移动，而且向外、向内移动。有点像脉冲。

珀金斯： 有了它，小说才能更好地创造。就像问我们在指南针上的哪个位置。例如，宏观和微观角度是完全不同的。那与世界的无限变化有关，有关视角和对比，应用在写作上就有很多可能。我喜欢从很小到很大的写作。也许这与我先前说的试图摆脱对场景的依赖吻合。因为场景可以使写作保持相当平淡的比例一致。如果将其放大或缩小可能会更有趣。

伍德： 非常有趣，我以前从未想到过。说到时间和动向，你觉得从一开始就影响了你的写作吗？

珀金斯： 我想我与写作的关系已经加深了，也更能接受其中涉及的怪异部分、令人沮丧和困难的部分。惊喜或乘风破浪之感同之前一样。当你让自己开怀大笑，或者想“哦，我真的可以这样做吗”那种感觉，是一样的。

从某种意义上说，你与生活的关系也加深了。与二十多岁或开始写作之初相比，我觉得我现在的生活更加垂直、更向下延伸——之前更水平，更停留在表面。那可能是记忆的把戏。

伍德： 我读过你所说的布莱恩·依诺[①]信条：“将你的错误视为隐藏的意图。”你进一步发挥：“隐藏的意图是关键的短语。”那是什么意思？

---

① 布莱恩·依诺（Brian Eno，1948—　），英国音乐人，氛围音乐的先锋。

珀金斯： 犯错不会是故意为之。你不能有意使自己感到惊讶——“哦，我现在要自发地做某事。”你不可能事先预知会抵达什么。我的意思是，在很多方面我们对自己来说都是陌生人，对于作家更是如此，感谢上帝。那难能可贵，你以为你正在写一件事，但实际上它呈现出的是另一件事。我在课堂上看到很多这样的例子。学生通常会陷入困境：其意图与写出的东西不一样。他们想着：“等一下，它应该是这个意思，我必须进行修改，使它变得更符合我的期望。”

有时这是正确的做法，但通常并非如此——通常正确的做法是看自己拥有什么并且倾听。应该问“这是什么？这想成为什么？”你必须让那些隐藏的意图引导文本。

伍德： 但是这样做可能会令人恐惧，不是吗？我刚刚写的这本书，很长一段时间以来，我都在抵制它的意图，我不想跟随它写下去。

珀金斯： 但是你这样写过。

伍德： 是的，我别无选择。因为抵制毫无作用。

珀金斯： 很难。很难，不是吗？为什么很难？

伍德： 我想是因为我们之前所说的谦卑。我必须很好地接受这一点，这是在说我不喜欢的事情。黑暗和丑陋的事物。我甚至不想知道自己就是那样，更不用说让其他人知道了！但是我在那里。

珀金斯： 说出“我在那里”真是一件了不起的事。因为如果我们在生活和写作中都没有做到这一点，那么我们肯定会失败。弄不清楚我们是什么，我们是谁。

伍德： 是的，我想现在这才是艺术的真正发源地：无论你是否喜欢。

珀金斯：是的，是的。那种特殊性，并且诚实道出。很难。

伍德：太可怕了！我们来谈谈作家的生活，你会遵循工作表吗？

珀金斯：我发现每个项目都有其自己的节奏。现在，我的研究假即将结束，这是一项特权，对此我深表感谢。为了创作新小说，我每天会数单词数，必须达到一千个单词。我的口头禅是伊萨克·迪内森的“每天写一点，不抱希望，不抱绝望”。我正在改非常粗糙的第一稿，并尝试在开始教书前尽可能多地完成第二稿。第一稿是关于故事的，第二稿是关于声音的，与《关于我妻子的小说》创造方法完全相反。写作让我快乐。除了小小的速写，我已经很久没有写小说了。部分是因为这些戏剧项目，我和埃莉森·麦克林（Alison Maclean）在合作改编埃莉诺·卡顿的第一本小说《排练》。埃莉森是导演，快完成了，这非常令人兴奋。教学也一样。

但是，即使我正在写其他东西并努力工作，并且为人和善，如果不写小说，我仍然会感到有些沮丧。就像我在欺骗某些东西。

我认为截止日期很关键。当然，我总是会超过截止日期，但是它们可以帮助我重新回到工作时需要进入的现实。

伍德：你自己来设定截止日期，还是——

珀金斯：哦，不，需要来自外部。我自己的截止日期是胡扯。不，需要来自那些我羞于让他们失望的人，赶不上截止日期就会欠他们钱，或搞砸整桩事情。

伍德：那么你最佳的工作时间是？

珀金斯：这本小说开始得很早，假如我有无数的时间——我觉得这不是我们要说的，我喜欢在傍晚工作。我必须花整整一天的时间做好准备。

在实践中，对我来说，最有用的是——不管那是什么技巧，在中途结束，我知道接下来会发生什么。即使是写了一半的句子也行。我发现这很有帮助。

伍德：为何要准备这么久？你认为那是关于什么？

珀金斯：对我来说，我喜欢准备专注。它是实在的，非常实在。所以，我必须感到……不躁动，不分心。就像进入冷水，你不想那样做，但是当你进入后会感觉很棒。你知道那种将自己沉浸在冷水中的感觉，如果你的神经为之紧张起来，会感觉更加冰冷、时间变得更久吗？如果你放松，不去刻意想，那会有所不同吗？就像那样。

伍德：工作地点重要吗？

珀金斯：不，我真的不在乎。我在办公室里写得并不顺——一个单独的空间。此外，我喜欢在自己的房子里工作，床或沙发上都可以。

伍德：我相信有时候你会重复自己的禁令："放松！"

珀金斯：是的，那是通过写《弗雷斯特一家》实现的。这是在水中放松的一部分：顺其自然。

伍德：那幽默呢？你的写作非常机智，角色往往自嘲，读来十分有趣。

珀金斯：可能是……写小说的基础，因为它自然而然地产生于从外部和内部观察事物。我和旁边的人一样自命不凡，但是如果你继续研究深层，小说才会变得有趣起来。我最喜欢的陈词滥调是：将其提升到一个新的水平。那总是让我发笑。接下来是什么？然后又是什么？不接受事物的表面价值。我觉得幽默从这里生发。

而且，生活在很多时间里都那么荒谬。我从中发现巨大的能量，充满活力、创造力、乐趣的源泉。我在万事万物中都能发现它的影子，显然有时它与最严肃、最悲惨的事物并存。

伍德：你的幽默似乎也是一种自我质疑的形式。

珀金斯：是的，这就是我在谈论下一层和下下一层时要表达的意思。你正在质疑这种情况、这些人物等等。我在英国居住时，我喜欢那种自嘲的幽默感，防止别人在打击你之前，先自己打击自己。因此，既有自我保护的因素，也有自我质疑的因素。

伍德：这让我想起编剧吉米·麦戈文（Jimmy McGovern）多年前说过的话。我记得我当时抄写下来。他谈到有必要抨击自己的事业。他说的是自己在写的有关罢工的码头工人的戏剧，他说，只有当他们抨击自己的信仰和立场时，这部戏才会活起来。

珀金斯：绝对如此。那就是让事情变得活起来并变得有趣的原因。也是我在改编《玩偶之家》时获得的经验。抨击你本来就不赞成的观点，这并不有趣。因此，我将《玩偶之家》设置在一个我表示钦佩的世界，再去批评剖析人物的行为。这让这部改编剧活了起来。

伍德：你觉得写小说最难的是什么？

珀金斯：这一直在变化，但是也许对于不同的作家来说，总是围绕同样的麻烦点。对我来说，很难设置一直让我感到惊讶的东西。每次都必须不一样，因为相同的技巧无法继续起作用。

以及写作所要求的实在层面。我不介意独自一人，我喜欢的。我从来没有感到孤独，我很享受。但是整天枯坐是无聊的。我宁愿站起来走走。

伍德：身体的烦躁与写作完全相反，不是吗？

珀金斯：是的。这是要克服的事情。我确实站了起来，离开机器，四处走走，大声说出些什么——你也这样吗？

伍德：没有。但是我总觉得自己努力在椅子上多坐下去。大部分时间里我都想走出房间。

珀金斯：是的，我知道。当我身处足够大的空间，可以站立着，盯着周围景物（而非观察），可以大声谈话，自由自在，那会是我最开心的写作时刻。这是有趣的物理约束。

还有什么难呢？好吧，不说谎是件难事。你不想胡说八道，你也不想在任何事情上蒙骗读者。那就是它的本质，你必须尝试以某种方式深入挖掘你没有说谎的地方。

伍德：小说中讲述的真实很难阐释得清。

珀金斯：是的。夏洛特，这很有趣，我与你交谈时感到一种矛盾，因为一方面，我们在谈论我们可以理解的事情，那么为什么不谈论呢？我试图不说任何不真实的话。但是我的另一部分根本不想谈论。这很古怪，因为我生活中的一切都建立在与这种本能的对抗上！（笑）不想谈论它，是因为害怕说那些肤浅的、无意义的、过时的、毫无价值的、琐碎的东西——为什么要说？

伍德：我明白。我认为这可能是因为我们所说的是我们真正相信的。但是当你坐下来工作时，一切都荡然无存。所有知识、信念或诸如此类的东西都消散了，而你身处这里，面对你一无所知的东西。你不知道那是什么。因此，这也使得所有其他谈话都像是错的。

珀金斯：的确如此。这就是我不安的地方。

伍德：好吧，让我们谈谈相反的时刻。你在什么时候工作最自由？乐趣何在？

珀金斯：乐趣如此重要，它是果汁，是所有的关键。在工作中感受到乐趣，没有什么比这更好的了。不管是严肃的、艰苦的还是悲剧书写，无论如何，写作过程中都充满乐趣。我的确认为这很关键。在戏剧学校时一位叫斯图尔特·德维尼（Stuart Devenie）的导师曾经说过："只要有乐趣，你就可以挺过一切。"对我而言，这确实是一个指导原则。

但是乐趣在哪里？对于作者而言，可能只是一个新想法的出现或一个单词的出现，或者是事物组合在一起的方式——事物之间的碰撞，感觉就像一种发现，或导致意想不到的事件发生。惊喜和快乐完全交织在一起。最终的要求是，对读者来说必须有趣：被感动、感到惊讶、被激怒或被展示新事物……那么再苦的创作过程你都能忍受。

伍德：你认为作家需要具备哪三项基本素质？

珀金斯：成为读者，这意味着一切。还有好奇心。无论如何，我想成为一名作家要有幽默感。你清楚那种感觉，如果附近有个笑话在盘旋，可能会破坏一切。

伍德：写作的驱动力对你而言是什么？

珀金斯：很简单，就是发现的过程，通过写作去思考和感觉的过程，测试声音的乐趣，寻找故事，用语言和形式进行试验。创造乐趣的乐趣。如果能够如此，将是无与伦比的。另一个基本原因是我喜欢创造。世界上从未有过的新事物。例如，一旦这本书出版了，在过了出版的某个特定点后，我不会觉得与它有亲密的联系，比如出版一年后。在那之前，我会深切地感到它就像我的血肉，过了一段时间后，我不再有那样的感觉。但是这是之前不曾存在的东西。我想这是一种基本的冲动，它是原始的。我喜欢如此。

金·斯科特

金·斯科特出生于1957年。他的原住民祖先所生活的努恩嘎国坐落于西澳大利亚州盖尔德纳河[①]与干旱角[②]之间的东南海岸。他们中的长老使用Wirlomin一词来称呼他们的部族，而诺曼·廷代尔[③]命名法将生活在这片区域的人们称作Wudjari或者Koreng。

斯科特还在从事高中英文教师的时候便开始写作发表，并且在一些选集上发表过诗歌和短篇小说。他的三部小说——《真实的国度》(*True Country*)、《心中的明天》(*Benang: From the Heart*)以及《死者之舞》(*That Deadman Dance*)——是一种对于个人认同与文化认同的极具诗性和复杂性的探索。与他部族的长老哈泽尔·布朗所合著的不拘一格的回忆录《卡杨与我》(*Kayang and Me*)，也是对身份性和历史遗产的另一种文学探索。

《死者之舞》在它出版的那一年便获得了九个著名的文学奖项，包括英联邦文学奖和迈尔斯·富兰克林奖，之前《心中的明天》也获得了迈尔斯·富兰克林奖，这使得斯科特成为少数几个不止一次获得该奖项的作家之一，也是第一个澳大利亚原住民获奖者。他的作品得以在国际上广泛传播。

从事文学创作的同时，多年来斯科特还与他人合作，去恢复并且保护自己祖先的传统语言。迄今为止，创作的两本图画书《鲸鱼》

① 盖尔德纳河，位于西澳大利亚州的大南区。

② 干旱角国际公园，位于西澳大利亚州首府珀斯东南方向731公里处。

③ 诺曼·廷代尔（Norman Tindale，1900—1993），澳大利亚人类学家、考古学家、昆虫学家和民族学家。

（*Mamang*）和《努恩嘎精灵决斗》（*Noongar Mambara Bakitj*）已由西澳大学出版社分别以努恩嘎语和英语进行出版，斯科特还在继续与他的团队合作进行语言再生课题研究。自本次采访以来，另一本小说也已基本完成。

斯科特还是科廷大学①的创意写作教授，现在与妻子和两个孩子一起居住在西澳大利亚州的弗里曼特尔市南部的库贝尔普。

我在2011年悉尼文学节主持作家与读者的交流环节的时候认识了斯科特。与那天的听众一样，我也被他谈话中所带有的抒情转折的措辞和谦虚而有力的表现所打动——为了说明一个观点，他用传统语言轻声吟唱了一会儿，那一刻全场都被深深吸引。后来当我了解到他是一个狂热的音乐爱好者的时候，我一点也不感到意外。

我们在斯科特位于科廷大学的办公室内进行了这次访谈。他的出版商为纪念《死者之舞》获得诸多奖项而送来的大幅荣誉奖章和一辆自行车，成为了这间井然有序并且不加修饰的工作室里仅有的个人装饰。斯科特是个严肃、少言寡语的人，不过在交谈的时候他经常会笑，在他的小说里，即使是苦难的情节之中也充满了幽默感。在他谈话的过程中，大部分时候都透露出他在文学创作上的孤独追求与对社会作出贡献的渴望之间的紧张关系，对“有效”的追求是他经常提到的。他坦率地说，他对写作生活的某些部分感到不安——比如文学界的名利场，以及外界所强加给他的公众人物的角色，这让他有时候感觉不舒服。

斯科特不是一个油腔滑调的人，通常在回答完一个问题后，他会用特例以及反证来对答案加以限定，对草率得出结论表现出一种同样的抗拒，这也正是他广受赞誉的小说的特质。

---

① 科廷大学，位于西澳大利亚州首府珀斯。

夏洛特·伍德：你能解释一下你的语言再生课题与你小说之间的关系么？它们在哪些地方可以重叠或是融合？

金·斯科特：我并不是很清楚。它有点像一种实验——我觉得可能这来自某种个人需求。

我在写《死者之舞》的同时也进行着这个课题的研究，然后我觉得——当时看上去雄心勃勃得有点太离谱了，如果我可以凭借这部小说获得《心中的明天》带来的那种成功的话，或许我可以利用它的影响力使得大众去关注这个语言课题，然后去造势。它进行得比我想象中的更好——只是影响力并没有达到我当初想要的那种程度，但是这个语言课题还在进行着。

换句话说，这里面其实并没有什么太多关系。实际上我想将这二者区分开来，这样我自己心里就能更清楚地认识到其中有关挪用或者利用的可能性。但是我确实相信进行这种语言课题的研究对于《死者之舞》的叙事是有一些帮助的。它帮助我写出了一些别的东西，而不仅仅只是叙述反抗，比如军事历史题材中被突袭的种种危险，或者为情节的起因提供素材，或者在写作中对于自己原住民身份的坚持——这些是我所看到的一些个问题，在小众层面上。

伍德：为什么这些东西会成为问题？

斯科特：因为它们限制了你的可能性，并且阻止你不断进行探索，同时还会阻止你进入一些危险的领域，通常来说这些领域最终会成为孕育创作最肥沃的土壤。语言课题中的叙事者都是充满了自信的角色，这些叙事是非反应性、非辩论性的，并且因为它们是在自己的语言体系中进行的，并不是在讨论什么是原住民什么是非原住民，这是完全自信的存在。

我觉得这些研究以某种方式对我的小说创作产生了一些帮助。同样，在语言课题的研究当中，我非常注意韵律等方面的东西，我想这可能已经融入到小说中了。某些意象可能以一种渗透的方式融入到小说中，这还挺有意思的。还有我从语言中得到的某些概念上的可能性，我尝试去演绎了一小部分。

作为语言研究的一部分，我还查阅了很多的努恩嘎语的文本档案。有一首努恩嘎民谣中有一个殖民地地名；另一首里面有英文短语的痕迹——我认为这些真的非常有趣。还有一首在曲调中蕴含着一个水手透过望远镜所观察到的世界。这些都是极其具有文学价值的训练，你懂我的意思吗？所以我开始思考："如果那些音乐创作者是我的话，他们会如何写小说呢？"我受到了激励，去更加偏爱那些可能被人称为文学价值的东西，远胜于那些公共政治或者论战。

然后就是整个受众群体的问题——你与谁在合作，或者说你为谁而创作的问题。凭借这个语言课题形成了一个小型社区，然后也成为了一个展现自己的文学"力量"的很好的途径，（笑）为了满足更好地遣词造句的需求，这确实是一个非常有效的办法。如果你是一个从事语言工作的文人，我觉得对你来说这也是一个帮助自己家乡社区的有效的方式。相比来讲小说文学这种东西就有点尴尬了，它是一个更长期的课题，然后你并不清楚未来的发展方向会如何，并且无法达到立竿见影的效果，我是这样认为的。但是它有它自己不同寻常的乐趣。

伍德：说到受众的问题，你在写作的时候会考虑读者吗？

斯科特：并没有。我并不确定我之前是否以一种忐忑、敬畏的方式去考虑过读者。

我猜想当我写作的时候我会想象一个跟我有点像的人，希望他有着更好的品味。一种理想化的读者，关于某些典故和语境有自己的理解，然后用某种同样的方式阅读过同样的书籍。我觉得这就是你所能做的一切了。但是那种读者可能要比我聪明。

伍德：这是一种比较宽容的读者还是一种比较挑剔的读者呢？

斯科特：啊，问得好。通常来讲我想到的读者是非常挑剔的，这是让我的写作不断停顿并且举步维艰的原因。这绝对是一个挑剔的读者。

伍德：这对你的创作是一种阻碍吗？

斯科特：我认为这在刚开始创作的时候是一种阻碍。当你进入状态以后，可能这种阻碍会减轻，就会变得更像是一种校对。但是在早期的时候——那时我还没开始写第二本小说，我非常清楚这一点——这种想法使开始创作变得非常艰难，因为脑中都是畏惧的声音："我可以再来一次吗？不行，我做不到。我不知道我到底要写什么，我也不知道我是否可以忍受在我付出了时间精力之后却一无所得，而且大家会对我泼冷水。"脑子里全都是这种声音。

伍德：你是能感觉到另一本小说在远处向你招手吗？还是有意识地去想着"现在我要坐下来然后开始做些什么"。

斯科特：大概就是"我要坐下来然后开始……"但是通常来说我会先有一个想法，至少在下一部小说动笔之前的几年我就会产生一个想法。我还会就这个想法去记一些未经雕琢的笔记。我会花几个月时间想象一下，把所有这些笔记汇总到一起然后开始我的创作。

而且我还在尝试一个新招。几周以前我和吉列尔莫·亚利亚格[①]一起参加了一个编剧研讨会，真的很有意思。所以我还写了几个短篇小剧本作为逐步向长篇散文作品过渡的素材，这种素材可以是某种相似的灵感。所以这可能会成为我为自己埋下的一个狡猾的小伏笔。但也可能不会，它们最终说不定会成为一个完整的剧本。

① 吉列尔莫·亚利亚格（Guillermo Arriaga，1958—　），墨西哥作家、编剧、导演以及制片人。

但是这里面还有让我感兴趣的一点就是，它涉及作为一个原住民小说家——这个如此孤独的职业的一些商业运作。有了剧本，你可以让很多其他人参与进来，就像语言课题一样。如果你有一部看起来不错的剧本，你可以让一大堆人参与其中。他们甚至可以不是专业演员，因为不必诠释所有那些肢体语言的内容。

所以如果我可以做到这一点，同时还能使它逐步蜕变成自己所需要表达的一切视觉与声音——我早就觉得这非常有意思了。还有我现在想写的那种书是不那么内敛的——因为种种原因，我以前写的东西读起来让人头都大了，我不想再这样做了——这样也对写剧本的想法有一定帮助。

伍德：当你专注于其他课题的时候，这种想法也会闪现出来吗？

斯科特：一阵一阵的。有段时间我写了很多纪实文学，其实我并不喜欢写这些。所以说是一阵一阵的。

伍德：当你度过了起步的那个坎儿，开始顺利进入创作一本书的状态时，你有什么特别的工作习惯或者方法吗？

斯科特：这根据我的情况会发生改变。几乎所有的书都是在我工作之余写的，当我没有工作的时候——我会攒一些钱争取一些时间，有时会得到一点资助或者别的什么。

当下有个习惯，从每天醒来后会持续大概四到六个小时。通常，早早起来做些运动（比画骑自行车的手势）对我很有帮助，去卸掉一些紧张情绪，使自己变得柔和一点，好过总是让自己紧绷着。这让我更容易坐下来，减轻做事情的时候所产生的压力。

还有写作的时候会设置时间，或者有时候会看字数——我会做一点统计——或者说页数，我就是会留意一下，以至于使得我不会过于松懈，不是说在桌子前咬牙切齿地熬过六个小时。那样不算数的，你懂的。所以说我有这两个标准去相互做评估。我喜欢独处的空间，但是我在哪儿都可以写作，通常都是在家中最差劲的地方。你不能把所有外部条件都看得那么重要，可能跟这种想法有关，因为……你懂的，这不是一个妥当的工作。（笑）

伍德：你真的有这种感觉吗？

斯科特：嗯，不好说。

伍德：你对其他作家也有这种想法吗？

斯科特：不，并没有。这只是一点点自尊心问题或者别的什么，还有就是一种愧疚感，愧疚于为什么我要做这个非常孤立甚至可能是自私的事情。你懂的，写作无法给家里带来很多钱，而养家却是你的责任。

写作可以是某种举步维艰并且触犯禁忌的事情。

伍德：所以由于这种想法的存在，你会在杂乱的环境中去工作，避免让自己更舒适一些……

斯科特：噢，这不是普通意义上的杂乱，而是垃圾遍地的杂乱。割草机还有旧地毯，所有这类东西包围着我。我不太确定，如果换作家中最光鲜亮丽的地方，这种焦虑可能会更加强烈。

我一直觉得我喜欢一个舒适的小空间，所有一切都是井井有条的，但是我猜想我只是从来不去收拾。我都这个岁数了，我想着必须得去面对这个事实。（笑）

很早以前，我曾在上班的时候进行过写作，都是偷偷摸摸地写。我最早的诗中就有一首是在我监考的时候写的。所以只要我有了动力，我估计我可以在任何地方进行写作。蓄势待发，做足准备工作，这是最难的部分。

伍德：对你来说，如何定义一天的工作是否到位？

斯科特：看分量。（笑）这是个很大的问题。通常一段合适的工作时间应该是四到六个小时然后休息一下。然后你审视一下自己所写的东西，并不能让你感到满意，但是如果幸运的话你再写一点就差不多了。

真正美好的一天是当你完成了某些内容，然后回过头去审视它，它可以提示你下一步的方向，而且以一种愉悦的方式使你感到惊喜。你可以对自己感到满意，这些内容就是你意料之外却也是期盼已久的东西。

伍德：你会边写边进行修改吗？

斯科特：是的，我会。经常因为写作停滞了，我回到开头再过一遍然后进行修改，然后希望这样可以使自己进入下一个阶段。

伍德：你是如何定义一本书是否成功的？只是你的标准，不需要考虑其他人的想法。你是如何确定的，比如，你的书写到什么时候才算完成，才算准备妥当，才算好到可以发表了呢？

斯科特：我不知道我是否能确定。我只是写到对它感到厌倦为止。这是非常重要的一部分。而且我总是能意识到可能会存在的缺陷，以及我无法完全梳理好的内容。我会先有一个初步的想法或者图表什么的。然后一旦你全部完成了——结局、闭环或决议或别的什么东西——你只需要将它打包汇总。但是你的结尾可能是错误的。你离开后再回过头来看一遍就会觉得："哦该死的，我必须再写下去！"（笑）

伍德：《死者之舞》写了多长时间呢？

斯科特：在三年半的时间里，我把它当作博士学位研究的一部分去完成的，以我个人的标准来看，进行的速度非常快了。但在之前相当长的一段时间里我在脑海中已经构建好了那本小说的场景和情景，所以这可能有所帮助。如果能再来一次我也不会介意。

我记得这是写得最快的一本书。写得最慢的是《心中的明天》，写了大概五年的时间，然后《真实的国度》写了至少三四年。《卡杨与我》写得非常快，但那是纪实文学。

伍德：你觉得那个比写小说容易吗？

斯科特：可能吧，但也许不是这样。这也是一种很脆弱的某种东西，你知道的。它是纪实性的，但是我是很开放的，也违背了写这类东西时候一些传统的写作方式。我刻意地避免循规蹈矩，然后在很大程度上清晰地表达了质疑。这本身就已经足够困难了，而且在身份政治的语境中，这甚至变得更加棘手。

伍德：你知道自己是为何而写作吗？

斯科特：知道一部分吧。我曾经是一名语文老师，而且——我说过很多次了——我意识到一个手工艺术老师可以盖房子，但一个该死的语文老师能做什么？（笑）这是一部分原因。

我认为性格——内向、孤僻、害羞以及所有这些东西——也是其中的一部分。我以前经常画画，我觉得这也有关系。我小时候从这些事情以及专注于它们的状态中得到了很多乐趣。写作中最好的一部分就是这种“纯真的仪式”，我想这就是叶芝说过的。我想这就是他的意思，这种专注，沉醉在事物的制造过程中。

然后当你写完了一本书，它就成为了一件需要不断尝试的事情。这也是其中的一部分原因。

伍德：当你完成了一部小说之后，你能否在自己身上看到一些以前看不到的东西?

斯科特: 是的,这也是一个非常大的因素。我会通过写故事去思考,去探索事物。

我敢说,故事可以作为一种思考方式的这个特质是文学事业中被忽视的一个方面。故事可以使你踏入一些新的领域,而这些领域是你使用其他语言,或者使用其他话语体系无法到达的。通过文学为你所提供的各种各样的制造意义的工具——就是指文学作为一种元语言所包含的全部概念,我觉得你可以尝试去塑造非言语的东西,你可以发现新的知识领域。所以如我实际上所做的那样,如果我在故事中去描述关于身份认同的内容,就会达到我在学术或是政治话语体系中所无法触及的高度。在小说中,当你有些一知半解的东西,开始稍微将其塑造一下,就会在别的领域触发对这个东西的更多的思考。

我的第一部小说《真实的国度》,一开始是一个个体的声音,然后就进入了一个集体的叙述。而这个集体的声音讲述的是最初的那个叙述者,你知道吗?这是一种谈论集体和个人的方式,以及谈论两者之间在身份方面的谈判的方式。而小说的形式元素开启了我对这一点的思考,并试图将其表达出来。

另外,我认为这个思考方式在我运用那些扭曲的传记性质的素材的时候渗透了进来——我是"那些自称努恩嘎人中的某一位的后裔"。这些事情都是关于身份的陈述,但不仅仅是关于自我的陈述。

伍德: 从某种意义上讲,你会觉得写作者应该成为局外人吗?

斯科特: 以我为例,我更倾向写作者不要这样,不要用一种局外人的视角。我确实认为这些东西有点殊途同归。它涉及探索性的东西,涉及一种介入到那些质疑、困惑、矛盾——如同现实生活那般——的领域之中的意愿。我不确定哪一个更优先。可能是品格中会带有一些反思和一些观察性的特质，当然是说在写作中——不是针对所有人，而是对于一些像我一样在文字上花费了不少工夫的人来说是这样。这些并不是像表演一样可以倾泻而出的。

伍德：刚才你说过你曾经写过错误的结尾——你之前有写过错误的开头吗？

斯科特：嗯，你可能在开始创作之后又放弃那个开头，但是也写了一些还可以的内容。这样可以找到动力，不管怎样只要先获得了动力，就可以让你达到某种高度（伸出大拇指和食指），之后你知道你已经准备就绪了，同时你也会搞清楚什么时候应该停下。

但是我写过一本失败的小说——从头到尾全部都错了，不管是开头、过程还是结尾。我知道它写得不好，虽然有一点点内容还算可以。是继《心中的明天》之后写的第三部小说。我太逼迫自己了。我当时可能就是在做尝试，我并没有把每一种课题都区分得很明确，就好比文化语言类的东西，我会把它们融合在一起。它没有满足任何读者的期待，对于文学流派或者其他东西来说也毫无价值。

伍德：我有种感觉，就是在你的创作早期阶段有一种非常微妙的东西，不去给它施加过多的压力是很重要的。

斯科特：我觉得这非常困难，所有的这一切。这绝对是反常的！我必须用很多办法去糊弄自己。比如说，“我不在乎自己写的东西”，或者有时会通过控制写作时间和字数，以及所有类似的方式。

我喜欢笔和纸，通常来说在起点的时候这些是非常重要的。这也是我画过很多画的部分原因。我觉得这很美好，有某种缓和的感觉在里面，可以帮助我的写作变得更加流畅和通顺，相比来说用键盘写作就很难有这种感觉，除非我对我自己所写的东西有一个非常好的想法。所以我会先通过手写的方式去创作，再在电脑上打出来，然后再进一步修改。

伍德：你经常写短篇小说吗？

斯科特：写过一点。而且我还想过将它变成一种创作方式，但是总的来说，它们最终会变成一个体量更大的东西。如果我想去写点什么，我会选择写小说——我不想给自己创造很多次被外界否定的可能，我会把所有赌注都放在一部长篇作品上。（笑）你懂的，如果我写了一部短篇故事然后被人否定了，我就会非常灰心，可能几年内都不会想要再去创作了。（笑）这种情况也不是绝对的，你还可以躲进一部小说里。我会在这上面下很大的赌注。

伍德：在你的作品里，趣味的感觉似乎很重要。甚至是在一些非常悲伤和苦难的情节中好像也有一些喜悦的能力——你有注意到吗？我想知道努恩嘎的故事中是否也有这样的存在。

斯科特：我认为那里面是有这种趣味的感觉的。我愿意去虔诚地相信。对我来说尽管那些努恩嘎的故事非常新鲜，与那些民间传说不同，里面往往有一种幽默感。你知道的，这实际上是一种老生常谈，幽默的生存之道。但是确实如此，那就是生命和能量的所在，凝聚在那些气泡中。

伍德：这些乐观或喜悦的气泡是有意识地在你的作品中扮演叙事的角色，还是自然而然地成为了整体的一部分？

斯科特：在《心中的明天》里，我认为有非常多幽默的部分，尽管人们没有看到。我知道我在做什么，我只是在那些真正恶劣的东西面前保持戏谑的姿态。与它相处的唯一办法就是拾起它，让它伴你前行，“拾起然后进步”，所以这就是那些到处漂浮的和其他类似的事物的来源。

通过这些戏谑的方式，我觉得它消解了一些故事中存在的伤痛。而且在这种语境里戏谑也显得很有勇气。它似乎是一种勇敢的行为——不仅是因为给自己做这种心理建设非常困难，同样也因为这种处理龌龊事物的戏谑方式可能会被理解为是无意义的。它可是这些伤害和破灭的源头啊，你有什么好乐的？你不能拿那个开玩笑，这不是一个合适的回应方式。但是这看起来是很有必要的。

伍德：另一个在你作品中的欢乐的存在就是歌舞的部分。你对音乐和舞蹈的作用有什么看法呢？

斯科特：我是一个失意的音乐人。我非常嫉妒和钦佩那些能在舞台表演、音乐和舞蹈中即兴发挥的人。在这种你所了解的事物整体性的观念里，这种即兴是一种知识、技巧和专业性的有机结合。我很佩服这一切不假思索的东西。我爱这一切。我觉得这也是写作中我所喜欢的那部分，它有点像是——当你回到某个节点，感受到的惊喜、快乐，以及你拥有的东西所显现出来的轮廓。而且舞蹈和音乐就——（打响指）在那里，出现一会便消失了，消失之后又会再次出现另一段（打响指）。是的，我就是这么嫉妒。它淋漓尽致地展现了创造力的好处——而且不止于此，它不能用语言形容并且非常的真诚，它是精神或者情感的一种塑造，在音乐和舞蹈以及表演中似乎体现得尤为明显。

但是某种程度上你可以从阅读以及那些话语中感受到这种感觉。而写作涵盖的所有东西导致写的过程十分漫长，这令人沮丧。

伍德：我的一位画画老师曾经跟我说过：“所有的艺术来源于对于歌唱的渴望。”

斯科特：是的，这样的说法似乎是对的。

伍德：你对韵律的兴趣就是来源于此吗？

斯科特：可能是的。我觉得这种对于韵律的品位是一种感性的东西。我喜欢诗歌，我过去常常背诵诗歌——我喜欢声音。如我所说，我是一个失意的业余音乐人。通过韵律你可以做到很多事情。我喜欢从整体以及概念上去思考韵律，如果有必要的话。但我不确定我是否把整本书都看作是一个韵律的实体。其中一些部分可能是，然后其他一些部分我只是一扫而过。

我思考的是阅读中的韵律，比如在哪些地方我想让人们慢下来，哪些地方我无所谓——我觉得这肯定也是我的作品中不讨人喜欢的地方；我无所谓他们是否会重读的地方。（笑）还有我希望读者可以只是短暂停留一会的地方，思考一下发生了什么。或者是我想让他们无意识地读上几页的地方，我想让语言更透明。我就是像这样去思考的，然后我想这就是通过韵律可以做到的事情。

伍德：你所描述的方式听上去几乎就像是乐器一样。就像在演奏一种乐器。

斯科特：我猜想一本书就是一种促使他人去做一些事情，促使他人用某种方式去阅读的乐器。挖掘所有像这样抽象的东西非常令人喜悦。

伍德：那么场所的作用又是什么呢？在你的故事里似乎充满了人性。你有没有想过把这些东西结合在一起，或者对你来说他们已经结合在一起了？

斯科特：我确实考虑过一些。在《心中的明天》里我刻意地这样去做了，即使在那本书中场所可以说就是一段文本，你知道的，就是档案馆。但确实，这些就是我努恩嘎人的这个身份所触发的思考。而这里面是有一点疑惑和矛盾的，我并没有在祖先的国度生活过，但是我了解那些地区，而且你会想知道其中的联系以及如何去表述它们，可能那些都在故事中结束了。

我不会强求去在里面设置这些或者别的类似的东西。我只是会去思考这类问题。

伍德：你是否认为所有原住民题材的写作都带有政治色彩，不管是否有意为之？

斯科特：我觉得是这样的。我发现自己会去鼓励人们不要那么大张旗鼓地讨论政治，你知道的——去减少对于政治的过度关注，因为无论如何它一直存在，如果你知道自己处于（原住民写作）这个领域，或者你已经被贴上了这样的标签。如若不然，也可能并非如此。但是即使你没有被贴上这样的标签，我猜它一样逃不开政治，就是这样。

伍德：你会把这当作一种负担吗？

斯科特：某种程度上讲我会的，但是我也会回避那种将原住民特质与负担联系在一起的那种做派。我更倾向去认为这是一种权利，是一种荣誉，会觉得自己非常幸运。同样去反对所有那种悲天悯人的言论，你知道那种，“我很抱歉，可怜的我，还有可怜的他们”，弗洛伦丝·南丁格尔[①]还有传教士，雇佣兵还有那些边缘人以及诸如此类的存在。

我更愿意说：“哇，我是多么幸运，多么特别啊，能成为那些在这个世界上最古老的大陆创造人类社会的人的后裔，并且能听到那些人的声音。”这真的是让人眼前一亮。还有刻在岩石上的文字，哇。

① 弗洛伦丝·南丁格尔（Florence Nightingale，1820—1910），英国护士和统计学家，“南丁格尔”也是护士精神的代名词。

所以这是与所有其他垃圾完全对立的一种立场，尽管我是白皮肤，可能说这些话会更容易一些。但是我更愿意去淡化这种负担。

伍德：我们能否聊一下《死者之舞》和《心中的明天》获奖所带来的巨大成功吗？

斯科特：嗯，好吧。哪方面呢？

伍德：嗯，关于这些你自己感觉如何？

斯科特：首先，我很开心。我很希望自己可以做好一件事情。除此之外会在不同的时间感到有些许尴尬。有时候会发生一些尴尬的事，我真的发现自己总是会想到一些嫉妒的人，他们会说："啊，去他妈的，他肯定只是因为别的什么原因。"然后我会在脑海中与这些人发生一些小的争执。

伍德：你有遭遇过这种情况么？

斯科特：没有没有，这都是我自己想到的！我已经习惯了这种偏执的感觉。我确信（在现实中）这种情况也会存在，但那只是，你知道的，那又能怎么样呢。但是还有什么别的东西可以困扰我呢？

有一个我很欣赏的作家，虽然我没有读过他很多作品，就是爱德华多·休斯·加莱亚诺[①]。他的一篇精彩的散文《为话语辩护》中有这样一句话："不要信任掌声，它可能意味着你已经失去了棱角。"有时候我会思考这个问题。

所以我尽可能地不去想获奖的事。但是首先它确实令人高兴，你想："啊好吧，这真不错，我一定是在某种层面上切中了要害。"

---

① 爱德华多·休斯·加莱亚诺（Eduardo Galeano，1940—2015），乌拉圭记者、小说作家。主要作品有《火的记忆》《拉丁美洲被切开的血管》等。

伍德：会不会带来一种具有现实意义的价值？比如钱会给你带来更多的创作时间。

斯科特：是的，尽管我是全职创作，而且直到目前为止我还是对创作抱有兴趣。再就是之前说的，这是我自己立志于做一个有用的人的执念。过去几年的工作很重要。但是确实，我还清了贷款还有别的一些东西。这意味着你尝到了甜头也背负了更大压力，这一点会有些尴尬。但是确实很令人开心，很美好，但是在那之后……

人们会对我说："喔，你真谦虚。"但我不确定自己是否谦虚。我只是觉得这一切包含了许多运气的成分，这是相当随机的。入围奖项就是这样的事情，可以有各种各样的方式参与其中。

但是我想写一本文学性非常强的书，这是对文学的尊重，也是对我在自己喜欢的书中所领悟到的东西的尊重。总的来说，评委们都读了很多书，他们都是聪明的读者，所以这一切都刚刚好。

伍德：你所获得的关注是如何将你推向公共领域的？

斯科特：有些时候真的让人很不舒服。获得西澳大利亚州年度奖在各种方面都让人感到极度不适。一部分原因可能是意味着历史遗产和身份性的那些东西——这一点可以算得上是一种小小的负担了。而我在小说中阐述了我的一些担忧，但又要把它转化为精辟的、简短的点睛之笔，整齐划一地融入现有的话语体系中，如果你不介意我这样说的话，这样感觉不太可能。所以这真的很难。我甚至觉得有些悲痛——在我赢得西澳大利亚州年度奖之前，我入围了原住民类别和艺术类别的候选名单。 然后我获得了原住民类别的奖项。其实我希望这两个该死的奖我都能拿到手。就是因为这里面全部的政治因素，还有那种"失去棱角"的问题，在某种程度上，我成为了原住民的代言人，尤其是对那些非原住民的人来说，比如那些评委。

这里面有很多让人不舒服的地方，有很多话你没有机会去说，因为人们的耳朵——我很诚恳地说（笑）——并没有准备好去聆听。这个血腥的地方到处都充斥着袭击与劫持。我不是什么代表，也不是什么代言人，我也不喜欢这样的方式。所以这一点就有些扯淡了。

伍德：你过去曾对文学和原住民文化的商业化表示过关注。这对你来说意味着什么，为什么你会为此而担心？

斯科特：实际上在那部《死者之舞》里面这是一个非常明显的问题——那个老鲍比，在最后一幕中突破了整个框架走向了外部世界，力量、可能性和潜力都被削弱了……所以是的，我确实有这样的担忧。

它源于我对文学领域的喜爱——那种魔力、探索和可能性等等——变成了纯粹的娱乐。那它就是失去了所有意义。然后它会变成一种榨取人们的时间和生活碎片的工具。当原住民故事变成商品的时候，情况也是如此。当原住民文化被商业化时，这也会减少表达原住民身份性的可能性。

让我来做个比较——当我创作《心中的明天》的时候，我参与了一个原住民视觉艺术课程的设立，当时我还是乌纳彭奖[①]的评委。而从这两次经历中，你会看到没有经验的原住民艺术家用点画和红黑黄三色的澳大利亚地图来表达他们个人的原住民身份。

所有这里面有个有意思的小回路，他们接受了被贴上“原住民”标签的身份的主流表达方式，并将其再造。

负责运作那个艺术课程的筱崎特伦斯是一位装置艺术家，他设计了《心中的明天》的封面，同时也是我所认识的人中最有想法的。关于这一点他非常担忧，他认为你需要从自身的资源中挖掘出身份的表达方式，不能依靠外部的因素——这有点浪漫主义，但是我同意这一点。商业化关闭了这个回路，最后只会不断衰弱，它毫无意义。

---

① 大卫·乌纳彭原住民文学奖，为纪念澳大利亚原住民作家大卫·乌纳彭（1872—1967）而命名。

在文学作品中，你需要读者和作者之间有着紧密的合作——这就是我喜欢复杂故事的原因。不是为了给他们造成困难，只是为了在这种紧密的关系中可以有更好的合作。你可以在那些小的矛盾和未知中构建事物。这样就扩展了你对世界的认识，好过自我安慰，或者投机取巧。

伍德：我想问一下你有关历史研究的问题，因为你对它的运用似乎并不拘泥于传统的方式。你是如何在运用研究方法的时候同时又不被它束缚的?

斯科特：我不知道。我并不是一个特别好的研究者，我的状态有些断断续续并且飘忽不定，而且我还有些马虎。这种研究策略并不是刻意为之的，但我觉得这样是有帮助的。在某种程度上我进行过思考，我告诉自己："金啊，此时此刻你并不是要应付任何人该死的考核。你没有必要向他们展示你是多么机灵的一个混蛋，还有你所做的一切研究。"

我对有时候通过极少的研究便可以达到目标很感兴趣。拿《死者之舞》来说，很多人问我关于航海方面的研究。我自己从来没出过海，从来没坐过有帆的船，我只是设想过。所以这也是自我安慰。我以后会尽量少做研究的!（笑）

但我发现实际上做研究真的很刺激。我是这样做的：你观察一些你感兴趣的东西，然后有些片段在你的脑海中留下印象，或者有些片段会刺激你，对我来说这往往是小说创作的起点。

对于《心中的明天》来说，是一本书中的一张照片，和一些令人非常反感的话语。而在《死者之舞》中有很多像这样的不太一样的东西——零零散散的东西。但其中一个是一封信里的一行字，是关于"瓦解这个本地帮派"的。好像这样写的："这些是最了解我们的人，当下我们必须去瓦解这个本地帮派。"我现在没办法完全复述出来，但是它的措辞很有意思，真是一段非常有意思的短文。所以你会开始去思考萌生出这种文字的世界，接着你开始落笔，然后一直写下去。

伍德：我喜欢你提到的你没有坐过帆船的事，因为当代人似乎有一种观念，就是你必须去做或经历一些事情才能将其书写出来。在我看来这似乎是一种反文学的想法。

斯科特：是的，所谓的用经历换作品——那不是我们所做的事情。我在《卫报》上看到过一篇关于《死者之舞》的评论，不太赞同，评论最后写到“这本书的形式大于内容”。而我觉得这有点伤人了，但事实上这就是小说的本质，不是吗？其实全部都是形式，真的。小说就是形式。

伍德：然而你希望你的作品有完整性，而这才是实质。

斯科特：不管这种完整性意味着什么，你确实会希望如此。

伍德：当你真正被困住的时候你会怎么做呢？

斯科特：嗯，这时候会有一系列不合法的方式而我是不会挑明的（笑）。我会喝杯酒，或者类似的事情。

伍德：是在你创作的时候吗？还是只是为了从中获得解脱？

斯科特：为了从中获得解脱，但是你最后还是会回到原地。也许之后可能会发生点什么。但是我努力不去使用这些东西——它们不会带来什么效果，或者说根本不够。我不确定，我在尝试努力坚持。除此之外我还会去做一些运动，但是不一定会有效果。你不可能永远待在写字台前，即使是在你为了满足计划的工作时间和工作内容的时候，这种状态过于紧绷了。

伍德：你会因为自己的创作而感到沮丧吗？

斯科特：会的，我很容易陷入这种状态。

伍德：为了寻求安慰或者灵感，有没有一些作者的作品值得你回味？

斯科特：我会重温一些我格外喜欢的书。我想这取决于创作内容，而且我总是能发现新欢——谢天谢地。还有一些书我也会去重温，是因为它们太过可爱或者巧妙，或者令人不适。

比如《洛丽塔》①，我觉得很多人都喜欢这本书。它真的是非常的精妙，而且对于自己声音的把控十分到位，还有里面的那种感性。尽管我最近重温这本书的时候觉得它有点脏！之前看的时候我还没察觉到呢！（笑）其实是有些恶心的！蕴藏在作者所独有的聪明且狡黠的叙述方式中。

还有石黑一雄的《长日将尽》，这是一本……哦天呐，它太痛苦了，里面的那个叙述者是非常不可靠②的。在《长日将尽》的结尾处，你只会意识到他哭泣是因为有人给了他一块手帕。他以这种第一人称视角还有这种不可靠性所做的一切都非常有意思。这棒极了。还有一本安妮·泰勒③的书，那本《意外的旅客》我非常喜欢。这是本轻松的书，但它同样也是一种声音的表达和不可靠的叙事。

伍德：写书的早期阶段最要紧的问题，就是从你能获取动力的地方得到你要的声音，对吗？

斯科特：是的……声音，或者说是某种感悟。那个故事以及它背

---

① 《洛丽塔》（*Lolita*），是俄罗斯裔美国作家弗拉基米尔·纳博科夫创作的著名小说。小说于1955年成书并在法国巴黎首次出版。

② 不可靠的叙事者是指在文学、电影、戏剧等作品中，可信度受到质疑的叙事者。这个名词由韦恩·C. 布斯在1961年的著作《小说修辞学》中提出。

③ 安妮·泰勒（Anne Tyler，1941—　），美国小说作家。

后的感悟，可能是你所积累的这个东西背后最重要的因素，我是这样认为的。其实不一定总是声音，还有感悟——可以去分享这个故事，讲述这个故事的某种状态。

伍德： 如果存在一个谱系，一端是直觉，另一端是理性的、深思熟虑的决策，你会处于哪个位置呢？

斯科特： 会一直移动。我喜欢直觉的部分，而且我认为来自直觉的东西给我带来了最多的乐趣，并且使我能够在它的基础上进行创作。但是我也会去做一些图表，并且我会对角色进行斟酌——而不是情节，我需要一直对这些部分进行打磨。但在之后也会有一种理性的、技术性的观点，我会从技术层面来考虑，关于声音等等。但是我喜欢这个想法，大部分工作都是靠直觉完成的，我认为事实就是如此。

重点是，这涉及通过写小说可以做到的事情，可以使你到达一些其他的语言运用方式无法企及的地方。还有那种趣味性，只有当一个人足够放松的时候才能做到的，这是非常重要的一部分。还有梦境，梦境可以给你带来的东西如同最好的小说那般诱惑且迷人。

伍德： 梦里存在一些非常强有力的东西。

斯科特： 是的。而且在这些东西的背后还潜藏着许多梦境之外的事物——那里有这种微小的事物还有所有这种东西，全部的意义都在那里，在图像或者位置或者声响或者其他什么因素的背后。

伍德： 尽管你有些焦虑，你会对自己的创作体系感到自豪吗？

斯科特： 是的，确实。这种焦虑促使我努力创作。不幸的是，这种焦虑就是许多能量的来源。而我就是这样一个焦虑的伙计，是的，我为此自豪，因为我了解那种焦虑。这是我自豪的一部分，去塑造了一些别的东西。总的来说，我还是自豪的，因为我知道自己以不同的方式去应对了一些困难。

伍德：你有想过放弃吗？

斯科特：有，有的。嗯，当下我可能已经停下来了。这是写作带来的孤独，而且它使得你越写越孤独，越写越寂寞。

而在这之后还会出现其他的——不是说名誉，而是突然出现的那种所谓的公众人物不得不面对的东西，这困扰着我。我还没有放弃音乐事业，尽管舞蹈已经离我远去了。（笑）

而写作是一种古老的形式，有时候我觉得自己一直和一个古板的群体联系在一起，老顽固的人，读过书的人或者是喜欢文学的人。我想也许我应该看看自己可以在别的领域做些什么，对于释放和运用自己的能量来说，这可能是一种更直接的方式，而不是固步自封一直写作。我觉得在这方面我面临着巨大的困难，这对我的健康没有好处。

我想我之所以能在不同的阶段一直坚持下去，一定程度上是因为这是某种天职或者说专业的一部分。

我一旦开始做事，比如写完了一本书，写完之后就觉得最好再去做另一件事。即便是写完上一本小说《死者之舞》之后也是如此，说句实话，我全身心都投入到了这个语言课题中。我攻读博士学位是为了让语言课题可以继续进行下去，因为我可以获得奖学金——语言课题与博士学位无关，只是为了积攒一点钱和时间。而且我还有很多原住民地权的工作正在进行着。

所以这相当于一个全职工作，再加上一个很多年都没有收入的兼职工作。

而这一切都体现在我和哈泽尔·布朗合著的那本书（《卡杨与我》）中，因为那些责任感和强烈的兴趣。作为博士学位研究的一部分，当时我必须写一部小说，而且我已经有了想法，所以我做了这份工作。

这也是完成这件事情的重要原因。

伍德：这听上去非常的实用主义，但是这本书感觉并不像是一次实用主义的练习。

斯科特：是的，我也觉得它不是。但是我也有这样的道德观：既然我开始写了，就要有始有终。或者“我注定要成为一名作家，我最好审视一下自己是否称职”，诸如此类的观念。话又说回来，这本书也为我带来了一些特权：在书出版之后，人们会更乐意听完我的发言。（笑）人们想要去聆听你，你不需要强迫他们去听。当你时来运转的时候会有很多小小的喜悦，它们让你感到惊讶，然后你会想要得到更多这种喜悦。而且你会想要塑造它们，你会享受其中所蕴含的美学。

伍德：作为一名作家，从职业生涯开始到现在你有什么变化？

斯科特：我更能清晰地认知到书里写了些什么。当我阅读的时候，我经常会想：“噢，这里有些敷衍。”当你阅读的时候你会去改写——只能是小规模的改写，并不是说大的结构性的内容，要去改这个的话我重读的还远远不够。

在产出方面，我比以前更加僵硬，节奏也比以前更慢了。我觉得现在自己有了更多的约束，因为周围有着各种各样的压力。我可以放松下来，但这样会需要我多花点工夫。

我以前可以（打响指）创造出一种声音或者一种风格或者别的东西，可能并不算是特别好的东西，但是足以让你可以继续打磨。比起以前我现在确实有了很多的约束。

但我觉得我在读书的时候更善于发现其中的闪光点。我不知道这是否可以转化为识别我自己作品中闪光点的能力。我知道我自己作品烂在哪里，有时候我可能有一点苛刻。我会尝试避免去思考这种事情，通常只是专注于下一个工作。

伍德：阿曼达·洛瑞说过她不知道作家在经过某些阶段后还能剩下多少自我。你是如何看待自我意识在创作中所扮演的角色的？

斯科特：嗯……我认为需要的只是一小部分的自我意识，但这是个很复杂的问题。它是狡猾并且不可靠的。为了回答这个问题，我想到了一些我认识的人，他们有很强烈的自我意识，而且他们也想成为作家。他们写的书没有人想要去出版，而我觉得驱使他们写作的只有自我意识。他们坚信自己写的书非常的好，即便所有人都不认同，而且他们还希望你可以欣赏，坚持要你去读这些书——全都是这类事情。我并没有那种膨胀的自我意识，而且我认为在实际写作中并不需要那种自我。我觉得随时准备着卸下防备走出安全区，并且进入那些大多数人不愿涉足的领域——这样的做法我觉得是缺乏自我意识的，同时我也认为这样做更需要勇气。

我认为当自己陷入某些想法中的时候，自我意识就出现了，比如，“我想做好这件事，我想表现得很好”。我希望它可以成为一本符合自身条件的真正的好书。我觉得这其中一定有不少自我意识的因素。我希望人们因为这本书而喜欢我么？我不知道自己有多少这样的想法，但是它可能同样混杂在其中。

自我意识是个不可靠的东西。

伍德：你所需要的勇气的本质是什么？

斯科特：就是在于知道自己可能会失败，在于知道自己读的书还远远不够，而且别人读得更多，谁又说过你是最有资格评判一本书是好是坏的那个人呢？

直面这些问题之后依然决定要去行动——就是这种勇气。知道了你的写作会揭示一个人的多少遭遇——即使没有触及自我——也还是会义无反顾地写下去。也就是说，要笃信“没人敢写这种内容，这样写太困难而且很危险。但是我要去写”。

我觉得这就是勇气，或者说这就是我所想到的东西。最困难的就是开头，当你做了足够的心理准备，你就知道该如何继续下去了。这就是面对失败的勇气，这也是最艰难的一点。

克雷格·舍伯恩

当我在**克雷格·舍伯恩**位于圣基尔达[①]的家中对他进行采访的时候，他刚刚完成了自己的第二本小说，活跃得就像一个在监狱被关了很久之后突然获得假释的人。

作为一名广受赞誉的诗人、记者、剧作家、传记作家和小说家，舍伯恩最著名的作品是《芸芸众生》(*Hoi Polloi*)和《污物》(*Muck*)，这两部悲喜交加并且文笔优美的回忆录，记录了他成年以前在新西兰和澳大利亚所度过的时光。他凭借着2011年的小说《爱的业余法则》(*The Amateur Science of Love*)踏入了小说领域，这部作品为他赢得了墨尔本文学奖[②]，同时也入围了其他重要奖项。他的新小说《树宫》(*Tree Palace*)于2014年出版，并且入围了2015年的迈尔斯·富兰克林奖。他的新闻报道以及诗歌已经刊登在了澳大利亚绝大多数文学期刊和选集中。

我对舍伯恩作品的最初了解来源于一位诗人朋友向我推荐的他的诗集《必要的邪恶》(*Necessary Evil*)。大卫·麦考伊[③]评价这部作品是"直白和迂回的奇妙结合，充满紧迫感与力量"，其中包含了舍伯恩对他的父母惟妙惟肖却又感人至深的刻画——而他的父母同时也是他回忆录中的主角。

在《芸芸众生》一书中，作为叙述者的孩子将他的父母戏称为

① 圣基尔达，位于澳大利亚维多利亚州墨尔本南区的一个海滨小城。

② 墨尔本文学奖(Melbourne Prize for Literature)，由墨尔本奖基金会颁发。设有城市雕塑奖、文学奖以及音乐奖。

③ 大卫·麦考伊(David McCooey，1967—)，澳大利亚诗人、评论家、音乐家和学者。

“高跟鞋”和“眨眼怪”，尽管他们浮夸且自负，有时候又那么的荒诞，但总是充满着人性并且富有同情心。《芸芸众生》入围了两个文学奖项；其续集《污物》获得了昆士兰州长文学奖纪实文学作品奖[①]。

评论家彼得·克雷文将后者称为“一本不同寻常的书，充满了野蛮与悲怆，还有撕裂与嘈杂，以及所有被疯狂的大人世界所裹挟的孩子们的悲伤”。这两本回忆录随即成为澳大利亚的经典之作。

海伦·加纳则用一句话道出了舍伯恩书写自己和别人时的无畏精神，她在谈到他那坚定不移的爱情故事（同时也是自传）《爱的业余法则》时说：“所有对于男人的思维方式还抱有挥之不去的幻想的女人，都应该读一下这本情节紧凑，锋芒毕露并且使人如梦方醒的书。”

我曾经见过舍伯恩一次，当时我们在一个作家节日座谈会上针对“爱情故事”的主题进行了交流，相比其他写作者油腔滑调和自我保护的态度，他为这个平台带来的热情和真诚给我留下了深刻的印象。他演讲的时候所展现出的真诚非常的令人信服，也许这跟他有一定的戏剧背景很有关系，因为无论是在演讲还是在谈话的过程中，他都像是一个富有魅力的文学布道者，他的言语中充满了诗意，时不时地拍着桌子去强调自己的见解，为了艺术去极力争辩，并且极力反对其中的虚假和虚伪。

从他说话的方式以及他的作品中，明显可以看出他对语言的趣味性和韵律性的喜爱。显然他很喜欢表达某种具有挑衅意味的观点，以同样的劲头对历史小说与新闻记者冷嘲热讽，但同时又坦率地谈论男人们经常避开的话题：爱情以及亲密关系，家庭以及家庭生活。事实上，对于那种排斥男性去表达复杂情感的文化的愤怒，也是他写作的一种强大动力。

---

① 昆士兰州长文学奖（Queensland Premier’s Literary Award），于1999年开设并于2012年取消的澳大利亚文学奖系列，设有小说奖、昆士兰新锐作家奖、纪实文学奖、历史文学奖、儿童文学奖等。

对我来说，正是这种直率的男子气概和对复杂情感毫不掩饰地向往，使他成为一个如此有趣的作家。尽管他担心写作时的孤立状态会使他变得“不合群”，但是作为一个健谈的人，他仍是敏锐而慷慨的。

夏洛特·伍德：是什么让你开始写作的？

克雷格·舍伯恩：哦，这可以追溯到很久以前。我唯一感兴趣的就是诗歌，运用辞藻来描绘意象。那是我唯一能做的，除此之外我什么都不擅长。

我七八岁的时候发现了一本莎士比亚的书。而且对主题或内容都不是很了解，只是喜欢行文中的韵律和庄严。这让我无法自拔。

直到我在悉尼读中学的时候，我才开始写作，但这似乎是世界上最美好的事情。我无法想象为什么其他人不去这样做。我也喜欢参加宗教仪式。我的家庭根本不信教，但是我曾经因为其中的语言而非常喜欢它。比如詹姆士王《圣经》[①]之类的东西。不管是莎士比亚还是《圣经》，里面的那些语言、思想、概念和人物描写，特别是《新约》，我觉得相当的深刻和优美。我只是爱慕它们所拥有的那种绚烂与华丽。写作似乎成为了一件其他人做不到但是我可以做的事情。编织一段美好的句子对我来说很简单，其他人却可能觉得很难。

伍德：你还记得你是什么时候发现自己很擅长写作的吗？

舍伯恩：我记得在悉尼高中一年级时写过一首诗，并且在课堂上

① 由英王詹姆士一世的命令下翻译的英文版本《圣经》，于1611年出版，自诞生至今一直都是英语世界极受推崇的《圣经》译本，也称为英王詹姆士译本或英皇钦定本等。

朗诵了它。实际上我当时去那所学校只是为了打橄榄球，因为那是一家橄榄球学校，对我来说勉强能接受，但是对此我并没有太多热情。

我记得我站着朗诵那首诗，然后所有人好像都在琢磨："好吧这真是有点诡异，他居然在作诗！"没人相信这诗是我写的。老师给了我满分的评价之后可能也认为这诗不是我写的，以为我是从别处抄的。我想："那一定意味着我写得还可以。"那时候我大概是十二岁。

它成为了贯穿我人生的始终如一的主题。无论发生什么，无论世界多么纷纷扰扰，无论你身处何方，唯一不变的就是语言——有时充满趣味，有时又非常朴素。有时它可以成为你的武器，一种锋利的武器。

伍德：你是什么时候成为一名记者的？

舍伯恩：那是在很久以后了。我在我父亲的农场工作了一段时间，然后我上了大学，就读兽医课程，但是我对这个没什么兴趣，所以退学了。我想成为一名作家，但在当时这看起来很蠢。所以我去伦敦生活了，想着可以跟戏剧界的人多接触一下，我也确实这么做了，也很喜欢这样。我看了很多戏剧也认识了很多演员，后来我有一位在爱尔兰做邮递员的朋友，他在都柏林和贝尔法斯特[①]之间的那条路线往返运送信件和包裹，所以我就去找他一起待了一段时间。当时是1985年到86年之间，还仍处于内战时期[②]。

我喜欢爱尔兰和阿尔斯特的诗人，我开始非常认真地去尝试写作，尽管我没有发表任何东西，而且我写得也不是特别好。当时的我大概是二十二岁。

后来我去了贝尔法斯特，看到了那些令人难以置信的景象，炸弹

① 贝尔法斯特，位于爱尔兰岛东北沿海的拉干河口，在贝尔法斯特湾的西南侧，是英国北爱尔兰的最大海港及爱尔兰岛上最大的城市。

② 这里指北爱尔兰问题（The Troubles）简称为北爱问题，是指由1968年至1998年在北爱尔兰的长期暴力活动，是持续不断在爱尔兰发生的周期性暴力冲突，该冲突在由英国和爱尔兰政府于1998年4月10日签订北爱和平协议后中止。

还有部队，作为一个澳洲人，我只是觉得非常……兴奋。也许是为了发表一些文章，我开始去描述这种景象。

最终我回到了澳大利亚，然后大约两年以后我将自己写的一些东西——基本上都是我在贝尔法斯特见过的一些景象的戏剧化呈现——寄给了澳大利亚广播公司的广播纪录片专题部门。他们并没有采纳，但是他们鼓励我去写广播节目和广播剧。

他们制作了两部我创作的广播剧。在那之前我没有发表过任何东西，我也没有感受过被拒绝的痛苦，所以我没有灰心。如果当时被拒绝了，我可能就不会继续下去了。但是他们看起来是那么的热情，说的话是那么的鼓舞人心，所以我选择继续前进。

伍德：所以广播剧是你第一部“出版”的作品。

舍伯恩：我想是这样的。在那之前我好像发表过一首诗。1989 年我有一部戏剧获了奖，在墨尔本举行了一次朗诵会，最终这部戏剧被搬上了舞台。但是我对广播剧很感兴趣，而且我非常迷恋迪伦·托马斯[①]，还有他的语言中的趣味性。当然，他也写了很多广播剧作品。我认为这是一个非常有趣的媒介。我从来不期望去写小说或者是回忆录或者是其他什么别的东西。我也没想过这会成为一个重要的事业，或者专业或者随便你怎么理解。这不算事业，这是一种使命。

伍德：你一直都在写诗吗？

舍伯恩：算是吧，写得很慢，一点一点地磨。我也在写一些新闻报道，因为我不得不挣钱养活自己。我住在维多利亚州的一个小镇上，开始为当地的报纸写作，从那之后，我最终成为了一名 Stock &

① 迪伦·托马斯（Dylan Thomas，1914—1953），威尔士诗人、作家，主要作品有《爱的地图》《我生活的世界》《死亡和出场》等。

Land[①] 上的谷物专栏作家，这简直是世界上我最喜欢的职业。后来我来到了城市开始在富人区工作，刚开始很兴奋，之后这个劲头就衰退了。这太可怕了，而且无聊又简单，就是单调乏味。

我专注于写城市新闻报道有大概五六年的时间。我并没有真正写过太多其他作品——任何诗歌或是类似作品，因为我有了责任，我开始了一段新的关系，成为了一个孩子的继父，我想做正确的事情——不是说做我想做的，而是要做正确的事情。然后我并不觉得自己认真写作能搞出什么名堂。

而且我猜想自己是喜欢穿西装的。有天我自己醒来就想："我真的喜欢穿上西装，然后带着我的小公文包跳上电车去上班，成为城市里的那些自以为是的人群中的一分子。"有几年时间我确实是那样想的，后来这种想法开始消退了。于是我在那时候又开始写作，但是那非常困难，因为我还在做全职的新闻撰写工作。不得不边工作边写作是很困难的。

伍德：《芸芸众生》是如何诞生的？

舍伯恩：布莱克公司[②]，就是《月刊》[③]和曾收录过我作品的《澳大利亚散文精选》[④]的出版商，他们很想让我写一本纪实文学的书。我说我会写的，但是我不知道自己该写什么。那段时间我父亲病得很严重。我的父母住在黄金海岸[⑤]，而我在那里跟他们一起度过了很长的时间。那里真的是一个非常糜烂的地方，有很多光鲜亮丽的高层建筑，海滩还凑合，不过有点脏兮兮的。然后在那样一个腐臭的环境中，我

---

① 澳大利亚的农业新闻网站。

② 布莱克公司（Black Inc.），澳大利亚的纪实文学、小说与诗歌的独立发行商，总部位于墨尔本。

③ 《月刊》(*Monthly*)，涵盖政治，社会和艺术等内容的澳大利亚国家级杂志。

④ 《澳大利亚散文精选》(*The Best Australian Essays*)，收录了 40 多位澳大利亚作家的散文作品的选集，于 2011 年出版。

⑤ 澳大利亚昆士兰州的太平洋沿岸城市。

父亲病得很严重，我的母亲因为早期阿兹海默症的迹象开始变得神志不清，而我则开始书写《芸芸众生》。我记得第一行字是在他们厨房里的桌子上写的。后来我回到墨尔本继续进行创作。

在我工作的地方——《先驱太阳报》[1]报社附近，有一家酒吧，马提尼调得很好。所以我过去常常在下班以后，或者有时候在工作时间中偷偷溜走，坐在那里喝一杯马提尼，写上一页半页的，然后回家吃晚饭，上床睡觉，然后早上起床，看看前一天晚上写了什么。如果觉得不错我便保留着，觉得不行就丢掉。后来我就在周末写，差不多是从早上八点写到下午两点。

这种方式很有效，这本书被很好地汇总了出来，出版商也很喜欢它，所以我直接开始着手写另一本了。

伍德：你一直都知道自己写的是回忆录而不是小说吗？

舍伯恩：是的。我脑海中一直有一个清晰的声音。当我开始写《芸芸众生》的时候，这个声音非常强烈。接着这个声音一直持续到《污物》，我非常有信心继续写下去。但是之后我觉得《污物》的结局有些令人心碎，我不想再那样写了。能够自由地编造一大堆东西，然后变成一种不同的声音，这个想法非常非常诱人。但是我曾在《芸芸众生》和《污物》里面运用的很多手法都被我用在了《爱的业余法则》中。

我上一本写完的书叫做《树宫》，虽然是以第三人称视角去写的，但是风格方面的很多技巧仍然存在。因为你不会遗失他们，你知道的。一旦你开始写作，你就有了这样的风格——所以你不要把它搞砸了。

伍德：有关《芸芸众生》和《污物》中的那个声音你能说得再详

① 《先驱太阳报》(*Herald Sun*)，澳大利亚的日报，报社总部设在墨尔本。

细一点吗？它非常强烈，尽管你书里的叙述者一直都是你，但每本书中的声音都格外不同。

舍伯恩： 是的。《污物》中肯定是一个相对稍微年长一些的声音，因为他确实年岁大了一点——书中的“我”是十六岁，而在《芸芸众生》里面，你经历了非常快速的时间跳跃，而且是以一种非常年幼的视角——从七岁左右开始，然后直到十六岁。我猜想在《芸芸众生》里，那种以第一人称视角进行叙述的风格属于一种模仿。我在尝试去假装自己，假装那是我。所以我摆了个姿态，一种回到我还是个男孩时候的姿态。我当然可以意识到这一点。你懂的，你就是（打响指）能感觉到。就像是觉得“啊，这就是我”。这是非常徒劳而且自负的。

伍德： 听上去好像来得是那么的迅速而又自然，毫不费力。

舍伯恩： 的确是这样，我认为这是由于自己写过很多诗的缘故，一种强调规范的，每行都有五个拍子的诗。每行诗里都有一种跳跃的节奏。所以那种技术非常有帮助，特别是那种跳跃的节奏，因为它是如此有弹性，而且很有趣。

所以为了获得一种属于小男孩的傲慢，一种少年的傲慢，我觉得这种跳跃的节奏非常有助于段落的组织，也给他们带来了生命和能量。它创造了那种某些少年会有的愤恨，某些像我一样的非常自大的小混蛋。他们的所有言行中都蕴含了某种愤恨，如今在成年人身上你也能看到这种愤恨，所有人对于所有事物的愤恨。但是这个在小孩子身上更加淋漓尽致地体现了出来，就像是小孩子喃喃说着“噢，这个世界正用一种卑劣可怕的手段蹂躏着我，对此我感到十分的愤恨”，而并不是说“啊好吧，这就是生活”。

这一切都在《芸芸众生》中被设法迅速地汇总了出来。但是我觉得它的结构与紧凑的段落都来自我写诗的经验——无论是二十还是三十抑或是四十行诗，我会翻来覆去地写，写到觉得满意为止。

伍德： 对这种愤恨的观察非常有趣，因为让我惊叹的一个部分——尤其是在《污物》里面——就是你是如何把自己描述成这个令人讨厌的男孩的……

舍伯恩： 是的，我就是。我现在依旧是。

伍德： ……然而我在阅读的时候对他如此同情。为什么会这样呢？

舍伯恩： 好吧，因为还享受着年轻带来的红利。这对一些年龄较大的角色没什么作用。如果我把这个声音放到一个二十五岁、三十岁或者四十岁的人身上，一如某种程度上我在《爱的业余法则》里做的那样，那种对他们的同情将会不复存在。孩子可以逃避任何事情。你可以写一本有关一个孩子的书，他们可能令人讨厌，但你总是会同情他们。你总是忍不住会想成为他们的父亲母亲，去保护他们。

伍德： 我觉得我总是能看到这个问题，就是他是如何受他父母的妄念所熏陶的。

舍伯恩： 而且直到他们死去的那天，他们还在继续着这种妄念。我的母亲得过阿尔兹海默症，然后她在 2009 年去世了，但她曾经从一个妄念转移到了另一个妄念中。她对所有事物都感到愤恨！她一生都被这个世界所亏欠，然后这些都传递给了我。

伍德： 你是如何在幽默与伤感之间寻求平衡的？甚至只是名字——称呼你的父母为高跟鞋与眨眼怪，以及后来的大脚和公爵——使他们的形象比真实生活更夸张。你是如何处理这种角色的夸张程度与漫画之间的界限的？因为它从来没有被翻成动画片，却在这方面很有潜力。这本书里的相关界限恰到好处。

舍伯恩： 我觉得这个想法很不错。尤其是当你写一些很像动漫的东西的时候，你不可避免地会产生这种想法。想想那些喜剧大师——比如狄更斯。他将这种界限拿捏得恰到好处，并且令人激动得颤抖。看上去甚至有一点尴尬，因为本来你以为这个故事快要变成一部卡通片了，但之后却并没有这样，一些活生生的事情就真的发生了。这种界限的把握是一种本能，一旦自己走得远了你便可以感知到。

我是可以感知到的，就像一种力场。有些人可能要说我走得太远了。但我从不这样认为。我觉得识别的方式之一就是看我是否开始玩得得意忘形了，就像一个被自己讲的笑话逗乐了的喜剧演员一样。如果我开始觉得自己玩得开心过头了，我便会停下来。通常我会离开那种状态接着回到原点，或者就是停留在原地，然后在书中开辟一些新的内容。

但这种情况并没有发生太多。因为你写的是自己的回忆录，我必须公平对待这种类型的作品。我不能因为好玩就开始进入创作漫画的状态或者取悦自己，因为那样的话我就开始瞎编了。

现实情况是，我的父母是……就他们所有的罪过而言，并不是说像漫画的那部分……他们是他们那个时代的产物。他们也很不寻常，尤其是我母亲。但她可不是什么漫画——她太野蛮了，完全不像漫画那样。

伍德：她受挫的欲望中有某种悲剧色彩。

舍伯恩：噢，欲望。都是些虚假的欲望，像一件仿制皮草。那些都不是真的，因为她太懒了，根本无法去实现它们。直到现在，除了新闻以外我都不会去看电视，因为我母亲耗费了生命中的最后三十年一直坐在电视机前，带着对世界上所有懒人的强烈的道德愤恨看着新闻。比如所谓的该死的低保户之类的，并且完全不懂得自我反省的人。

她真的是太懒了，越来越胖，暴饮暴食，沉溺于看日间肥皂剧。

这实在令我痛心，以至于我无法再看电视了。在我看来，这种行为似乎代表了麻木或是懒惰，是在虚度时光。她脑子非常好用，非常聪明，却如此浑浑噩噩浪费生命，这让我极度沮丧。

我猜想，作为一个成年人，我在《芸芸众生》和《污物》里的小克雷格内心所埋下的愤恨里也有着重要的一部分，这种由于母亲的不求上进而产生的可怕的沮丧与愤怒——这些因她的安于现状而使得我不得不承受的东西。

伍德：那些关于回忆录的道德伦理方面的讨论呢？你会为此感到焦虑吗？

舍伯恩：不，不会。关于这个问题一些记者给我上了一课。一些利用他人的痛苦、悲剧和不幸来获取商业利益，通过为其雇主提供内容来彰显自己价值的记者。这种事我也做过。你只是在假装同情，只是在假装同情，你经常把事情搞砸，然后你假装成研究他人生活的专家，或者是研究他人的创伤或者悲剧或者胜利的专家，将他们的生活简化成一堆陈词滥调。然后我们被告知这符合公共利益，这就是公共利益，而且是道德的。哈！

然后你因为写了一些实际上自己非常有发言权的东西，反而受到批评，而且你这样做并不是为了商业利益，因为写书真的不一定能赚很多钱。你这样做仅仅是出于一种使命感或是一种将其变成艺术品的需求，甚至可能因为是神学的一部分，我并不确定。但是某些东西可以为你的生活体验赋予意义，带来艺术的价值，将生活体验以一种艺术化的形式所呈现。将这种行为与新闻一并看作是不道德的，这种想法往往被看作是道德的，但这对我来说没有任何意义。所以，我不会因此焦虑的，这对我来说根本不是问题。作为写作者，我在生活中唯一一次感到畏缩与肮脏，是在我当记者的时候。这也是我停下来的原因之一。至少目前看来是这样的。

伍德：那来自家庭的反馈呢？你的父母知道你写的东西吗？

舍伯恩：是的，知道的。我父亲于2004年去世以后，《芸芸众生》出版了。在他将要离去的时候，实际上我坐在他的床前，边握着他的手边写了一小部分《芸芸众生》——这不是胡说八道。我在跟他谈论他的生活，而他服用了止痛药后有些神志不清，即将进入姑息治疗，他只是一直在说有关赛马的事，因为那就是他生活的全部。他记挂着并且梦想着所有的那些马，那些甚至我都不知道他拥有过的马。他处于幻觉之中然后背诵着那些名字，而我母亲惊慌失措地跑来跑去——当时她开始患上阿尔兹海默症，并且过去经常忘记扣好家居服的扣子，所以她的乳房经常会露出来——所有这一切都在那时发生着，而我在写着东西。

这样做看上去非常自然。我觉得我所能献给这个死亡派对的，就只有写作的生机，以及它的能量与创造力。

回答你的问题，所以他们是知道的，知道我在写东西。我母亲总是说"我希望有一天你会写写关于我的事"，然后这就是她最后提到的有关我写作的事。好吧，我写过关于你的事，妈妈！天啊，我确实写过你。

他们对我的写作并不是很感兴趣，这样也挺好的。他们都是生意人。写作是他们怪异的儿子干的一件怪异的事。

在我母亲因为阿兹海默症变得疯癫的时候，我的姨妈冯妮从新西兰过来看我，因为她想要取回一个特别的手镯，一件传家宝，那曾经是她们母亲的，后来由我母亲保管。冯妮来到我家中，我想她应该会对《芸芸众生》与《污物》非常不屑。因为那时候她说她已经读过这些书了。她可能会嗤之以鼻，这太糟糕了。

我将自己保留的我母亲的珠宝全都给了她，但是她最想要的那一件传家宝并不在那里。冯妮姨妈很伤心，因为我的母亲，这个非常难相处、有时也会背信弃义的女人，显然已经把它送人了。然后冯妮开始谈论有关《芸芸众生》的事。她说："这是一本悲伤的书，对吗？"她说："我不喜欢它，它让我感觉不舒服。但我无法指摘它。"

所以一方面我因为她而感到伤心，然后另一方面，作为写作者我会觉得，太好了！我搞定了！这样我就确定了一开始就不为此而担心的决定是正确的，因为没有必要。这真令人振奋。

伍德：那对于曝光你自己呢？

舍伯恩：嗯，我认为作家就该这样做！我并不忌讳曝光自己或者曝光他人，前提是我要确实知道自己在谈论什么，而且要有自己的风格。我不喜欢那种既不仁慈也不优雅，也没有语言的巧思或者趣味的回忆录。因为你不仅仅是为了拍一部普通的纪录片，你是在尝试提升到某种更高的境界。像我之前说的那样，为了达到艺术或者可能是神学的高度。

伍德：跟我说说你之后的转变吧，从回忆录到小说的转变。

舍伯恩：我对回忆录失去了兴趣——或者说它对我失去了兴趣。我想切换一下风格。我想开始拥有一个更成熟的声音。我知道如果我以第一人称继续写下去，人们对孩子的同情将不会继续存在于一个成年人身上。这对每个人来说都会是一次不愉快的经历，尤其是对我，因为我读这本书的时候并不一定会对自己有多少同情。

所以我想着，我想打破现状。我想构思一些东西，我想用更复杂的语言，去探索复杂的想法。而我认为要实现这个想法的话，小说是最好的形式。《树宫》这本新书几乎完全是虚构的，而《爱情的业余法则》仍然保留着大量的自传内容，但它算是把自传嫁接到小说上了，虽然它是以自传为主导的，但在风格上、气质上、叙事形式上都属于小说。到《树宫》的时候，实际上自传的内容就不复存在了。我想以后这些内容可能会在某个阶段或者因为某种情况再次出现，但就目前的状况来看，我算是改头换面并且大肆狂欢了。

伍德：你需要多长时间才能将自己所经历的生活写进书里呢？

舍伯恩：好问题。我估计十五年。前几天我跟一位研究中世纪文学的教授聊天，他也是研究革命方面的专家。他估计一个国家需要一百五十年才能真正度过一场革命。而我估计一个人需要十五年才能度过童年，继而将其书写下来。十五年足以让你度过人生中所有的重大经历。

伍德：如果你过早地开始书写会怎么样呢？

舍伯恩：你没法端正姿态。我认为这样会使作品像纪录片一样，基调会过于平淡，会很像新闻。如果你想在其中发现艺术性，你必须找到正确的姿态，找到语言的基调。

然后这还必须完全是来自你的想象力，接下来你再把它注入自传的 DNA 中，赋予它生命。

你需要经历那些年份才能使自己重生为人，才能回首过往——叶芝那句话怎么说的来着？——“冷眼一瞥，生死之间”。你必须学会做到这种冷眼旁观。当叙述展开的时候，那种历经十五年的意义就会从中显现出来——因为你在这段时间中领悟了太多东西。

我认为我们将很多记忆置于潜意识当中，它们在那里不停地绕来绕去，接着我们不知不觉地与这些记忆和解了。然后我们通过做一些事情，比如在书中叙述经历来将其唤醒，但在那些时候我们已经回答了自己很多问题，关于发生了什么、为什么会发生，以及这一切意味着什么。

伍德：你认为写作有任何的治愈的作用吗？

舍伯恩：对我来说没有。对我来说效果是反的。我觉得它会带来更多问题。

我从来没写过很治愈的文章，我只是出于使命感而写作，这也是我想要做的，如果我不这样做，就显得不自然了。但也可能是一种我还未曾意识到的治愈方式。因为当你开始进入写作的状态，自己的生活会被作品接管，这也导致了一些问题的产生，你不再是活在当下的状态，你像一个幽灵那样活在你自己的往事中。

如果是写完全虚构的小说，情况将有所不同。因为回忆录并不是虚构的，它可以使那些你特别不想再去重温的经历重新翻腾起来，你会因为想把思绪整理清楚而感到急躁，因为当下的你已经变成了一个不同的人。而且你现在与之一起生活或者与之相爱的人可能会突然发现你沉浸在另一种过去的生活中，这对他们来说可能会有些难以忍受。

《爱的业余法则》是一个非常好的例子。我在写《芸芸众生》和《污物》的时候从未遇到过任何困难，但是涉及这些感情关系的时候当然就会觉得很难了——就好像《爱的业余法则》中所叙述的我的那段婚姻。那段时间我变成了一个很难相处的人。能写完那本书我真的很高兴。

伍德：你怎么看在回忆录中对“忏悔性的”一词的运用？

舍伯恩：我记得英国作家乔·夏普科特将回忆录形容成为“追逐你自己的救护车”。她说得对。这是一种无情的自我剖析。但是就治愈方面来说，这对我而言并非如此，在这里没有任何治愈作用。

美国诗人戴夫·史密斯说起过诗歌是“为约会而对语言进行的梳妆打扮”。所有好的写作都是为了去约会而对语言进行的梳妆打扮，为了去面见世界，而且要将它最好的一面展现出来。对我来说，忏悔式的写作仅仅意味着坐在那里运用一些日常语言，却不去尝试将其提升到一个更高的境界。那样的话这种体验便毫无意义。它可能具有治愈作用，但是不要将它出版，把它给你的心理医生，或者干脆别写。因为我们在这个世界上不需要任何更多的烂书了。

伍德：写作的哪一部分给你带来最多的乐趣？

舍伯恩：第一行字。写完第一行，整个人都沸腾了。你等啊等，它来了，然后你就平静了，你就完全平静了。在所有我写的书中，我所写下第一行字都会一直保留到出版。我从来不会回到前面去做任何更改。直到书出版以后，这行字依旧保留着最开始写它时的顺序。

写第一行字时是特别美好的时刻，因为你已经捕捉到了思维的波动，你就要开始面对它了。真的太美好了。这就是关于那个姿势，你意识到你穿着靓丽并且姿态得体，整装待发去面见世界，一切都在那里。你已经准备好措辞去叙述你人生中的一段时间了。那真是太令人激动了。

伍德：那困难的部分呢？你觉得最大的难点是什么？

舍伯恩：知道什么时候该停下。就我刚写完的这本书来说并不难，因为它有它自己一个很自然的结局。但是我还是认为做到这一点挺难的。同样，当你写着什么东西——比如一行字或是一个段落，你非常喜欢这些但你也知道它们不该出现，因为这些特定的内容只是不适合出现在这本书中。一种亲手毁掉自己心爱之物的想法。

另外，我反感写作使我变得非常不合群。你耗费了特别多的时间独处，然后就会变得很难与一群人相处，因为你忘记了该怎么做。交谈的时候需要用到的肌肉都变得松弛了。

我几乎不怎么出门，我真的喜欢在工作中生活。我称这种生活为写之有道，我只是完全进入了那个世界，除非我完成了这本书，否则我无法真正走出那个世界。

如果明天整个世界都消失了，而我是世界上仅存的最后一个人，我会像《鲁滨逊漂流记》里面一样生活得很充实。但这是危险的，因为随着年龄的增长，你会变得有点古怪，你会失去与人的联系，你会忘记你的社交礼仪。所以我不喜欢这样。

伍德：你认为作家对他们自己或是这个世界负有特别的责任吗？

舍伯恩：我喜欢艺术至上的理念。我相信奥登谈论诗歌的时候所说的那句："写诗无济于事。"写书也无济于事——如果说写作可以以一种显著的方式去改变现状的话，那么一套莎士比亚作品集就完全足够了，而且很久以前我们就可以解决所有问题了。写作的职责不是为了改变现状，它的职责就是作为一种美学理念，尽可能优美而富有智慧地存在着。它也可能经常以针锋相对或丑陋不堪的形象出现，但那也是美的一部分。我非常喜欢弗朗西斯·培根[①]的画。我看着那些画里的一些人，他们很丑，在丑态中却又绽放出一种美丽。我们的想象力可以让很多东西附着在它们上面，有些人只喜欢美丽和漂亮的东西附着在上面，但是那些有点冒险精神的人也喜欢丑陋的东西，在令人不愉快的事情中也能看到价值和意义。它们经常是相辅相成的，你懂的。

如果说我们有一种责任，当下我认为就是应该写我们自己。我觉得在我们的时代里，历史小说的风靡说明我们觉得自己还是不够有趣。或者说，我们觉得自己作为人类已经非常完美了，以至于现在没什么可写的。我好奇的是会不会有那么一天，当身处一百五十年革命时期的后人们回首我们这个时代的文学，并且评价它们："好吧，他们对自身确实不怎么感兴趣，对吗？"

---

① 弗朗西斯·培根（Francis Bacon，1909—1992）生于爱尔兰的英国画家。其作品以粗犷、犀利、具强烈暴力与噩梦般的图像著称，他扭曲、变形和模糊的人物画使他成为战后最有争议的画家之一。

我认为写历史小说对作家来讲是一种逃避责任。你可以进行研究，你可以使用现实生活中的人物作为角色，在历史文学中找到你在当代背景设定中找不到的结构，因为当代文学中的所有一切都只能靠你自己独立完成。这是我对历史文学的一些不满：我认为它是在逃避，是在逃避责任，同时我也认为这是因为人们觉得在当代背景的设定中寻找叙事结构非常困难而且令人畏惧。他们还是不够努力。回到过去在历史中寻找一个有始有终并且有趣的内容或者角色要容易得多，与你自己所处的文化背景和个人经历相去甚远，我们可以随意装扮它，也可以更浪漫一些，等等等等。我不喜欢那样，我不想这样装扮——我想整本书的所有部分都由自己来装扮，我不想用古装和古代的风俗道德还有那种戏剧化的爱情传说和马车去装扮自己的作品。

伍德：但是很显然人们还是喜欢读历史小说。

舍伯恩：噢当然了！祝他们好运！我反正不想再读了——我只是说了一些我的想法，并不是说要取缔这种文学类型，好吧，但实际上如果可以的话我会这样做的，我发现我的口味跟其他人非常不同。关于这点我非常好奇。

伍德：希拉里·曼特尔呢？她一直大力鼓吹这种观点，因为她的小说感觉非常现代。

舍伯恩：好吧，她确实很棒。《狼厅》——我还没读过其他的——写得非常棒。她就是在做生意。但是她同时也写了大量的当代文学，而且她的回忆录写得也很棒。这是她的天赋——并不是她的装扮，因为她的才华是如此出众。当然所有事情都有例外，她就是。

伍德：你在写作的时候害怕过吗？

舍伯恩：不会。我对一些特别愚蠢的事情会感到害怕：比如工作的当天有特别多的噪声，或者一些日常琐事。因为我不得不从写作中抽身去做一些别的事情，这让我很焦虑。我不太确定你的意思。

伍德：好吧，我常常害怕我自己写的书，甚至都不想去写。

舍伯恩：为什么？

伍德：我不知道。但是我很容易分心，然后就去做别的事情了。

舍伯恩：嗯，好吧。我猜想我有一种职业操守——如果我什么都不做的话，我总是会感到非常羞愧。我猜我们又要倒回我母亲坐在电视机前三十年无所事事的话题了。我觉得我对于懒惰的这种厌恶和鄙夷意味着我必须去做事情——我总是更害怕无所事事。

纵然有时我会想“我只是有些厌倦写作了，我太累了，或者我刚经历了一场宿醉，抑或是我只是想出去晒晒太阳，去乡下或者别的什么地方”，我更害怕不去写作，是因为我知道当一天结束的时候，我会对自己产生某种厌恶。因此我最好还是坚持一下，至少在一天结束的时候，我可以说自己毕竟坐在那里尝试过了。这些都只是我个人正待梳理的心结。

我尝试早晨起得特别早，有时候四点半就起了。在冬天不行，因为很难暖和起来。但可以肯定的是，在夏天，春天以及初秋的时候，我四点半起床然后写三到四个小时，然后一年的其余时间里我会在六点半起床。所以你在午餐之前会结束所有工作，然后你可以离开想干啥就干啥。看看你的股票投资，或者做些必须完成的琐事，（笑）继续工作，或者出去赌博，我更喜欢这样。

这就是我的生活，一周保持六天。然后第七天我就休息——这意味着还要花上几个小时去写东西。

伍德：听上去你真的是非常的自律。

舍伯恩：目前，我正在经历一段随时会消逝的好时光。我猜想可能就是人到中年，职业生涯的中期，我感觉自己很有成效，仿佛有了目标。但这不意味着你脱离了那种在晚上六点钟抽着烟，喝着酒，想着“我只想把自己扔到火车底下，因为我没有才华”的日子了。

伍德：所以你也曾有过那种日子。

舍伯恩：噢是的。是这样的。真是糟糕透顶的感觉，几乎就像是惊恐发作。我曾经有过惊恐发作，那就是这种感觉。但是你必须继续前进。你必须得这样想，我已经非常幸运了，我可以做我想做的事情，因为还有很多的人在工厂里干活——我知道他们中的一些人，做着他们不想做的工作，我也曾是他们中的一员，做着一些让你觉得浪费生命的事情。既有机会又有能力去做我想做的事，并且出版商也支持——因此处于这种状态的我很幸运，没什么可抱怨的。

所以新教徒的职业道德在这个时候起了作用。你只要抓住任何能给你动力的东西，日复一日地坚持下去。因为看起来这会持续很长时间。写一本书可能要耗费好多年！

伍德：新书写了多长时间呢？

舍伯恩：嗯，我二十五年前就有这个想法了。为此我尝试了很多形式——包括剧集和一部电影剧本，但是我还是想不通该如何去写。然后十八个月之前我写下了第一行。一旦这行字出现了，简直就是灵光一现，（打响指）我想着：“啊，现在我知道该怎么做了。我等了你二十五年，你这该死的灵光！”然后我就上路了。

伍德：多棒的感觉啊。

舍伯恩：是的！接下来，当然，等你大概行进到中途，你开始懈怠，你开始怀疑自己，怀疑工作，然后你就又消停了……

伍德：当你遇到瓶颈的时候，你会怎么办?

舍伯恩：嗯，我知道我应该振作起来，然后继续尝试——这就像是老生常谈的摔倒之后必须重新骑上马。我就是一名骑手，不管是驾驭真的马还是各种书籍。而且当你写书的时候你肯定会跌倒很多次，很多次在书中跌倒。所以你必须重新上路。但是有时候我发现，立刻这样做并不值得。

我喜欢休息一天，喝点酒然后睡睡觉。我从来没有从书中离开过，我一直以某些方式与它相处着——但是如果你去找点乐子，有时候玩到一半你就会想到解决办法。

如果真的是出于一种使命，如果你真的应该成为一名作家，你就会被感召。你会被告知你是否应该在那里，或者你是否更适合去做一名会计或者园丁，我是这样认为的。

甚至当你处于那些糟糕的时刻，当你午夜十二点在花园里抽着烟，你觉得你的生活毫无价值，你的使命真的算不上一种使命，它真的不存在，它只是你的一场梦，一种幻想，你必须相信它会在第二天或者之后某天再次呼唤你。

伍德：所以还是需要某种放手的，对吗?

舍伯恩：嗯，是一种放手，即使在马背上的时候必须紧握缰绳。或许我不应该如此放任，但当我遇到重大问题的时候我还是会选择，你懂的，跑到酒吧猛灌马提尼。

伍德：我想问问，你对俗语和演讲的精妙运用。看起来你喜欢选择一些特定的口头语，然后在书中用一种简短的方式不断重复。那些口头语最终变成了叙述者内心的一句口号，述说着关于他是谁以及他从哪里来。

舍伯恩：嗯……我不是很明白你的意思，但这也许是一种通过对话在字里行间引入成语，然后强化它的本意的方式。不知为何它就被提升了一个档次，变得很有启示性——然后以一种通常在一些平淡无奇的对话中无法体现出来的方式启发着他人。

我认为这只是源自于很久以来我写诗的经验，我习惯用那种独白式的跳跃节奏，去写带有开头中间和结尾的三段式诗歌，那些二十行诗或三十行诗。然后在行文中，它们必须往复循环，彼此相互交融，这样才能形成一首诗。这就是我的想法。

当我二十出头刚开始写诗的时候，这一点非常吸引我，这也正是我感兴趣的东西，否则我就不会去写诗了。

我当然不喜欢抽象的东西。我认为这是我们当代诗歌的问题之一，这也是为什么它几乎快死亡的原因。这种抽象的伪装等同于诗歌的自尽——这样写太懒了。

即使以前在新闻界工作的时候，我也是这样写的——二三十行，它们环环相扣，行间有五到九拍，很少超过十一拍。我在写散文时并没有意识到这一点，我是后来慢慢才发现的。当我在写作的时候，我能感觉到那种跳跃的节奏，就像是在行文间上蹿下跳。你认为写作只是发生在脑海里的事情，但我发现它其实非常消耗体力，即使是在隆冬时节，如果我一直在全神贯注地写作——写长篇小说，我就会发现我在流汗。我跑得满头大汗，这是一种非常消耗体力的运动。

伍德：回顾一下你写的书，你看起来对年轻时候的自己毫无怜悯之心。

舍伯恩：是的。我不喜欢年轻人。我讨厌自己的童年。我只希望自己生下来就是个成年人。我从来不会跟其他孩子一起玩，我不喜欢他们。我觉得他们残忍而且极其肤浅。

直到我逐渐发育成熟，对异性有了点吸引力以后，我才想和女孩子有些来往，因为小孩子实在是太可怕了。童年总是充满了嘲讽——

如果我被嘲笑，便会非常沮丧，而孩子们总是在嘲笑他人，所以我不得不去学着如何以牙还牙。所以我并不认为青春和童年有多么美好。

当我小的时候，我喜欢和大人一起出去玩，我以前也喜欢和父母一起参加比赛，那就是我一直想做的。我想要打扮自己，变成一个大人。而不是去玩猫捉老鼠、踢足球或者打板球。如果有地狱的话，那么地狱中将会有一个圈子，它存在的意义就是把人困在那里，永世打板球。这就是我看别人打板球时想到的，我想："他们是不是注定要过一种彻底懒惰的生活，一种仅仅只是穿着白色球衣站在绿色的操场上，只是玩球的生活？这是但丁留在世界上的某种惩罚吗？这似乎是一种有组织的懒惰。"

伍德：对于懒惰你确实有很多意见，对吗？

舍伯恩：是的，确实如此。我发现自己总是很难停下来。我在度假的时候依然会工作，所以我其实没有多少假期。

伍德：跟我说说你的笔记本吧，还有你是如何使用它的。你总是随身携带吗？

舍伯恩：差不多吧。我有个日历，我会在日历上写一些笔记。而且我一直有个笔记本，因为你总是觉得自己会记住一切但实际上从来都做不到。

话说这本日历——（从厨房的墙上取下来）这是为我刚写完的书《树宫》所准备的。看到了吗？所有东西都在这上面（在页边空白处有几列细小的笔记）。

伍德：噢！好神奇啊！但是我有些疑惑。这里的所有都是关于那本书的吗？或者这只是你生活中必须要做的一些琐事？

舍伯恩：是所有的事情。这里也记录了我生活中必须要做的一些事：星期二剪头发。星期五还信用卡。日期在这里。但是在这周围还有很多我的其他笔记。我总是这样做，在这里做这些笔记。

伍德：你觉得你为什么会在日历上记这些？

舍伯恩：我不知道！我只是习惯这样了。我猜可能是因为日历就在那里——但也可能是精简笔记的方式。我认为你的笔记不应该超过三四个词语。因为你可以在笔记本上一段接一段地写，然后再回过头来看，这些都是胡言乱语，因为你没有精简它，除非它真的是一行很棒的文字。

伍德：而且如果只是三个词，你应该可以在以后合适的时候，把它再次召唤出来发挥最大的作用。这不是已经尘埃落定的，而是灵活的。

舍伯恩：是的。这里有一句笔记："我没有祖先；他们都死了。"我记得我在书中使用过这个，也可能删掉了。但是这样就足够了，它已经被涵盖了。所以你就这样做，去记笔记，不管是你溜达的时候还是摆弄钢琴的时候，任何时候都可以记笔记。

伍德：其他人看到这些笔记的话会让你觉得困扰吗？

舍伯恩：嗯，我的妻子见过它们。但是无论如何我的手稿不可以给人看，而且我还有其他的笔记本。

伍德：你曾在一次采访中说过："自传是大多数文学的基石。"就你最新的这部小说而言，你还坚持这个观点吗？

舍伯恩：我强调了"大多数"。对这本《树宫》来说，自传的部分大概占了全书百分之五的内容。其余的部分都是在脑海中虚构的。这种自由的感觉棒极了。还有百分之五的部分是因为我去过小说中描述的那个地方，闻过那里的气味，触摸过那里的东西。

伍德：场所对你来说很重要，对吗？

舍伯恩：极其重要。书中的故事发生在 Wimmera Mallee[①]。《爱的业余法则》也一样，但是这本书里所处的区域截然不同，有很多自然的东西在里面。

有一些书耗费大篇幅去描述自然，大海以及风景，我经常觉得自己并不是很迷信这些。我认为你可以看得出来，当一个作家思维枯竭以后就通过描写自然来进行铺垫。只是描述一棵树或是大海或者什么别的东西，这太简单了。如果你但凡有点才能，你可以一直写这些写到天荒地老，所以我总是避免这样做。但是这次，这种自然环境与角色和故事息息相关，一切都是在那里发生的。

伍德：你说过你主要感兴趣的是人际关系中的权力纷争，而且还说过“我大部分工作的核心是情感暴力，并不是宏大的战争和政治”。听到一位男性作家说这些并不常见。

舍伯恩：噢是的。我可能应该用“情感操控”而不是“暴力”。我们经常以为暴力是某人打断你的鼻梁或者是用刀捅你。但是伤口会自行愈合。我的意思是，我的脸就被打过，你的伤口是会愈合的。但是情感上的暴力，永远不会愈合。伤口会一直在那里，它们会一次又一次地被戳痛。所以对我来说，这方面的写作是非常重要的，因为如果你要写人物，你必须写一些微小事情。我们都被告知在生活中要做到不拘小节。但是这些小事就是生活中的一切。我认为作家们必须为小事而苦恼。你可以在情感操纵和人际关系中的权力纷争中找到这种细节。这就是我所有的工作，包括现在的作品，也是关于这个的。

---

① 位于澳大利亚维多利亚州。

伍德：我记得理查德·福特曾经说过："所有事情的发生始于二人共处一室。"

舍伯恩：没错！那就是一个真正的作家所有写作的内核，二人共处一室，他说得很对。

你说一个男人讨论人与人之间关系的亲密度与复杂性并不常见，这还挺有意思的。因为在我的生活中我一直有这种非常强烈的感觉，就是在我们的文化背景中男性通常被束缚在体育或者商业这种处于精神和情感的荒地的行业中，或者说，如果他们会成为作家，写的都是关于足球或者是商业，或者写写我们的战争历史——再写一本有关加里波利[①]的书，拜托，这就是我们对男性的诉求。

对于男性来说好像没有更好的归宿了，那些就是男人们所擅长的。他们无法理解人类世界中错综复杂的心理情感细节——那些是女性所擅长的领域。

这令人惭愧，因为我认为在这方面男性愈加堕落。我认识很多有着复杂的情感生活的男性，但是他们从来不会表现出来，因为他们只是一直端着自己，选择去回避。外界期望我们一直隐忍，并且会批判情感的外露。好像我们的文化会认为："噢好吧，男人嘛，他们只是些头脑简单的灵魂。只要让他们参与足球比赛或者做点生意或者看看战争书籍就可以让他们觉得足够幸福了。"但那样是不对的。可是我们生来就会这样认为，这种文化就像是一种厌男主义一样——它痛恨男性。就好像作为生物他们的情感被认为是无关紧要的。所以他们不得不被限制在精神和情感上的荒地中，让他们沉浸在体育运动和加里波利的故事中，但是不要让他们解除情感的封印。我们不想知道解除以后会怎样。我们想让男性变得麻木或者矜持，但是我们不想他们变得复杂。

---

① 指土耳其的加里波利半岛，第一次世界大战时期的重要战场。

这就是我们的文化中使我大为恼火的地方，默许我们区别看待男女之间的情感和心理的复杂程度，尤其体现在小说文学当中。

伍德：但这同时也给了你这种创作空间，换做是弗兰岑的话，可能将其描述为你的“第一手资料”。

舍伯恩：是的。这是我偶然碰到的，然后我对它进行提炼，我想这就是我所做的。这种内容写起来似乎非常有趣而且令人兴奋。

伍德：如果不考虑他人对你的作品的反馈，那么对你而言成功的定义是什么？当你很好地完成了工作以后你会做什么？

舍伯恩：嗯，关于这个问题我们最好讨论一下《树宫》，我一个半月之前写完了这本书。我有一种“非常完美，就应该如此”的感觉。在这之前，我只是在某些方面会有这种感觉。我记得我曾经写过几首诗，当时我想：“我真的不能把它搞砸了，它似乎有一个完美的形态了，它已经完美了。”

但是当你对整本书都有了这种感觉的时候，那真的令我心生欢喜。我昨晚还有过这种感觉，快到黄昏的时候我在外面院子里正做着一些园艺工作，然后我想：“噢，我还是好喜欢那种感觉！”这真的很不错。因为过去有些时候我会怀疑，我是不是辜负了这本书，我是不是还可以再做点什么？

当它在这个世界上被发表的时候，它就变成了一个独立的个体，但它还是跟你有非常紧密的关系。人们经常把自己写的书看作自己的孩子——这样很蠢，我根本不这样认为。它是你伸向世界远处的一节触角，而且你不会喜欢把它理解为是一种畸形。所以对于《树宫》我有这种感觉：我不认为哪里畸形了。而且我觉得，“已经很好了”——它在那里，它将要到那里，我可以说为此我将感到非常自豪，它真的很美了。

伍德：这本书的写作方式与以往有什么不同吗？

舍伯恩：嗯，这是一本稍微长一点的书，而且我有六个人物要同时处理，他们都与权力纷争有关系。在《爱的业余法则》里，我缩减到两个主线人物还有一些其他小角色。但在这本书里我有五个主角和一个婴儿，同时在这个场所中还有很多别的小角色。所以写活他们所有人是一种挑战，也是一种乐趣，因为他们使我兴致满满，使我充满活力，但是我知道我必须努力去描绘他们，因为——或者说是他们促使我去努力描绘他们，因为他们有很多想做的事想说的话。所以我就不断地努力去构造他们。

伍德：当我第一次谈到这个的时候，你说你非常享受写这本书的感觉，尤其是在里面运用幽默感。

舍伯恩：是的，我写的所有书都各自有它们好笑的地方。我不会为了有趣而脱离我的写作方式，但生活就是好笑的。我父亲去世的那天是我活到现在最好笑的日子之一。我是说，我当时快被泪水淹没了，但那时发生的太多事情，就是很滑稽。所以生活就是这样的，痛苦和煎熬和悲剧和创伤，与喜剧同时到来，总是这样的。这还不包括那些并不基于生活的喜剧。那些荒诞、残忍、好笑的时刻。我们有一位残忍的神。它不是爱之神，但它是一位很好笑的神。

乔·奥顿[①]说过一段话，是我最喜欢的格言之一，每当我陷入困境的时候我就会想起这句话。他说："人类很糟糕，但好笑得要命。"我回想起所有那些瞬间——那些糟糕而又好笑的瞬间。如果书里没有某处带点幽默的话，就会忽视生活中巨大的一部分。

我之所以喜欢这本书，是因为每当书里的角色陷入富有挑战性的困境时，他们会凸显出自己极具创造力的幽默感。我自己甚至都没有

① 约翰·金斯利·奥顿（John Kingsley Orton，1933—1967），笔名为乔·奥顿，英国剧作家、作家和日记作家。

刻意为之。

你知道那个瞬间么？我记得济慈称之为消释力[①]——那个在写作中感觉自己可能要消失了的瞬间，你觉得自己可能要静止了，停止写作了，而写作却按照自己的意志自然而然地呈现了，这个瞬间的出现非常有意思，我非常爱它。这就是写这本书的时候我总是笑的原因。

伍德：那些时刻，当作品似乎在自我书写的时候，那便是你活着的目的，对吗？

舍伯恩：当然。你知道那套陈词滥调，对吧？说写作是源于百分之十的灵感和百分之九十的汗水。错了，不是这样的。灵感的重要性远不止于此，有时候我甚至坐在那里写得满头大汗，最终作品却毫无起色，你懂吗？灵感是会自行浮现的，但依然是非常有规则和结构的，并会同时遵循它自己的逻辑和我的逻辑。

你当然就凭借那些时刻活着。它们真的太美好了。那就是你冲刺撞线的一瞬。

然后你就得再次回到起点，再次跑起来。（笑）

---

① 消释力（Negative Capability），是由约翰·济慈在1817年12月28日致其弟弟乔治与托马斯·济慈（George and Thomas Keats）的书信中所提出的。原文写道：我和戴尔克探讨（而非争论）了许多问题，很多想法与我心中所想的暗合，我立刻想到是怎样的品质造就了人的成功，尤其是文学方面，莎士比亚很有这种品质——我是指“消释力”，意思是，一个人能够安于不确定、神秘与怀疑，而非性急地追求事实和原因。……一个伟大的诗人应当将对美的感受置于一切其他考虑之上，或更确切地说，置其他一切考虑于不顾。

克里斯托斯·齐奥卡斯

克里斯托斯·齐奥卡斯著有五部长篇小说和一部短篇小说集，同时他也是澳大利亚最具成就以及煽动性的作家之一。

齐奥卡斯的第一部小说《酩酊大醉》(*Loaded*)宣告他成为了澳大利亚社会新的质问者。之后他的第二部小说《耶稣之人》(*The Jesus Man*)于1999年问世，但正是《死去的欧洲》(*Dead Europe*)——一部有关与神话、宗教、罪恶以及种族的令人阴郁不安的小说，巩固了齐奥卡斯冒险家的地位——他敢于踏足大多数作者以及多数读者不敢涉猎的领域。《死去的欧洲》于2006年赢得了世纪报年度书刊小说奖[①]以及墨尔本文学奖最佳作者奖，这也是齐奥卡斯所认为将他真正塑造成一位作家的作品，因为其中所涉及的领域之黑暗，曾使得他难以完成撰写。在这之后，他曾谈起他的第四部小说《一记耳光》，写起来“非常轻松”。

凭借其作品《一记耳光》里将澳大利亚人对于阶级、种族、暴力、性以及家庭的焦虑进行的一番轰动于世的审视，以及本书在澳大利亚境内达到20万乃至世界范围内120万的销量，齐奥卡斯在众星璀璨的国际文坛脱颖而出。这部小说赢得了2009年英联邦文学奖与澳大利亚文学协会金奖，同时也入围了迈尔斯·富兰克林奖与英国银河国家图书奖[②]、布

① 世纪报年度小说奖(Age Fiction Prize)，由墨尔本世纪报颁发的年度文学奖。设有小说奖、纪实文学奖以及丁尼奥赫恩诗歌奖三个奖项。

② 英国银河国家图书奖(Britain's Galaxy National Book Award)，英国图书奖颁奖典礼始于1990年至2009年，由《出版新闻》创办。由于赞助商冠名，曾被重新命名为“国家图书奖”以及“银河国家图书奖”。

克奖。

作家们所梦寐以求的荣誉以及《一记耳光》为齐奥卡斯带来的意外成功，毫无疑问的也相应地产生了一些复杂问题。但是不同于其他被成功所带来的压力掣肘的作家，齐奥卡斯泰然处之并相继出版了两本书——小说《梭鱼人生》(*Barracuda*)与短篇小说集《无情之神》(*Merciless Gods*)。

齐奥卡斯是一位货真价实的影迷，也拍了几部自己的电影，还定期为《星期六报》[①]以及其他出版物撰写影评。他的作品里被改编搬上银幕的有不少:《酩酊大醉》和《死去的欧洲》都被拍成了电影(前者电影名为《窗外有男天》，由年轻的阿利克斯·迪米崔德斯[②]主演),《一记耳光》在澳大利亚和美国分别被改编成电视剧。2016年，澳大利亚国家电视台将放映新的《梭鱼人生》系列剧集。

齐奥卡斯与他的伴侣韦恩·范·斯特尔特在一起已经超过二十五年了，他们共同居住在墨尔本。

我第一次遇见齐奥卡斯是在很多年前，与我们俩合作的出版商简·帕夫雷曼同我一起去墨尔本拜访他。作为朋友简给予了他极高评价，但我对与他的会面还是感到十分紧张：他的小说充满了锋利冷峻的旧城笔调，更不用说对异性恋与中产阶级的英裔澳大利亚人的出离愤怒了，我推测我可能代表了他所鄙夷的一切。可不久之后我便震惊了，迎接我的是他如往常般热烈的拥抱，以及他的轻声细语和彬彬有礼的举止。他的热情与殷勤让我想起了自己的弟弟。和我所知晓的所有见过他的人一样，我立刻被他的大方和谦逊所吸引。

我一直很敬佩齐奥卡斯作为一个作家的勇气和诚实：在我看来他的作品不仅仅只是一种艺术上的，更是一种道德、思想上的追求，去探讨如何生活，如何善待他人，如何追寻自由。他对于家庭以及性的

① 星期六报(*The Saturday Paper*)，澳大利亚的周报，于2014年3月1日首次发行。
② 阿利克斯·迪米崔德斯(Alex Dimitriades，1973—　)，澳大利亚电影电视剧演员。

关系、种族和阶级分化的探索，不仅仅只局限于个人层面，也站在了国家层面上，向我们展示了澳大利亚已经变成了一个什么样的社会。齐奥卡斯的作品并不温暖人心，却总是有着启示性，并且充满力量。

这篇访谈是在他从欧洲和中东调研归国后进行的，我们在他常去的诺斯考特[①]咖啡馆会面，他在那喝了杯咖啡，抽了支烟。然后我们走了一会，来到了他那不起眼的工作室，《一记耳光》所带来的收入为他提供了一个在外面进行创作的私密空间。我们对谈了两个小时，他语速缓慢而深思熟虑，有时考虑问题会停顿良久，或者对答案进行重新表述，以便能更清晰地回答问题。他时不时会大笑起来，但我注意到，每当我问起有关他的成功经历时，他便会压低声音，这似乎象征着身为一个作家他以谦虚和诚实作为自己作品的支柱。

夏洛特·伍德：当你回顾自己以往的作品时，你认为哪些部分发生了改变而哪些又保持一成不变呢？

克里斯托斯·齐奥卡斯：一成不变的东西都是执念。我认为作为写作者的我们都有执念，这一点不会变。这些执念就好比旧伤一样，你总是会忍不住去挠它们。对我来说，有一点就是性，以及性的实质，快乐与危险并存于其中。然后就是家庭还有种族以及它们的意义，这些都与移民和归属感问题紧密地融合在一起。

很多人都说我的作品里有着真正的愤怒与暴虐，尤其在早期的作品里，这一点确实如此，尽管我想声明我的作品一直未曾摒弃温柔。

---

① 诺斯考特，位于澳大利亚维多利亚州墨尔本的城市内郊区域。

但是我认为人到中年以后，你将会更容易意识到生而为人的局限性以及自己所犯下的错误，相比二十五或者二十七岁的自己，更少地去审判他人。我觉得这就是我在过往作品中发生的真正改变。

在《一记耳光》成功之后，我曾经以一种奇怪的方式说过，《梭鱼人生》使我再次体验了一回初次创作的感觉。《梭鱼人生》里的丹尼与《酩酊大醉》里的阿里，他们作为角色身上存在着巨大共性。但是直到《酩酊大醉》结束，我与阿里依旧日复一日保持他一以贯之的姿态，凝视着天花板，这显然不是我想与丹尼在《梭鱼人生》里做的事情。我认为对我来说，这是一个有关如何克服羞耻、失败、可怕的错误并且为善良找到方向的故事，作为一个上了岁数的作家，这些对我来说变得尤为重要。

在艺术创作的过程中，有的阶段你可能会扮演一个为所欲为的小孩，有的阶段你也可能会扮演明智的圣人。然后这中间还有一个阶段，就是你不清楚自己在所谓的澳大利亚文坛中扮演了一个什么样的角色。我觉得这个地方，我们所处的这个工作室，就是我工作用的棚子或者车间，我工作的一部分就是去思考一种匠人技艺：一种使故事以及语言运作起来的技艺，所有这些，构成了我现在的写作。

说实在话，我在年轻的时候就想着自己可以成为绝世天才，但你知道，真正的天才是非常非常罕见的，有卡夫卡和伍尔夫，我们其他人只能位居其下。这就是我说的作为匠人的意思，思考我可以做什么，然后希望自己每本书都可以写得越来越好，这实际上就是我正在寻求的。

伍德：冒险或者骚动可以说是你作品中的常态，是一切的核心。作品中含有的那种危险的感觉，作为读者永远不可能在其中感受到安逸，这就是为什么你的作品如此引人注目。

齐奥卡斯：我最近在法国注意到了一个与以往我在英语国家所被问及的完全不同的问题。一个记者向我提问："我们可以谈论亵渎神灵吗？"

我喜欢这个问题，因为我认为我自己的人生轨迹一直……当然我的家人非常重要……我一直在与身为家庭长子以及一个希腊儿子的义务做着对抗。我从来不想放弃家庭，但是我不知道我是否可以很好地协调自我与家庭乃至社会的关系。感谢上帝让我发现了阅读写作和电影，因为这些拯救了我，我认为他们拯救了我们中的大多数人。

从很小的时候起，我就被一些危险的艺术或是一些非主流艺术[①]所吸引，不管是文字也好其他艺术形式也好。我也是一个在青春期拥有深刻宗教信仰的人。现在回头想想，那确是我为了规避自己成为一个同性恋而采用的方式，我想着上帝会拯救我。在高中快毕业的时候，我先是从思想上，再慢慢从情感上逐渐放弃了这一想法。但是我还有着其他信仰，一种政治信仰，就是共产主义。希腊的家庭、宗教、政治——而我是它们的产物，我试图保留所有这些事物中我认为具有伦理价值的东西。但是它们同时也是教条，而我的工作就是关于挑战教条，尝试从中逃离。所以这可能就是我的小说中一些危险的来源：试图从中逃离，并且弄清楚当你将自己置于这些事物之外的时候会发生什么。

首先是家庭方面，真正的恐惧是极度的孤单和寂寞：我生命中最重要的部分之一将会因此而破碎。然后是宗教方面，在世俗眼光中或许会觉得非常古怪，但是我确实思考过，弃婴在地狱会变成什么？而在政治方面，尽管我是一个坚定的左派人士，但左派的一个要素与宗派主义基督教没什么不同。因此对我来说，挑战某些教条感觉就像出

① 非主流艺术指的是以刻意回避正统训练的主线思想而进行创作或收藏。这个概念一般指的是符合尚·杜布菲（Jean Dubuffet，1901—1985）所描述的理想。

世，自我放逐了。

我觉得现在的我不一定还能以同样的方式去感受这种极端的情绪，但是我确实有义务继续思考这些事情，继续思考使自己出世的意义，什么才是世外之人。

我青春期时候的信仰是福音派新教。八年级的时候，我从市中心的一所以移民为主的学校转到了一所颇具英裔风格的高中，也是在那段时间我意识到自己是同性恋，所以我有一种被连根拔起的感觉，即使我并不确定对此我是否有话要说。所以你懂的，对于第一个来到这里的福音派浸礼宗教徒来说，我很容易成为他们的目标。但话又说回来，直到现在我脑中还是会针对与新教有关的一些内容进行理性的思辨。所以我现在正写的这本书……你看，（指向别处）那儿还放了本《圣经》……是关于圣保罗①的。

我小时候信仰宗教的方式是……我希望找到一个更好的词语去形容它，英语里面有个单词“迷信”，它过于……你懂的，如果因为某些人对你不怀好意，让你感到忧愁，你就摸一摸木头。从某些奇怪的角度看，我认为古老的欧洲农耕生活中有一种异教徒的元素，由于移民社区的出现，这种元素在上世纪七十年代的墨尔本仍然存在。

但是有关于正教的另一个部分就是宿命论，可能这与欧洲中东那边的历史有关。你在陀思妥耶夫斯基的著作里读到过，也在俄罗斯文学和艺术中看到过，我认为在当代希腊文学和电影中也有这种元素，一种与新教对立的元素。是的你确实可以努力工作，你可以努力做到事事妥当，但是有种你无法逃离的东西叫命运——希腊语里叫做*moirá*。我认为实际上这一切比我过去受到的赞誉对我影响更大。

---

① 圣人保罗（天主教译保禄，唐朝景教译宝路法王；古希腊语：Παῦλος，拉丁语：Paulus［4］；约3年—约67年），本名“扫罗”（Saul），又称大数的扫罗（Saul of Tarsus）。他是早期教会最具有影响力的传教士之一，基督徒的第一代领导者之一，因为他首创向非犹太人转播基督的福音，所以被奉为外邦人的使徒。

伍德：实在是太有趣了。好的，让我们开始聊一会有关性的部分吧。我对你作品中性与暴力的关系很感兴趣。温柔永远只能充当疗愈致命黑暗的良药。这一切让你最感兴趣的部分是什么呢？

齐奥卡斯：嗯，我认为在追求对性的欲望时所冒的风险，以及突然袭来的不受控制的幻想，都是可怕的。我的意思是，正在跟你聊天的我其实是一个坚持了很久单偶制的人，但是我也经历过那个为了追求性欲而去做最愚蠢丑陋并且最具攻击性的事情的阶段。写作成为了我的恩典——为我提供了一个可以解决这些问题的空间。但是我感觉我们对性与性行为并不是非常的诚实。显然，成为同性恋，还有处理如何做一个男人与我自身非异性恋欲望的关系，这些问题可能将会纠缠我一生。

再就是正接受你的采访，可以给你一些有关女权主义和酷儿理论[①]的适当分析的克里斯托斯·齐奥卡斯，他与那些有着非常可怕的性幻想以及性欲望的男人之间存在着一些差异。这与恋爱中的我们所遭遇的事情并不脱节，尤其是那些疯狂的爱。为了追逐它，我们可以做最可怕最卑鄙的事情。那些若有所失的感觉是什么呢？那些来源于压抑和缺失，并且使我们陷入敌意并互相伤害的感觉是什么呢？这就是我所感兴趣的。

伍德：你的写作似乎经常都是从身体内所迸发出来的，你有这种感觉么？它具有这种爆发力。你知道你并不会通过调和这些有关性的内容而去使得作品更美好或者更温柔。你是否认为在性方面澳大利亚人相比欧洲人的会更保守拘谨？

齐奥卡斯：嗯，将欧洲人对于性的观点浪漫化是危险的。我的意

① 酷儿理论，是一种上世纪 80 年代初在美国形成的文化理论。它批判性地研究生理的性别决定系统、社会的性别角色和性取向。酷儿理论认为性别认同和性取向不是“天然”的，而是通过社会和文化过程形成的。

思是，传统的希腊的性观念显然是父权制的，如果你观察一些人，比如我母亲的人生经历，你会发现女性的选择是非常有限的。每当我回想起她的生活，继而想想我生命中可以去做的事情，我便感到自己非常幸运。因此，我不想用那种方式去将其浪漫化……但我确实认为这里面还是有差异的。我并不认为性在欧洲可以成为定义道德高尚的指标，一如英裔世界或者新教世界里那样。

我可以举出最清晰的案例就是我刚出生的时候，我那时候十分年幼，很想表达对父母和他们的世界的感觉。我有两个年长的男性家庭成员曾说过一些有关他们自己的事情，这真是一种非常与众不同的性启蒙方式。所以，是的，这里确实有些保守拘谨……可能是关于身体，不只是性，但是跟身体有关。

另一件危险的但是对于作家来说却又很诱人的事情，就是并不存在好的、女权主义的性自我，也不存在坏的、反女权主义的性自我。我是说，问题之一就是没有明确的界限，这边是坏的，那边是好的。这就是性的症结所在，也是性让人兴奋的地方。还有……我说过很多次……为什么我们英语文学界里有一个坏的情色文学奖，却没有一个坏的恋爱文学奖？

我们身为写作者，我们也是影响我们的事物的投影，我们也构成了的历史的一部分。所以在我青春期的时候，有些害怕却又有着共鸣的作家都是一些描述性与性的实质的。他们的许多作品被认为是情色的，现在或许被称为色情。有关色情与情色的定义的争论将会永无休止。举个例子，在这方面我们同法国人就有着巨大的不同。法国人有着伟大的情色小说，这与他们的文化历史息息相关。我认为那种写作的传统是……也许你能回答我……英语国家的写作传统是否更晦涩呢？

伍德：不要问我，我是一个保守的英国传统天主教女孩！

齐奥卡斯：（笑）

伍德：迷幻对你来说有多重要呢？那种引导人们去体验超凡脱俗的事物的巨大能量，我们无法理解的能量，我认为它与宗教等因素息息相关。

齐奥卡斯：刚才我讲过渎神，我可以说在当下的文坛最亵渎神灵的事情可能就是我真的一直在寻求神性。想象一下作为一个基督徒出柜吧！（笑）我想说，蒂姆·温顿可能做到了……

是的，迷幻的，不可知的，变革的，超然的，它们都是巨大的能量，对我来说它们是推动我们去寻求生活意义的一部分。我要跟你讲一下关于我们最近的一次旅行，我们去了安塔基亚[①]，也是古代的安提阿，对么？那里现在是一个现代化的中东城市，然后当你爬上山，穿过狭窄的小路，你脚下踩着的石头是来自希腊、罗马、拜占庭和奥斯曼帝国的。那里仍然还有一些工人阶级在做饭，男孩们踢着足球，女孩们玩着不知道什么版本的跳房子。这里真的是一个穿越古今的陡峭山坡，由于离叙利亚边境只有二十公里，所以到处是叙利亚难民。黄昏来临之际我们爬上了山顶，在我们脚下的城市中，一千多座清真寺正传来祷告的声音。正是这些声音萦绕在天堂，鸟儿开始飞翔……我望向韦恩，他的眼睛闪闪发光。我们一起陷入静默……我忘记了时间，眼含热泪，我意识到那将是我生命中最美好的时刻之一，那个瞬间我感受到了神性。我认为这可能是我长期一直试图摆脱的事情，甚至可能体现在我的写作中，但是我已经不再想去摆脱它了。

那并不意味着我又成为了基督徒。但是想想我们作品里所书写的年代吧，夏洛特，那里充满科学的优越性以及技术的理性运作，当然

① 安塔基亚，是土耳其哈塔伊省的一座城市，靠近叙利亚边境。古时称为安提阿，在基督教历史上占据着重要地位，是耶稣的追随者第一次被叫做“基督徒”的地方。在十字军东征时也扮演着重要角色。

这些发现令人惊喜。但是作为写作者我们还能做些什么？我们可以写一些别的，我们可以试图去理解神性和梦魇抑或是危险的意义。

伍德：或者说超然——进入另一种存在方式的姿态。

齐奥卡斯：是的。比如说爱是什么。

伍德：这就是艺术的目的，对吗？

齐奥卡斯：是这样的，不对吗？

伍德：我们来谈谈结构，因为我知道你会去进行解构。有多少次你曾把小说草稿里的内容进行拆解并且重新思考呢？

齐奥卡斯：我现阶段就在做这个事，我的朋友。对于这本新小说，我给了自己一年的时间去进行阅读和研究，并且我从今年年初开始撰写。我有自己的结构和想要的声音，还有一个角色。我用她的口吻已经写了两万五千字。但是经历了那次旅行以后我才意识到现在这些实际上不会是她所说的话，只是另一个与她有关系的女性的声音。你只需要去扮演，但是这甚至不是一个有关"扮演"的问题，实际上我对于能使用这另一种声音去写作感到非常激动，并且会使小说变得更好。

伍德：所以你是一下子把所有之前写的东西都摒弃了，还是将现有的草稿重新编辑成不同的声音呢？

齐奥卡斯：当然，故事中的一些内容我会保留。但是由于这是另一个人的视角，我感觉挽救我之前所写的东西非常浪费精力。吃一堑长一智啊，夏洛特。我知道我可以尝试去做，可能仅仅是因为对我很宝贵的五行字，但这太不值得了。我认为重新开始令人激动得多。想想看，实际上我所做的这些恰恰就是达到这个目标的过程的一部分。

伍德：确实如此。我认为在指导或者传授的过程中，最难向年轻的写作者传达的要素之一就是想要进步必须学会取舍，如何通过舍弃去使得一个主题重新焕发活力。

齐奥卡斯：嗯，这正是我对于当下的感受。是的，这确实很难传达给那些无法对思考下一步去哪里感到激动的人。在对方不知道还能再去写什么的情况下，让他摒弃所有现在写的内容，这样就更难了。

伍德：但是有时候只有当你摒弃以后才能发现接下来需要做什么。

齐奥卡斯：布莱恩·依诺在上世纪七十年代做的那些卡片——倾斜策略。我没有使用过这个，主要是他创造了这些概念，这些卡片上面写了一些格言，比如"扔掉你工作中最宝贵的部分"或者"从头开始"，实际上他还会打乱这些卡片然后随便挑一个。我认为关于这种幸福的意外的一些东西是我们不应去害怕的，有时候这就是解放你自己的途径。因为我们确实需要某些限制，不然的话一切就会失控。

伍德：哦，艾米莉·珀金斯跟我说过那些，她引用过"将你的错误视为隐藏的意图"。

齐奥卡斯：是的，非常妙。

伍德：如果你认为自己犯的错误实际上还有着你还未曾知晓的寓意，那么这种想法既富有诗意，又是自由的。继续说结构，《一记耳光》使我感到非常惊奇的一部分就是你是如何处理针对同一事件的八种观点的，这些观点又如何以难以置信并且引人注目的方式着实推动了故事的发展的。坚持不赘述同样的内容而去争论这些观点，这得有多困难啊？每章一开始我便尝试追赶，每个人都一直是活灵活现的。

真是一项伟大的成就。

齐奥卡斯：谢谢你。说实话因为这本书是在《死去的欧洲》之后写的，我为了写好这部《死去的欧洲》真的是拼了命了，《一记耳光》写起来感觉非常轻松。最初是从赫克托的声音开始，接着我产生了一种来自电影的想法，一种关于从不同角色的视角去看待他的想法。当然为了确保时间节点的妥当，确保声音是合适的，肯定会产生非常多的工作量，同样也不得不放弃一些角色。其实我还是有一些遗憾的……比如，我更希望我能用珊迪的声音来写，不是说这样会非常简单，根本不是。这一切感觉像是《死去的欧洲》之后的一次欢愉经历，因为我真的与这本书缠斗了许久。

对我来说写小说最大的乐趣之一就是制定结构，把玩结构，继而探索结构。对我来说《一记耳光》的另一个问题就是我开头说过的，有关那些执念，那些旧伤，但我又不想重蹈覆辙。所以在《死去的欧洲》之后我脑子中一直有个想法——“你知道么？我不想只用一种声音去写作。我想用女人的视角去写，我想写不同的年代。”那种感觉真的是非常释放自我，我甚至有些害怕。我不知道你是否跟其他男性作家聊过这个，对于转换性别视角去写作的畏惧……但是我在其中找到了自由。

伍德：嗯我们现在来聊聊《死去的欧洲》吧，哦老兄，你的这本书确实涉及了很多骇人的领域。我觉得写这个故事你确实非常勇敢，你觉得你勇敢吗？

齐奥卡斯：嗯是的，我感觉……我知道我在做一件危险的事情，尤其是在将反犹太主义作为主题的时候。我试图探索种族主义。当初我不得不暂时放弃了两个要点，我需要进行调研，因为我混淆了自身的介入与它之间的关系。然后赤裸裸地面对这些，突然间你就会陷进一堆最丑陋的想法中……我是说，这就是种族主义，你知道的。

但是我尝试稳定我与它之间关系的方式是去提醒自己，种族主义只不过是我理解世界的方式之一。这是从我非常年幼的时候就令我非常愤怒的东西，我甚至不是在谈论什么个人经验，尽管我经历过，尤其是看见我的父母有些时候是怎样被他人对待的。同样就像一个道德至上的年轻人一样，我很想去反抗我所看见的种族主义案例。

而就在现在，最近我在希腊和欧洲所看到的一些移民还有穆斯林移民的处境，感觉同历史上的反犹太主义时期一样的卑鄙丑陋和危险。

《死去的欧洲》是本很奇怪的书，因为它是在经济危机之前写完的，可是后来现实却变得越来越糟糕。

伍德：这里面的内容有些部分很可怕。因为你并没有跳脱出种族主义并且去审判它，你正在融入它，为了在你的小说世界中探索它你变成了一个种族主义者。我在写小说的时候就会有一种感觉，就是我一定在某种层面上有厌女倾向，这让我真的很害怕。所以写《死去的欧洲》的时候你会感到害怕吗？

齐奥卡斯：完全被吓傻了。因为当你释放某些想法的时候，会有一种你无法控制它们的感觉。那本书让我学到了一点，就是你应该释放的东西必须要加以限制。我是说，你可以在小说中踏入很多领域，那些最黑暗的领域，但是通过那本书，我学到了……我有些纠结，因为我只会用宗教语言去描述。是这个问题：你想让恶魔进来吗？我感觉针对这个问题，《死去的欧洲》让我有了某种体验。我意识到我必须控制住自己，并不是说为了艺术就可以无所不用其极。我觉得这是很好的一课，都是从那本书中学到的。

这本书有些难讲，因为我很久没有读过它了，我觉得还有部分原因是我不想回到那些领域中。有很多读者觉得我没有在道德方面做一个正确的选择，觉得我做得太过分了，但是我确实因此学会了设限，并且了解到写书的时候所做的一切，是需要以道德和真理为由去设限的。

伍德：现在转到另一个话题吧，我非常喜欢前几天你对电影《龙虾》[①]的评论。你对柯林·法瑞尔的一些评论十分有趣："他已经摆脱了对明星身份的渴望，这种渴望曾经让他作为一名演员看起来很绝望。"你在作家群体中也看到过这种渴望以及这种绝望吗？

齐奥卡斯：噢！

伍德：我有一种见解，就是第三本书才是作者开始向作家过渡的起点。

齐奥卡斯：是的。我也认为绝对是第三本书。嗯……当一个人写了自己第一本书，对吧？他梦寐以求很久了，然后居然出版了，天呐这简直太不可思议了。然后突然间好像觉得"哦，我必须再写一本！"然后自我意识开始进入了一个开始并不存在的过程中。自我意识确实很难管理和理解。我认为这个过程永远不会结束，因为我们总会意识到……你懂的……意识到"这就是我的工作，这就是我们审视自己的方式，这是我们被外界理解的方式"。同时还有来自出版社、家庭以及爱人的一些期望。

因此有时候你阅读一本书，然后你开始思考，这是为谁所写的？这个人知道这本书吗？你可以在很多作者的第二部作品里找到这种感觉，可能我的第二部作品也是这样。

伍德：还有我的。

齐奥卡斯：是的，因为那种自我意识。一旦你进入了文学世界，你就再也出不来了，这就是现实。当我写《酩酊大醉》的时候，我是为自己所写，百分之百为自己写的，我觉得总是有一种失落感。我的意思是……不要误解，我觉得自己非常幸运……但是确实有些失落。

① 《龙虾》(*The Lobster*)，2015年的欧洲科幻反乌托邦黑色幽默爱情片。由希腊导演欧格斯·兰斯莫斯执导。

以《梭鱼人生》为例，我觉得我想要找回第一次写书的感觉。

伍德：这倒让我想问问你，你是如何应对《一记耳光》所带来的成功的。我是说，这显然是一件了不起的事情，但是我想象在那种成功的背后还有一些更复杂的问题。

齐奥卡斯：实际上这让我完全迷失了方向。是的，这是一件了不起而且幸运的事情。我因此得到了这个工作室，你懂的。然后这本书为我和韦恩带来了更多的闲暇，为此我永远感恩。还有，我很高兴我年迈的父亲可以见证那本书的成功，因为它也让我的父母能歇歇了，它们终于不再需要担心自己的小克里斯托斯了。真的太好了。

是的，对此我深表谢意。

完成《死去的欧洲》之后，我觉得自己为这本书倾注了太多心血——这确实是一部会引发争议的小说，但它也在澳大利亚文坛为我创造了一定的空间，实际上我对此感到很舒服。当时我想着，我会继续写自己想写的书，我会做兼职去挣钱，我会继续坚持写作。我知道我想要什么，所以与改变之前说的那一切的《一记耳光》的成功相比，它完全不一样。

但是，伙计，我还没有准备好面对成功可能会带来的那种程度的自我怀疑与贪婪，对成功的贪婪。如果你视若无睹，自我意识会轻而易举地进入自恋状态中，对此我也没有做好准备。我对那些事情都没有做好准备。我对你非常坦诚。我觉得……我希望……可以把我拉回真实世界的是韦恩、我的朋友们还有家庭。然后回过头来问问自己："我想写的是什么？我想做的是什么？"

我有点感觉……这就像是你读那些电影明星抱怨他们的生活的访谈一样。

伍德：但这与那些不同，这是真实的，我认为谈论这些东西很重要。在我读到的有关你的一篇文章中，作者引用了另一位作者的话："如果我们中的一个人拥有了伟大的成功，我希望是克里斯托斯。"我深以为然，文学界里为你欢呼的声音此起彼伏，这实在是太美好了。

齐奥卡斯：我非常赞同。这真的非常美好。你看，在任何一个我们所存在的世界里，嫉妒都是最可怕的罪过之一。但是我觉得很多我不是很熟的人都支持我。所以我所有的不适感都是来源于我自身，我认为确实都是我自身的问题。

伍德：在我看来你与作家群体和创作者们交流颇多。我想知道你是否觉得与那个群体分离了？

齐奥卡斯：你看，《一记耳光》到现在已经过了好几年。这种关系很奇怪，因为我这一年来确实与一些曾经融入我的生活的朋友失去了联系，我觉得原因在我，我变了。但是我意识到实际上……这一点你无法控制……在那种成功之后确实会有人用某种别的方式去看待你，并且这可能会破坏人际关系。很多人都没有变，对于发生的一切，他们只是感到非常高兴。我觉得韦恩一点也没有变，我是说，毕竟他没有劝我去写《一记耳光2》，你懂的。（笑）所以我觉得大多数人都还没变。

但我觉得还是有一些人，一些……为何我这么犹豫？我坦白好了。我认为有一些人嫉妒心太强，强到他们很难去控制，这就使得他们不可能与我保持长久的合作关系。还有一些我认识的对我非常重要的人，抱有一种非常老派的观念，就是说成功意味着一种"出卖"。在这两种情况下，我们都很难回到过去那种亲密的关系了。

伍德：总的来说，我认为应该多探讨一些关于嫉妒的部分。我是说，当一个工作非常努力但始终看不到什么结果的作家，去假装自己没有那种嫉妒的蛛丝马迹，好吧，去否认这一点真的很愚蠢。但这也就是我对你的成功感觉非常美好的原因，我认识的人没有嫉妒你的，有的只有喜悦。

齐奥卡斯： 嫉妒有点像厌女症或者种族主义：如你所知，我们都受情感所困。实际上，嫉妒更甚于厌女症或者种族主义，因为这根植于我们的兄弟姐妹的关系中还有我们的校园关系中。不去直面它便会很危险。

伍德： 所以现在，那次爆炸性成功已经过去好几年了，你是否觉得自己已经回到了某种平衡状态？或者说你是否拓展出了一种新的工作方式？

齐奥卡斯：《一记耳光》带给我的最激动人心的好处之一就是我收到了很多来自海外的邀请。而游历海外最令人激动人心的好处之一则是我意识到如果真的存在一个贯穿天地的图腾柱，自己已经沿着它飞很远了。（笑）你在不断转变状态，你懂吧？所以我猜想我回到了《死去的欧洲》之后的那种状态，它是……那种状态，一种很棒的状态，让我想处在的工作状态——其他的事就去一边吧。

对我来说，年轻时最毁灭性的因素之一，就是期待被喜欢。现在我回头看，那样的好处之一，是让我学着在这个世界上做个好人，而这并非是件没意义的事。但总想着被人喜欢，很累！我的意思是，我现在刚到五十岁，而我现在期待的事情之一，就是继续变老。好吧，也许我的躯体会消散，但再不用刻意去在乎这些挺好的。我依然尝试去做一个好人，但不必去讨好每个人。当你变老的时候你会意识到，人们将做出关于你的决定，他们会对你的工作做出决定，而你对这些决定无能为力，但这没关系。

伍德： 让我们现在聊些实际的事情吧。为什么你选择离开家设立这个工作室，而不是在你生活的地方工作呢？

齐奥卡斯：因为之前很长一段时间里我都在家里的书房工作；我们搬来搬去，直到我们在普雷斯顿[①]找到了这个住所。但对我来说，每天打卡下班回家的生活是有些好处的。我一边往家走一边想着“今晚我要烧这道菜”，对吧？就这么简单，当你已经工作了一整天以后，这样很美妙。

韦恩非常支持我的工作，但是有时候当我正在家工作，那个可怜虫下班回家后只是把脑袋伸进门缝问候我一句：“你好吗？”而我就会回答：“滚开！”这真的是太糟糕、太自私了……但当你被禁锢在自己的世界里的时候，这种事情就会容易发生。

所以我已经离开家工作有一段时间了，因为我意识到我不想毁了我与韦恩的关系。在来这里工作之前，我同一些电影制作人和其他作家们在露天场所活动感觉也很不错。当我坐下来开始工作的时候，我会变得非常勤奋。

伍德：有其他人在旁边，不会让人分心吗？

齐奥卡斯：是这样的，他们都是非常专注的人，所以我不会分心……但对社交进行控制对我来说还挺难的。有种诱惑叫做出去喝杯咖啡，你懂的，我喜欢这些人，然后便是，“我们三点出来喝一杯吧？”（笑）然后在你意识到之前……

伍德：而你可以把它合理化，因为你一直在谈论你的工作啊！

齐奥卡斯：是的，确实如此。所以这很棒。我这里没有网络，我觉得这是一件好事。另一件好事是从家到这里的路程，单程步行大概需要半个小时。步行就是一种休息，我认为这给了我一个空间……我从家到这里来回走两趟，然后有时候在中午我还会再走一个小时。我

① 普雷斯顿，位于澳大利亚维多利亚州墨尔本的城市近郊。

并不是在走路的时候思考工作，有时候只是想逃避我的工作。伟大的多丽丝·莱辛说过一个词，你听说过吗？“蓄势”。她谈过一个作家的蓄势时间。你周围的人可能觉得你只是呆坐着或者只是在溜达。但是莱辛写道这是写作过程中的核心，我觉得对我来说，这就是我行走的意义。

另外，由于作为一个作家会经常久坐，所以我喜欢锻炼身体。因此“蓄势”这个精致的词语描述了非常难以言喻的东西，描述了一个我们都需要经历的过程。有时候你需要静止，我说的静止是情绪上的，我发现我走路的时候与我坐在这把椅子上所能感受到的那种静止是一样的。

伍德：我认为散步对很多创作者来说真的很重要。移动，氧气，关于呼吸和运动的某些东西，可以解锁坐着时没法得到的东西。所以当你在这里的时候，你有特定的时间限制吗？是取决于你写了多少字吗？你是如何判断什么时候可以回家的？

齐奥卡斯：我是看字数——写到一千五百字。几年前我很任性地定了这个数字，现在它就是我写作时候的一个小规矩。至于其他工作，例如上个周我必须交出去的那篇龙虾的影评，我写这些东西的时候不考虑字数，我只是写到我觉得已经完成了为止。

偶尔我会用电脑去写作，但是当我沦陷在写《死去的欧洲》时的那种恐惧和困惑中的时候，我开始手写，这使得我以一种特别的方式得到了解放。所以《死去的欧洲》和《一记耳光》还有《梭鱼人生》的一半内容都是手写的，然后我把它们存到了电脑里。我写作的一部分过程就是去咖啡厅喝几杯咖啡，写上一个或者一个半小时，然后来这里把我写好的部分存进电脑。接下来我会去吃午饭、散步，我回来以后可能在电脑上写东西或者编辑我早晨写好的东西。

《无情之神》里面我写过一个短篇故事，最早我是用希腊语写的，后来我把它翻译成了英文。现在我打算用新的声音再尝试一次，因为那个角色是个年轻的奴隶，她十五岁，一出生便为奴，从来没有接受过任何教育。所以我该如何为她编织语言呢？我想着如果用我那有限的希腊语去写的话，也许会有所收获。再就是希腊语键盘很难操作，因为字母不一样，我会用手写然后输入电脑，下午再去翻译。对此我很期待。

伍德：好有趣啊。你能使用这个额外工具真的很棒！几年前你发起悉尼科技大学[①]的学生文学研讨会的时候，我有幸参与了，你为那些年轻人做了一段精彩绝伦的演讲。你对他们说，他们需要明白一件事，如果他们打算全力以赴，那么就必须要有牺牲和取舍的觉悟。比如无法享受富人区的生活，比如选择一个会支持你的伴侣。你认为一个刚刚起步的写作者可以理解那种物质需求层面的牺牲吗？仅仅只是物质层面吗？

齐奥卡斯：我认为这越来越难了，因为我觉得在我有生之年，消费主义在我们这个社会会越来越兴盛。这不仅仅只是一个五十岁的老男人在絮叨着“我们那个时代更好”，完全不是。实际上我认为这与资本主义全球化的速度有关，就物质层面而言，要过上我们所以为的优越生活所需的代价过于庞大。年轻人当然非常难理解。但是我有种感觉，就是真正的艺术家，不只是作家而是真正的艺术家，他们是知道这一点的。我对于在国家电影中心的工作经历记得非常非常清楚，那是个不错的工作，可当时我对韦恩说：“我不开心。”我当时想去做兼职，然后看看我是否可以实现写作的目标。所以甚至在我出版小说之前我就知道，为了实现这个目标我必须做出某些选择。我真的是非常幸运，韦恩只是说了句（打响指）：“我当然理解你。”

---

① 悉尼科技大学，澳大利亚公立大学。创立于 1988 年，位于新南威尔士州首府悉尼。

伍德：拥有一个只希望你做你想做的事情的伴侣，真的是上天赐予的礼物。有些时候我也会为此而感到非常内疚。

齐奥卡斯：只能说我们是幸运的，还有，你必须相信你的伴侣。我在肖恩[①]身上一点也感觉不到他对此有怨恨的意思。我和你的另一半身上都有一个可爱的特质，就是他们都并不贪心。这让事情变得简单些。

伍德：我听说你把写作描述成为一种天职。一个你喜欢的工作和天职之间有什么区别呢？

齐奥卡斯：对我来说，感觉像是我不得不做的事，就是如果我活在世上有一个目的，这个就是我注定要做的事情。我想不到我还能做什么别的。我得到过喜欢的工作，也得到过痛恨的工作，不同之处在于，我并不觉得我必须从事那些工作，我知道我还可以干些别的其他工作。我最喜欢的工作之一就是兽医诊所的工作，一部分是因为工作内容，可更多是因为我有一群非常棒的同事。而写作给我的感觉是我必须去做。这就是我说的：这是一种天职。

伍德：电影对你非常重要，你也拍过电影。为什么你选择去写作而没有成为一个电影制作人呢？

齐奥卡斯：电影是另一门语言，另一种工具，你懂的。电影有着属于自己的编辑语言，对我们这些写作者来说非常有价值。我生活里最大的乐趣之一就是每年冬天花三个星期去参加墨尔本国际电影节。我每天都去看电影。你会被电影里的故事以及其他人的讨论所启发，而且你也会被电影制作人用来讲故事的语言所启发。

但是我已经开始意识到，通过我对阅读的热爱，作为作家我所掌

① 这里指夏洛特·伍德的丈夫肖恩·麦克尔沃格。

握的某些技能其实在很早之前就成型了，从而使得写作成为可能。而我并没有导演所需要掌握的一些技巧。我在写作的时候很有耐心，而在拍摄现场的时候我却并没有什么耐心，感觉太无聊了。导演需要组织他们富有创造力的场景，还要做到组织他们身边的人去完成这个场景，这个能力我觉得我没有。同时，我已经意识到通过我做电影制作人以及改编作品等所有方面的经验，我可以写出一本像《死去的欧洲》那样天马行空的书，因为我可以在这里完成（指脑袋），但是筹集资金在银幕上展现这种故事却是一种无比困难的请求。尽管这是可以做到的，在观察我的电影制作人朋友们的时候，我发现非常困难的一点就是为了把电影搬上大银幕他们需要耗费相当长的一段时间。然后你还要请求演员们去做一些……我可以创造这些角色，我可以让他们做任何事。但是对于现实中人的身体，你有一定的道德责任。

我确实喜欢电影，我也觉得我有渠道可以拍电影，但是我已经放弃了拍故事片的想法了。如果我使用电影的形式去创作，那种感觉会更偏向散文，你明白么？还有这就是新型相机技术伟大的地方——我可以拿起相机就去拍摄，虽然不是什么大制作，但是它会成为一种探索电影语言的方式。

伍德：你在《一记耳光》的电视剧制作中扮演了一个什么角色？

齐奥卡斯：在澳大利亚的那个版本中，我在编剧房间里待了三个星期。房间分成两个区域，所以最初的两个星期我们在这里早上九点集合然后工作到晚上六点，与这些真正聪明机灵又热情且富有创造力的人一起工作感觉实在是太妙了。因为我很早就认识的其中一位制片人托尼·艾雷斯[①]，他知道我对电影的喜好，并且非常热情。我曾明确表示我不想写剧本，但是他说："如果我们能跟你合作那就太棒了，

---

① 托尼·艾雷斯（Tony Ayres，1961—　），澳大利亚电影电视剧导演、编剧、制片人。

你只需要在那里让编剧们咨询你一些问题就行。”开始以后的前十分钟里他们都非常羞怯，我猜想他们以为我会阻止他们做任何篡改。但我只是说：“看，我就在这里，你们可以问我任何问题，尽管问。我不想你们重写一部《一记耳光》，我希望你们做出点不一样的东西。”没过多久，我就知道我们已经开始互相信任了。有趣的是，他们比我更加不想放弃这本书。

伍德：我有一个问题想问你，最近当我宣传自己的小说的时候被这样问到过。一位女性对我说：“你看，我曾经写过一些短篇故事，然后我发现我更愿意去做一些有用并且实际的事情真正帮助其他人。你有没有考虑过这样做？”我笑了笑，然后我在她面前进行了一番有关艺术价值的崇高演讲。但是你之前暗示过，当你说起你有时候感觉你应该在政治方面做得更多一些。所以我想问你：我们所做的，有何益处？对社会的益处，有吗？

齐奥卡斯：嗯，你对此的感觉将取决于你对娱乐的看法，以及娱乐是否有益。我想说针对这个问题有一个新教的拐点值得去思考一下。我被夹在两个答案中间：我知道艺术在政治与道德层面都是有用的，在某种意义上，如果没有某些电影作品和某些书籍为我答疑解惑，传达出一种声音让我觉得自己还有未来，我不认为我能够幸免于自己年轻时的自我厌恶、自我憎恨或者困惑。这就是《梭鱼人生》里的丹尼在监狱里探索文学的原因，他探索出了一种非常老式的人文主义的文学类型。我想对这个问题说些什么呢？是的，有时候我也感觉到了，我会问自己：“这有何意义？”

但是我确实认为在这个社会我们对娱乐有着深深的质疑：真正在质疑娱乐。当下希腊正处于动荡之中，这有很多复杂原因。这个讨论可能又会持续另外两个小时，但是我觉得西欧与南欧之间正在上演着一出有关于娱乐，以及娱乐生活的意义的戏码。所以我想我们做的事情是有价值的，即便只是带来一些娱乐，对么？但我的另一面知道这个世界上发生了太多令人震惊的事情，我想做更多的事情。我想说我不是一个好的社会活动家，我只是觉得开会太无聊了。

伍德：我无法想象你顺从的样子……

齐奥卡斯：（笑）不会。然而，我对恶意生来非常敏感——你当时并没有跟我一起处在那个房间里，但当另一个人试图问我那样的问题时，确实是带有一些冒犯的意思的，因为这个问题暴露出了更多关于他们不为所知的自己的另一面。我的意思是，这让你想要保护自己不被他们中伤，因为这样的问题背后是隐藏着恶意的。这就是我无法摆脱的软弱一面——当我被问到一个那样的问题的时候，我的脑海中立刻会开始回荡着（轻声说）M'ashallah，M'ashallah，M'ashallah，就是阿拉伯语的“真主保佑……”我想说的是，这并不意味着对方问的不是一个好问题，因为显然你我无时无刻不在这样追问自己——但它为什么一定要在那个特定的环境中出现呢？并且通过这样一种令人觉得糟糕的方式？

伍德：好吧我承认这已经很深刻了。我觉得你对自己的保护是正确的。我能问问有关你正在写的新作品吗？从某些方面来说听上去像是进入一个全新领域的重大转变——但是其核心却是大家熟悉的话题。

齐奥卡斯：是关于圣保罗的。这是一本有关一个男人改变了他的一生的书——我是在说一个世外之人，这是一个一直在迫害基督徒的人，然后他放弃了自己的氏族，自己的部落，自己的同胞，自己的家庭，去追求神性，去寻求真实。当然这与我总在做的事情息息相关。但是我想挑战一些完全不同的写作方式，因为这会是一次飞跃。我认为历史小说真的很难写，而且外面还有那么多糟糕的历史小说。但这是一个值得尝试的飞跃。

伍德：这种飞跃，这种进步特别令人激动。

齐奥卡斯：是这样的，确实如此。而且我还没有以这种方式思考过，但是自从《一记耳光》带来那一切之后，我回归平静的一部分过程可能就是看了一整年的书。实际上我给自己设定了这种养生的状态，我只读从公元前三世纪到公元后二世纪的书籍，我准备阅读关于那个阶段的历史。还有《圣经》，虽然这是一种戒律，但是对思考当时的人们写作和交谈时所使用的语言，它是非常鼓舞人心的。还有另一件好事就是我了解到现在有很多我想读的好书出版了——我发现它们还在那里，它们不会消失，如果它们够好，它们就会在那里一直等我。

致谢

我感谢所有在《作家的房间》杂志发行的三年中与我交谈的作家，包括：阿曼达·洛瑞、大卫·罗奇、玛格·拉纳甘、金·斯科特、简尼·伯克、克雷格·舍伯恩、琼·伦敦、马尔科姆·诺克斯、黛博拉·奥斯瓦尔德、劳埃德·琼斯、P. M. 牛顿、韦恩·麦考利、苏·史密斯、詹姆斯·布拉德利、蒂根·班尼特·戴莱特、艾米丽·珀金斯、菲奥娜·伍德、克里斯托斯·齐奥卡斯。你们每个人都给了我深远的影响。

特别感谢阿里·拉沃，她在三年的时间里，以不懈的努力和精确而宽宏的态度，校对并编辑了这些采访；我也感谢阿莱克斯·福布斯，对这许多个小时的曲折谈话所做的记录。我还要感谢珍妮·达林、简·帕夫雷曼、夏沃恩·坎特里尔，以及艾伦与昂温出版社的所有人，帮助我实现了这本书。